食から見えた文明開化と師弟愛

大食らい子規と明治

土井《どい》中《なか》　照《あきら》

アトラス出版

はじめに

人生五十年という時代、正岡子規は三十五年にも満たない生涯を送った。しかし、その短い生涯において、俳句と短歌の革新をなしとげ、現在に通じる言文一致の文章をつくりあげるなど、他を圧倒する文学の歩みを続けている。身体を動かすことさえもままならない「病牀六尺《びょうしょうろくしゃく》」の生活のなかで、攻撃的かつ個性的な文学精神を貫いた。子規は、俳句や短歌、随筆といった数多くの仕事をこなし、それは講談社の『子規全集』で二十二冊という膨大な量にのぼっている。

子規に関する研究書や解説書は数多く出版されているが、子規の食に関するものはあまり見当たらない。多くの本は、『仰臥漫録《ぎょうがまんろく》』に記された日々の献立の豊富さと、そこから見えてくる「生への執念」に焦点を当てている。今回、「子規と食」というテーマで、食に関するエピソードとともに「食欲」と「旅」に魅了された子規の生涯にスポットライトを当て、子規の根源的な魅力を掘り下げることができないかと考えた。

『墨汁一滴《ぼくじゅういってき》』（明治三十四年三月十五日）に「散歩の楽《たのしみ》、旅行の楽、能楽演劇を見る楽、寄席に行く楽、見せ物興行物を見る楽、展覧会を見る楽、花見月見雪見等に行く楽、細君を携へて湯治《とうじ》に行く楽、紅燈緑酒《こうとうりょくしゅ》美人の膝を枕にする楽、目黒の茶屋に俳句会を催して栗飯の腹を鼓《こ》する楽、道灌山《どうかんやま》に武蔵野の広きを眺めて崖端《がけはな》の茶店に柿をかじる楽。歩行の自由、坐臥《ざが》の自由、寐返りの自由、足を伸す自由、人を訪う自由、集会に臨む自由、厠《かわや》に行く自由、書籍を捜索する自由、癇癪《かんしゃく》の起りし時腹いせに外へ出て行く自由、ヤレ火事ヤレ地震という時に早速飛び出す自由」と、子規の考える楽しみと自由のすべてを連ねた文章がある。子規はこれらを夢想するが、自らの現実は「総《すべ》ての楽、総ての自由は尽《ことごと》く余の身より奪い去られて僅《わず》かに残る一つの楽と一つの自由、即ち飲食の楽と執筆の自由なり。しかも今や局部の疼痛《とうつう》劇《はげ》しくして執筆の自由は殆《ほとん》ど奪はれ、腸胃漸《ようや》く衰弱して飲食の楽またその過半を奪はれぬ。アア何を楽に残る月日を送るべきか」と嘆かねばならないほど切迫していた。

子規にとって「飲食の楽」は、生涯を通じて追求した「文学」と並ぶ人生の重大関心事でもある。

子規の「大食らい」エピソードは、上京したころから急に多彩になる。目に触れるものすべてが新しい東京での食文化体験が、いかに子規への影響を与えたかということの証明である。学生時代の子規は食べる量を誇り、人よりどのくらい多く食べたかを自慢した。常盤会からの支給金を食事に充ててグルメを気取り、他人と違う自分を演出したのである。

不治の病といわれた結核に罹《かか》ってから、子規は「滋養食」に目覚める。病魔と死神からの攻撃に、どう対処するか。栄養を取ることで自らの身体を健康に保ち、命を永らえたいと願う心が、「食欲」へと向かった。たくさんの「滋養食」で、蝕まれていく肉体を保全し、病魔に負けない精神を養っていった。

子規は、自分の人生の目標を文学に定めてから、古今の書物を漁って人に負けない知識を身につけていった。各地を旅行し、食べものを味わって、人の知らないことを体験する。まるで、中国の古典に登場する「白澤《はくたく》」のように、子規はとめどない好奇心を充足させようと、知識と体験を食らい、すべてのものを貪欲に食い尽くそうとしたのである。

身体が「カリエス」に侵され、動くこともままならず、「病牀六尺」の空間に閉じ込められてからも、子規は「大食らい」である。「ご馳走主義」を唱えて「滋養食」を食べ続ける。「自分は一つの梅干を二度にも三度にも食う。それでもまだ捨てるのが惜《おし》い。梅干の核は幾度吸わぶっても猶《なお》酸味を帯びて居る。それをはきだめに捨ててしまうというのが如何《いか》にも惜くてたまらぬ（『仰臥漫録』明治三十四年九月十九日）」と、という自らの浅ましさを吐露《とろ》する。死の直前まで「食べもの」に限りない執着を持ち、貧しくとも「滋養食」をとり続けた。

身体にいくつもの穴があき、激しい傷みが常に訪れる「病牀六尺」の世界で、朽ち果てていく肉体を強靭な精神で支え、維持するために必要な「食」の舞台裏が、『仰臥漫録』に記録された日々の献立である。「食いたいときには本膳でも何でも望み通りに食わせてもろうて、看病人の手もふやして一挙一動悉《ことごと》く傍より扶《たす》けてもろうて西洋菓子持て来いというと、まだその言葉の反響が消えぬ内《うち》、西洋菓子が山のように目の前に出る。かん詰持て来いというと言下にかん詰の山ができる。何《なん》でも彼《かん》でも言うほどの者が畳の縁から湧いて出るというようにしてもらうことができるかもしれない（『仰臥漫録』明治三十四年九月二十九日）」と語る子規がいる。また、「悟りということは如何なる場合にも平気で死ぬることかと思っていたのは間違いで、悟りということは如何なる場合にも平気で生きている（『病牀六尺』明治三十五年六月二日）」ことに気づいた子規の姿も見える。

「食欲」と子規は、切っても切り離せない関係にあり、『病床日記』や『墨汁一滴』『仰臥漫録』『病牀六尺』は、病魔との格闘と「食欲」の記録でもある。これらは自分を見詰めぬいた客観的な観察であり、子規の「食欲」の答えがそこに現れてくる。子規を理解するためには、その「食欲」の根源を知らなければならない。また、明治という時代を知ることも、子規の理解には欠かせない。

本書は、子規三十五年の生涯を通じて残した「飲食の楽しみ＝食欲」のエピソードを知り、子規の生きた明治時代の食べものや飲食店などの蘊蓄《うんちく》を楽しんでいただくものである。誌面にちりばめられたさまざまな情報を、読者には満腹になるまでご堪能いただきたい。

第一章「大食らい子規」は、子規の生涯を通じて体験した食べもののエピソードを通じて、食べもの体験を時系列に書いた。子規の成長につれて変化する、食べものの歴史を記している。

第二章「紀行文と食べもの」は、子規の紀行文から食べもののエピソードを中心にまとめた。当時の旅の様子と食事のあり方、子規の思惑と異なる旅の食事などを綴っている。紀行ごとに明治時代の絵葉書を掲載したので、当時の様子も併せて体感できるのではないか。

第三章「門人・知人と食べもの」は、子規の交友と食べものに関するエピソードを綴っている。子規の幅広い交流と、親しい人たちとの間で交わされる「わがまま」と「愛情」のあり方を感じていただけたら幸いである。

第一章と第三章には、テーマに沿った明治時代の作家の文章を掲載し、著者たちのプロフィールやエピソードを記した。また、明治の食に関するコラムも、各章の終わりに書いた。これらで明治の雰囲気を感じ、文明開化とともに始まった食について知っていただければという趣向である。

子規に関する本は、『子規の生涯』『のぼさんとマツヤマ』に続き、三冊目になる。今回は、「子規と食べものの関係」というテーマのため、俯瞰的な子規考察より子規の食体験を通じて子規の人柄や考えにどう触れるかということに主眼を置いた。できるならば、子規の人生の歩みがよくわかる『子規の生涯』を傍らに置いて子規の人生を味わっていただき、「子規と食べもの」「子規が生きた明治時代」をより深く理解していただきたい。

この本に書いたことの多くは、子規研究の成果をベースに、私なりの解釈と視点で読みやすく再構成したものだ。子規に対する興味が少しでも増すことができればありがたいと思い筆をとった。また、先人たちの研究がなければこの本は成立しなかった。そのことに厚く感謝している。また、本書をお読みいただき、子規ファンの拡大につながれば、それは著者にとって望外の幸せである。

本年、平成二十九（二〇一七）年は、正岡子規・夏目漱石生誕百五十年に当たる。このような時期に、子規に関する書籍を刊行させていただくのも幸甚につきる。この機会を与えて下さったアトラス出版に感謝したい。

平成二十九年正月　　土井中　照

第一章　大食らい子規

第二章　紀行文と食べもの

第三章　門人・知人と食べもの

凡例

本書における子規に関する文章は『子規全集』（講談社）、俳句は『子規句集』（岩波文庫）、短歌は『子規歌集』（岩波文庫）を主に引用している。

なお、証言部分（引用文）の漢字表記については、人名を除いて新字体に改め、助詞などの漢字は、平仮名とした。漢数字は、横書きではあるが、そのまま用いている。また、俳句、短歌を除き新仮名遣いとした。平仮名は旧仮名を改め、原文に送り仮名を加えたものもある。詳しくは、下記の表を参照のこと。

原文には句読点のないものもあるが、読みやすさを考えて句読点を加えている。本文中の（中略）は「……」と表記した。また、現在の読者には難しい表現もあるため、原文のニュアンスを生かしながら、現代文に改めたものもある。

子規の年齢については、満年齢で表記している。

作家の生没年は『明治大正人物事典』（紀伊國屋書店）を参照した。

（※回想の子規）は『子規全集』（講談社）の別巻二・三「回想の子規」より引用している。

原文	表記
敢て	あえて
恰も	あたかも
余り	あまり
或いは	あるいは
云ふ	いう
雖ども	いえども
如何	いかん
些か	いささか
徒ら	いたずら
至り	いたり
何時	いつ
愈々	いよいよ
所謂	いわゆる
於て	おいて
置く	おく
却って	かえって
斯く	かく
且つ	かつ
嘗て	かつて
曾て	かつて
豫て	かねて
位	くらい
蓋し	けだし
斯う	こう
茲・爰	ここ
事	こと
殊に	ことに
此の	この
之・是	これ
嘸	さぞ
扨・偖	さて
併し	しかし
然りし	しかりし
頻りに	しきりに
屡	しばしば
暫く	しばらく
総て	すべて
折角	せっかく
是非	ぜひ
匆々	そうそう
其処	そこ
其の	その
其れ	それ
抑も	そもそも
夫れ	それ

原文	表記
沢山	たくさん
丈け	だけ
唯、只	ただ
忽ち	たちまち
玉へ	たまえ
為	ため
丁度	ちょうど
一寸	ちょっと
鳥渡	ちょっと
終・遂	つい
就いて	ついて
付	つき
積り	つもり
出来	でき
何処	どこ
所、処	ところ
迚も	とても
兎に角	とにかく
共	とも
尚	なお
無い	ない
乃至	ないし
為す	なす
抔	など
成り	なり
也	なり
計り	ばかり
外	ほか
程	ほど
殆ど	ほとんど
略々	ほぼ
先づ	まず
亦・又	また
復た	また
迄	まで
稀	まれ
寧ろ	むしろ
若し	もし
勿論	もちろん
以て	もって
以って	もって
尤も	もっとも
許・固	もと
矣	や
矢張り	やはり

原文	表記
故	ゆえ
所以	ゆえん
善い	よい
様	よう
漸く	ようやく
由	よし
余程	よほど
僅か	わずか
逢う	会う
己来	以来
著く	着く
這入る	入る
吾	我
吾輩	我輩
皃	顔
處	処
盡	尽
身體	身体
國	国
匕	匙
予	余
ゐ	い
ゑ	え
ひ	い
づ	ず
へ	え
づつ	ずつ

※ただし、俳句や短歌は原文のまま。また、原文のニュアンスを生かすため、上記の通りではない部分もある。

第一章　大食らい子規

【菓子パン】初めての東京で口にした都会の味

松山時代の子規には、読者をびっくりさせるような食べものエピソードが少ない。上京してからの子規は、初めて口にする東京の食べものを餓鬼《がき》のように食いつくした。食べる量を誇り、旺盛な好奇心で「食」への挑戦を繰り返す。子規の食べもの遍歴が、ここから始まった。

明治十六（一八八三）年五月、松山中学の退学を決意した子規は、叔父の加藤拓川《たくせん》（恒忠《つねただ》）からの手紙を待っていた。叔父の許しが出れば上京できる。この年の六月八日、ふるさとを早く離れたいと願っていた子規のもとに、拓川から上京を認める手紙が届いた。子規は、この手紙を生涯最大の喜びのひとつとした。

子規は急いで荷物をまとめ、十日には松山を出発。船で神戸港を経て横浜港に向かい、六月十四日には東京新橋駅に立った。久松邸を訪れ、川向こうの宿「梅室」に泊まっていた柳原極堂《やなぎはらきよくどう》を訪ねるが不在のため、本郷にある下宿屋に行く。すると、幼なじみで親戚の三並良《みなみはじめ》がいた。そこで初めて東京の菓子パンを食べた。

子規は、菓子パンを終生愛した。まるで刷込みを施された鳥の雛《ひな》のように、子規は毎日のように菓子パンをついばみ、東京の味を実感した。

子規の食卓に、菓子パンは毎日のように登場している。『仰臥漫録』明治三十四（一九〇一）年九月七日には間食に「菓子パン十個許《ばかり》」を食べ、翌日には菓子パンをスケッチした。

パンは、十六世紀にポルトガル人によって日本にもたらされたが、本格的につくられるようになるのは開国後、パンを常食とする人々が横浜や神戸などに居留するようになってからである。日本人の手による初めてのパン屋は横浜で開業した内海兵吉《うつみへいきち》の店で、外人のパン屋も続々開店した。

パンが普及するのは明治七（一八七四）年、東

パン売の太鼓も鳴らず日の永き　明治34年

京銀座木村屋によるあんパンが登場してからで、以後、菓子パンというジャンルが確立する。明治の文豪・三宅雪嶺《せつれい》は『同時代史』に「パンは、長崎が発生の地とせられるが、始めはそれをあんなし饅頭と呼んだ。あんなし饅頭の名前から、あんパンの着想は得られたのだった」と書いている。

その翌年四月四日には、天皇皇后両陛下が東京向島《むこうじま》の旧水戸藩下屋敷を訪問した際、あんパンがその接待菓子として出され、ことのほか皇后陛下がお喜びになられ、納入の継続が実現する。

明治十八（一八八五）年には、木村屋がパンの宣伝にチンドン屋を活用するようになった。上に掲げた子規の句のように閑静な根岸あたりにもパン売りのチンドン屋が訪れていたことがわかる。

あんパンと並ぶ「三大菓子パン」のうち、ジャムパンは明治三十三（一九〇〇）年に木村屋が発案し、クリームパンは明治三十七（一九〇四）年に中村屋が世に送り出している。

子規がもし生きていたら、これらの菓子パンの味をどう綴ったのだろうか。

三五郎は何時《いつ》か店をば売仕舞《うりしも》うて、……何だ何だ喧嘩《けんか》かと喰べかけの餡《あん》ぱんを懐中《ふところ》に捻じ込んで、相手は誰れだ……

樋口一葉『たけくらべ』

ひぐち・いちよう（一八七二～一八九六）東京生まれ。『たけくらべ』『にごりえ』などで知られる明治時代の小説家。結核により二十四歳で逝去している。

夏目漱石と一葉の父たちは、上司と部下の関係で縁談が持ち上がったことがあるが、一葉の父には多額の借金があり、結婚したら何を要求されるかわからないと、破談になったという。

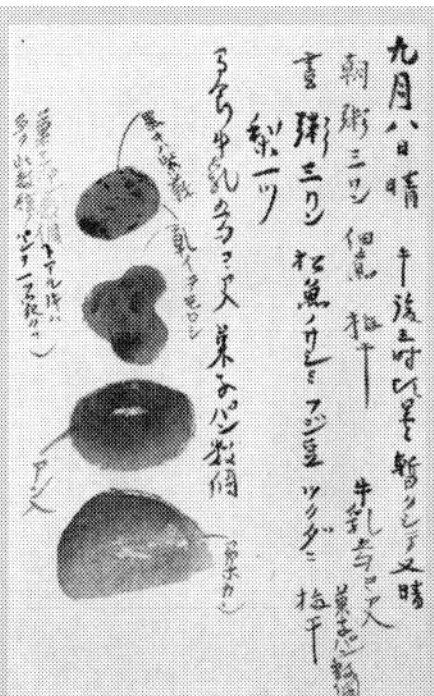

▲『仰臥漫録』に描かれた菓子パンの画

（提供：松山市立子規記念博物館）

上から「黒キハ紫蘇《しそ》」「乾イテモロシ」「アン入」「柔カ也」と添えられている。この画をもとに、松山市のパン屋「いろは屋」が「子規の愛した菓子パン」を通信販売。麹《こうじ》は、当時の酒種を使用しているという。

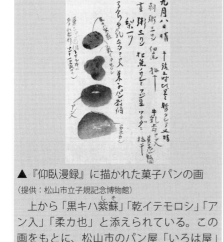

【言問団子】拓川の家を訪ねる前に食べたという団子

明治十六（一八八三）年、上京した子規は、六月十五日に親戚の三並良《はじめ》を伴って叔父の加藤拓川（恒忠）を訪ねた。

子規の上京は時期尚早と反対していた拓川だったが、旧藩主・久松定謨《さだこと》のフランス留学に同行することが決まったため、出国前に子規の遊学手続きを済ませてしまおうと、上京を許したのである。子規は拓川の決定に飛び上がって喜んだ。

当時、拓川は向島木母《もくぼ》寺近くの料理屋に寄宿していたため、ふたりの来訪を受けて、近くの農家を借りて談話した。子規はこのとき、拓川に倣《なら》って政治家になる夢を語っている。

拓川を訪れる前、子規が言問《こととい》団子で団子を食べていたことを目撃した人物がいる。拓川を見舞いにきた久松家の家扶《かふ》・伊藤鼎《かなえ》だ。拓川の家を訪ねる途中、田舎臭い書生が泰然と言問団子を食べているのを見た。それが子規だというのである。鼎は「東京の土を踏むや踏まずに、団子屋に入るなんて、肝《きも》が据わっている」と、子規の将来を頼もしく思った。しかし、柳原極堂《きょくどう》は『友人子規』で、「子規が初めて拓川を向島に訪《おとな》いしは……単独行ではなかったから伊藤某の言と合致しがたい点がある。この月の十九日に子規は単独で拓川を再び往訪しているから、あるいはこの時の事かとも思われる」と、この話に疑問を呈している。

子規は、この時以外にも明治二十一（一八八八）年の秋に勝田主計《しょうだかずえ》らとともに隅田川のボートで遊んだときや、明治二十五（一八九二）年の秋に新海非風《にいのみひふう》と隅田川へ行ったときにも、言問団子を味わっている。

言問団子は、幕末の創業である。長命寺《ちょうめいじ》の近くに住んでいた植木屋の植佐こと外山佐吉《とやまさきち》は、維新後に仕事がなくなってきたので、隅田川の堤《つつみ》にささやかな茶店を開いて、手製の団子を売った。し

花の雲言問団子桜餅　明治29年

かし、なかなか売れない。

長命寺に花城《かじょう》という人物が隠遁《いんとん》していて、かねてより植佐と懇意にしていた。花城は、在原業平《ありわらのなりひら》が隅田川で詠んだ「**名にし負はばいざ言問《こと》はん都鳥我が思ふ人はありやなしやと**（古今和歌集）」の歌にちなみ、団子を「言問団子」と名づけ、明治元（一八六八）年にその由来を戯文《ぎぶん》にして額に仕立てたところ、訪れた客が「言問団子」の名に興味を持ち、団子を注文しはじめた。まぜものなしの米粉を使った団子は、隅田川を訪れる人々の間で評判になった。

明治三（一八七〇）年、隅田川に新しく架かった橋に「言問橋」という名前がつく。そのおかげか美味しさのためか、急速に団子の名前が知られるようになっていった。

明治十一（一八七八）年、佐吉が花城翁に相談して、夏に都鳥の形をした燈籠《とうろう》を流すとこれも話題になり、ますます「言問団子」は有名になった。現在も、隅田川の名物といえば、長命寺の桜餅に並んで「言問団子」の名が挙がる。

只嬉しくて堪えられず、車を下りて人の推すままに押されて、言問団子の前までは行きしが、待合す社員友人の何処にあるや知られず、……。

饗庭篁村『隅田の春』

あえば・こうそん（一八五五～一九二二）江戸生まれ。小説家で演劇評論家。日本人で初めてエドガー・アラン・ポーの作品を翻訳する。

読売新聞の記者となり、さまざま文章に手を染め、『当世商人気質』が出世作となった。根岸の里に住み、付き合いのあった岡倉天心や幸田露伴などと「根岸派」と呼ばれ、陸羯南とも親交があった。

▲言問団子（提供：墨田区観光協会）

団子は、小豆餡と白餡、味噌餡の３種類で串に刺さっていない団子。皿には都鳥が描かれている。生ものなので発送はしていないが、浅草や錦糸町のデパートでも入手できる。

【書生子規の食欲】親戚も驚いた子規の大食らい

明治十六（一八八三）年六月末、子規は日本橋にあった旧松山藩主久松邸の書生小屋で暮らした。のち、従弟の藤野古白《ふじのこはく》のお目付役として赤坂の須田学舎で、七月からふたりで寮生活をはじめる。しかし、古白が他の塾生と諍《いさか》いごとを起こすので、ふたりは退舎を余儀なくされ、古白の家に住むことになった。

子規は、九月下旬、久松邸から神田中猿楽町《なかさるがくちょう》に引越した藤野家に下宿した。友人の清水則遠《しみずのりとう》もいっしょである。明治十七（一八八四）年六月に藤野家が牛込《うしごめ》に転居すると、子規と古白はともに牛込へ移るが、そののち子規が東京大学予備門に合格すると古白の家を離れ、神田猿楽町五番地の板垣善五郎方へ下宿している。

古白の父・藤野漸《すすむ》は、明治十三（一八八〇）年から上京し、会計監査院に勤めた。明治十八（一八八五）年になると、漸は役所を辞め、久松家の家扶《かふ》となる。東京での住まいは、麹町、神田、牛込、麻布と変わった。漸の妻・磯子によると「六年間に七度引越をした（『始めて上京した当時の子規』）」という。

漸は、明治二十五（一八九二）年に松山へ帰り、伊予銀行の前身である第五十二国立銀行の創立に力を尽くし、のちに二代目頭取に就任した。また、松山能楽界の会長を長く務め、地域文化の発展に貢献している。

漸は子規の叔父に当たる。明治二（一八六九）年、漸は大原観山の娘・十重子《とえこ》を嫁に迎えた。子規の母・八重の妹である。十重子は明治十一（一八七八）年に二十六歳で病没し、漸の後《のち》添えとなるのが磯子だ。

藤野家、特に磯子は、子規の大食らいに驚いた。相当の大食漢で、ご飯もおやつも人並みではない。蚕豆《そらまめ》を家で煮るとき、乾燥した蚕豆を水で戻し、

垣越に青梅盗む月夜哉　明治31年

柔かくした皮を取るのを子規に手伝ってもらったが、一升ほどの蚕豆はたいてい一度で無くなるくらい子規は食べるのである。

ある日、子規の茶碗が割れたので、勧工場《かんこうば》（現在のデパートのようにいろいろな商品が売られている場所）に買いに行くと、その中で一番大きな茶碗を子規は欲しがった。漸の息子がまだ二歳くらいの頃、子規を「ウワウワ」と呼んでいたが、藤野家を出た子規の大きな茶碗が残っているのを見て「ウワお茶碗」といってみんなを笑わせたという。

ある日のこと、留守番のお土産に餅菓子を買って帰ると、子規はそれをたらふく食べた挙げ句、鰻丼を食べ、客の食べ残し分まできれいにたいらげてしまった。すると、その夜、吐瀉《としゃ》と下痢の症状を示した。

みんなは食べ過ぎだと考えたが、お腹を壊した原因は、ほかにあった。腹のすいた子規は、藤野家の庭にある青梅を摘んでこっそりと食べ、腹痛を起こしたのである。

「……サア大に喰《く》うべしだ」須「大に喰うといやァ、任那《にんな》はよく喰うなァ。先日一所に、汁粉店へ行ったらなァ、汁粉を十一杯くうたぞ。実に非凡の大食家《グラットン》ぢゃ」

坪内逍遥『当世書生気質』

つぼうち・しょうよう①（一八五九～一九三五）美濃生まれ。『小説神髄』『当世書生気質』といった小説やシェイクスピアの翻訳を手がける。英語が苦手だった子規は、明治十七年の夏、本郷の進文学舎で英語を学ぶが、ここでは坪内逍遥が英語を教えていた。

▲『菓物帖』に描かれた「青梅」の画

（提供：国立国会図書館）

子規は「青梅をかきはじめなり菓物帖」の句を残している。生の青梅は、核にアミグダリンが含まれているため、青酸を発生させて中毒になる可能性がある。嘔吐・腹痛・下痢の他、大量に食べた場合には呼吸困難やけいれんを起こすことがあるので、注意が必要だ。

【煎餅】共立学校では煎餅《せんべい》党に属していた子規

明治十六（一八八三）年十月、子規は神田の共立学校へ入学し、大学予備門をめざした。同期に、秋山真之《さねゆき》、南方熊楠《みなかたくまぐす》、菊池謙二郎らがいた。

翌年九月、子規は東京大学予備門予科（明治十九年四月、第一高等中学校に改称）を受験する。試しに受けてみると、子規は見事合格していた。予備門の同級生には、夏目漱石《なつめそうせき》、南方熊楠、山田美妙《びみょう》、芳賀矢一《はがやいち》ら、後に作家や学者として活躍する人物がいた。『墨汁一滴』に「心頼みは無かったが同級の男が是非《ぜひ》行こうというので行て見ると意外のまた意外に及第して居《い》た。却《かえ》って余らに英語など教えてくれた男は落第して居《い》て気の毒でたまらなかった（六月十四日）」と書いている。神様の気まぐれで予備門に合格したのである。

子規没後の明治四十四（一九一一）年、大博物学者となっていた南方熊楠のもとを、子規門人の河東碧梧桐《へきごとう》が訪ねた。熊楠は、共立学校当時を思い出し、子規は「煎餅党」であったと語った。「煎餅を囓《かじ》っては、やれ詩を作る、句を捻《ひね》るのと言っていた。自然煎餅党とビール党の二派に分れて、正岡と僕が各々一方の大将をしていた（『続三千里』）」と当時のことを思い出している。

子規は、終生、煎餅を愛した。健康な時代には、煎餅をお土産《みやげ》代わりに友人の部屋を訪ねている。だが、大きな袋に入った煎餅を食べるのは、ほとんどが子規であったという。

晩年も煎餅を常備していた。『明治卅《さんじゅう》三年十月十五日記事』には「紅茶を命ず。煎餅二三枚をかじり、紅茶をコップに半杯ずつ二杯飲む。昼飯と夕飯との間に、菓物《くだもの》を喰うか或《あるい》は茶を啜《すす》り菓子を喰うかするは常の事なり」「母は忽然襖《ふすま》をあけて、煎餅でもやろうか、という」と書かれている。

明治三十四（一九〇一）年九月上旬の『仰臥漫録』に限っても、三日は昼に煎餅三枚、四日は間食に

煎餅干す日影短し冬の町　明治29年

塩煎餅三枚、七日は朝と間食に塩煎餅三枚ずつ、十日に間食で煎餅四、五枚と記録されていて、煎餅を手放さなかったことがわかる。

碧梧桐らの記憶によると、子規が食べていたのは「豆入り、細長い芭蕉《ばしょう》の葉の形（『子規を語る』）」をした「岡野」の煎餅である。平出鏗二郎《ひらでこうじろう》著『東京風俗志』には、東京の代表的な菓子として「下谷岡野（岡埜栄泉堂）の最中」、汁粉屋として「根岸の岡野」が挙げられている。大熊利夫著『根岸夜話』には、花街の女性の証言で「坂本にあった岡埜のもち菓子は忘れられませんよ」と記されている。

岡埜栄泉堂のホームページには、「慶応、明治初期に浅草の駒形「岡埜栄泉」から親戚筋の五軒に暖簾《のれん》分けされたうちの一軒が上野駅前岡埜栄泉である。……暖簾分けされた五軒は、上野、根岸、本郷三丁目、森川、竹早町にあり、本家を含み、いずれも岡埜（岡野）姓であったが、弊店を除きいずれも閉店してしまっている」とあるから、子規の好物である「岡野の煎餅」は、このうちの一軒のものかもしれない。

その代わり一所《いっしょ》に散歩に出た。帰りに岡野へ寄って、与次郎は栗饅頭を沢山買った。これを先生に見舞《みやげ》に持って行くんだと云って、袋を抱えて帰っていった。

夏目漱石『三四郎』

なつめ・そうせき①（一八六七〜一九一六）江戸生まれ。

子規と漱石は明治二十二（一八八九）年に知りあい、ふたりが寄席好きということがわかり、急速に親しくなった。漱石は「非常に好き嫌いのあった人で、滅多に人と交際などはしなかった。僕だけどういうものか交際した」と書いている。

▲『岡埜栄泉総本家』の商標と名物の「豆大福」

『岡埜栄泉総本家』は、明治6年(1873)、上野駅ができる10年前に、岡野ちよによって創業されている。5代目のご主人・岡野俊一郎氏は、サッカーを中心にアマチュアスポーツ界で幅広い活動を行っている。

【鍋焼きうどん】三人で二十四杯はうどん屋の主人にも怒られた

明治十八（一八八五）年頃、子規は神田猿楽町の板垣善五郎方に同居していた井林博政《いばやしひろまさ》ともに、松木茂俊の下宿を訪ねた。

手元に金がないので、同郷の松木に何か奢《おご》らせようという魂胆《こんたん》である。しばらく待っているといつもの鍋焼きうどんの屋台が通りかかった。三人で二十四杯を平らげ、もう一杯お代わりを頼んだ。土鍋を片付けようとした屋台の主人が部屋を覗くとたった三人しかいない。主人は「そんな無茶な食べ方をしてはいけません。商売だからといっても、こんな無茶苦茶な注文は受付けません」と、子規らの追加注文に応えなかったという。

この話はみんなの記憶に残っていたようで、勝田主計《かずえ》の息子・勝田龍夫が『子規全集』（講談社）の月報で、「（子規は）非常に健啖な男で、鍋焼饂飩《うどん》を十杯食うとか十二杯食うとかは度々《たびたび》聞く処で（「学生時代の父勝田主計と子規」）」と父親の話を記している。また、戯作調の『喀血始末』でも、「八杯の鍋焼饂飩などはつづけざまにチョロチョロとやらかしてしまいます」と子規に語らせている。

江戸時代中期、「明暦《めいれき》の大火《たいか》」で焼けた江戸の町を修復するために、近隣から多くの男性労働者が集まった。それらの人々のお腹を満たすため、食べ物の屋台が賑わうようになる。当初は、夜になると出没する「夜鷹《よたか》そば（夜鷹と同じく、夜になると出没することから）」が人気を呼ぶが、維新以降になると、上方で流行《はや》っていた鍋焼きうどんが江戸に登場した。蕎麦だと汁がすぐにぬるくなってしまうが、土鍋に入れた鍋焼きうどんなら温かさが長持ちするので、人気が出たのである。

小菅桂子《こすげけいこ》著『近代日本食文化年表』によると、明治十三（一八八〇）年には鍋焼うどんが大流行し、夜鷹そばを食べる人極めて少なく、東京府下で鍋焼うどんを売る者八六三人、夜鷹そばを売る

蕎麥はあれど夜寒の饂飩きこしめせ　明治28年

者一一人と記されている。

同著によると「鍋焼きうどんの起源については元治二（一八六五）年正月の市村座の初演の舞台「粋菩薩禅悟野晒《すいぼだいぜんごのざらし》」の四天王寺山門の場で、山門の前に荷をおろした夜そば売りが『わしはこの間まで大坂名物豌豆《えんどう》まめを売っておりましたが、この頃流行る鍋焼饂飩《うどん》にすっかり押されまして、それから宗旨を替えました』と客にこたえる台詞《せりふ》がある。鍋焼きうどんは大坂で生まれ、元治元年にはすでに流行っていたことがわかる。その鍋焼きうどんが東京へ来たのは明治六、七年頃のことという」と記されている。

当時の歌舞伎はすぐに流行を取り入れた。岡本綺堂《きどう》の『明治の演劇』には、明治十四（一八八一）年の冬に新富座《しんとみざ》で上演された河竹黙阿弥《かわたけもくあみ》作の「島衛月白浪《しまちどりつきのしらなみ》」のなかで、登場人物が夜蕎麦売りの売り手が少なくなったというと、「その代り鍋焼饂飩が、一年増しに多くなった」と応える台詞があると書かれている。

まだ宵で人足多く、欲張りの鍋焼き饂飩め、荷を下して行きゃあがらないっ！　犬め、寄って人を嗅ぐ。早くかの人が行けば好い、今夜にかぎって依怙地《いこじ》に通る、と言って佇《たたず》んでも居られず……

山田美妙『阿千代』

やまだ・びみょう（一八六八〜一九一〇）江戸生まれ。

大学予備門で子規と同級。明治十八年（一八八五）、幼なじみの尾崎紅葉らと文学結社「硯友会」を結成し、言文一致運動に取り組む。『武蔵野』『夏木立』で文壇での地位を確立した。

美妙ら同年代の若者たちの文壇での活躍は、子規に大きな影響を与えた。

▲『風俗画報』（明治26年）の「鍋焼きうどん」

幸田露伴《こうだろはん》の『聖天様《しょうてん》』には当時の東京の細民たちのことが書かれ「下谷浅草のこまかい人達、その日ぐらしの棒手振り、車夫、鍋焼饂飩、おでん屋、茹《ゆ》であづき、麺包《パン》の附焼き、駄菓子売り、日雇人足」とある。

【酒】飯なら何杯でも食べられるが、酒はダメ

明治二十（一八八七）年四月、子規は住まいを神田一ツ橋外の第一高等中学寄宿舎に移した。

ある日のことである。翌日の三角関数の試験に備えて勉強をしていたとき、友人から酒の誘いがあった。神保町《じんぼうちょう》でラッキョを肴《さかな》に日本酒を飲んだ。普段なら五勺《しゃく》（半合）の量だが、倍の一合を飲んだところ、自分の部屋に帰ってみても酔いが回って苦しくてたまらない。試験勉強をせずにそのまま寝てしまった。試験の点数は百点満点の十四点だったという。子規は「酒も悪いが先生もひどいや」との感想を残している。

明治二十三（一八九〇）年、『筆まかせ』の「酒量くらべ」には、当時住んでいた常盤会《ときわかい》寄宿舎生の飲酒度番付をつくっている。これによると、東方では下から五人目の前頭六枚目で、少しは飲めるという番付表になっている。鍛錬次第で酒を飲めるという自負があったのだろうか。

明治三十五（一九〇二）年の『病牀六尺』には「我々下戸《げこ》の経験を言うてみると、日本の国に生れて日本酒を嘗《な》めてみる機会はかなり多かったにかかわらず、どうしてもその味が辛いような酸ぱいようなヘンナ味がして今にうまく飲むことができぬ（八月十一日）」と書き、洋酒を「幾らか飲みやすい」と記している。子規は、病床で葡萄酒やブランデーをわずかに嗜《たしな》んでいたのである。

明治十（一八七七）年、明治天皇は西南戦争の傷兵を見舞った折、パンと葡萄酒、ビールを下賜《かし》されたことが新聞に報道され、葡萄酒やビールに滋養効果があると、広く知られるようになった。また、この年はコレラの流行があったので、水を飲むときには煮沸《しゃふつ》し、それの味が落ちた場合には少量の葡萄酒を入れるという衛生局の指示があった。これらのことから、葡萄酒は病人によいとされたのである。

酒ものめぬ身となられしか魂祭　明治28年

葡萄酒は薬用と考えられたが、舶来の葡萄酒は幾分辛い。そこで、国産の蜂印香竄《こうざん》葡萄酒は、渋みを抜き、甘味を強くして飲みやすくした。子規が飲んでいる葡萄酒は、この蜂印のものと考えられる。

子規は、門人たちの暴飲を忠告している。死を真近に迎えた明治三十五年八月十八日には、愛媛出身の歌人・森田義郎《ぎろう》に「今のうちに酒を止めたまえ、晩酌というものは年老いて隠居した爺さんのすることとなり、今から晩酌などは生意気というべきものか」という手紙を送っている。

子規の父親は大酒飲みであった。『筆まかせ』には「その大酒家なりしことは誰もいうところにて、毎日毎日一升くらいの酒を傾け給い、それが為に身体の衰弱を来《きた》し、終《つい》に世を早うし給えり。その話に死後暫時《ざんじ》にして皮膚尽《ことごと》く黒色を呈せしかとかいえば、脂肪変化にはあらざりしかと疑わる（「父」）」と書いている。

暴飲の果てに命の潰《つい》えた父の姿が、子規の頭をよぎり、酒が飲めなくなったのかもしれない。

身の養生は如何《どう》だと申すに……きわめて赤面すべき悪癖《あくへき》は、幼少の時から酒を好む一条で、しかも図抜けの大酒……いわゆる牛飲馬食とも言うべき男である。

福沢諭吉『福翁自伝』

ふくざわ・ゆきち（一八三四～一九〇一）大坂生まれ。
中津藩の大坂蔵屋敷に生まれる。成長して適塾に蘭学を学び、英語を習得。渡米・渡欧したのち、欧米文化の紹介に努める。維新後、文明開化の波を更ける日本の舵取り役として多くの人々に影響を与えた。

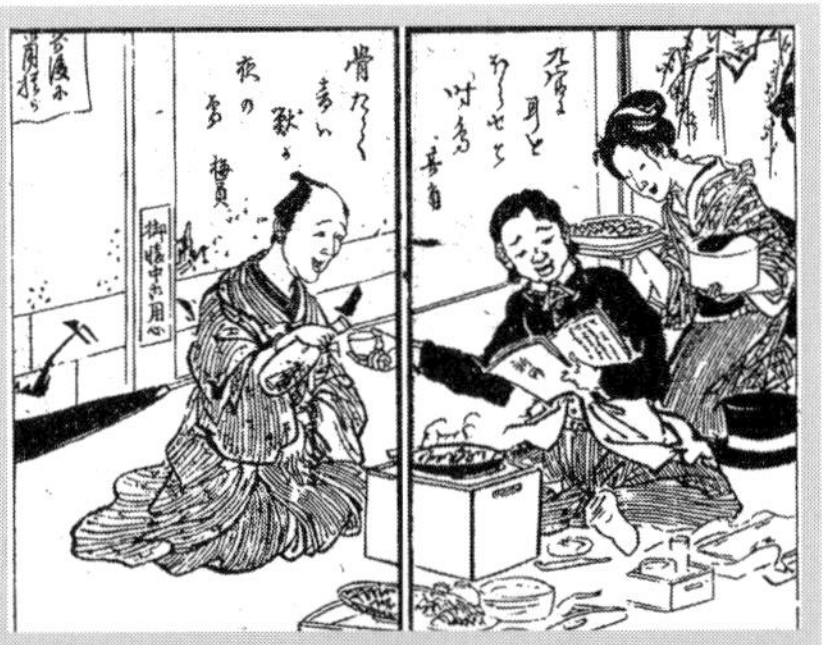

▲『安愚楽鍋』の飲酒風景

酒量くらべ（『筆まかせ』）

東	順位	西
山内	大関	五島
梅本	関脇	白石
土居	小結	佃
吉田	前頭	寒川
横山	同	渡部
相原	同	梶原
佐伯	同	山崎
高市	同	内藤素
正岡	同	勝田
五百木	同	戒旧
河東	同	竹村
伊藤	同	新海
久松	同	大原

【賄征伐】子規が加担した暴動は、叔父や知人にちなむのか？

第一高等中学寄宿舎に住んで約十カ月、明治二十一（一八八八）年一月末に「賄征伐《まかないせいばつ》」が起こった。「賄征伐」とは、寮などに寄宿する生徒や学生が、食事を給仕・調理する人たちに対して食堂などで起こす騒動である。当時の寮における食事は、寮生たちの満足を充たすものではなかったので、そのことに不満を持つ寮生たちが、食事をもっと寄こすように、机を叩いて要求を繰り返した。書生たちの鬱憤《うっぷん》のはけ口が「賄征伐」である。

「賄征伐」には、食生活への不満だけではなく、寮生を規則でがんじがらめにしようとする学校側への批判が根底に流れていた。

子規たちが起こした「賄征伐」の前にも、明治十二（一八七九）年の司法省法学校寄宿舎、明治十六（一八八三）年の東京大学寄宿舎などで同様の事件が起こっている。

子規たちは、寄宿舎の各棟に「午後五時の振鐸《しんたく》（食事の始まりの合図）のときに一斉に食堂に集まり、飯櫃《めしびつ》を空《から》にして賄い方を困らせる」という檄文《げきぶん》を回して行動を起こした。食堂は、飯櫃要求の机を叩く音に満ちたため、賄い方は賄所に逃げ込んでしまった。喝采をあげる子規たちだったが、その結果、十一人が停学となり退舎した。子規もその処分を与えられると思っていたが、何の通告もない。子規の日頃の振舞いから、暴力沙汰を起こす人物に見えなかったというのが判断の理由だった。

首謀者のひとり菊池謙二郎は「学校の厭制《えんせい》に対する生徒の不満がたまたま賄征伐となって爆発せしもの」と『友人子規』で説明している。

「当時学校長は……自由の風潮を厭《いと》い軍隊式をもって寄宿舎を治むるを旨《むね》とし、門限の厳重はいうまでもなく消灯時間も同様、朝は鐘を鳴らして廊下に整列せしめ寝床を片付けざるものは一々舎監室に喚《よ》び出されて戒告《かいこく》せらるるという有様」と

大さわぎ書生両手て蚤おさへ　明治 23 年

あり、学校と学生の信頼関係の破綻が「賄征伐」に発展したようである。

ちなみに、寄宿舎の献立は、朝食が味噌汁と豆、昼食が牛肉の煮物と魚の煮物が隔日、夕食が西洋料理一皿だった。下宿屋に比べれば良いけれども、料理屋よりはずっと悪く、夕食の「西洋料理」というのも名前だけだったという。

子規の周りに「賄征伐」に関係する人物がいる。明治十二（一八七九）年、司法省法学校寄宿舎では、食事の量に不満を持つ学生たちが、食堂内で騒動を起こした。二週間の外出禁止処分を下された福本日南《にちなん》らが校長と論争になり、のちの日本新聞創始者・陸羯南《くがかつなん》や子規の叔父・加藤拓川らが抗議した。この事件に加わらなかった原敬《たかし》は、学生側の代表者となって司法卿にまで陳情したが、原、陸、加藤、福本ら十六人が放校となった。

共立学校で子規の同級だった南方熊楠《みなかたくまぐす》は、ご飯を多く食べて賄い方を困らせる「静かな反乱」を試みたものの問題視されず、熊楠は胃病になってしまったという。

されば僕は入校以来、賄征伐の同盟軍にも加わらず、就寝時間が過ぎてから毛布《ケット》かぶって学校の籬《かき》をのり越し饂飩《うどん》牛肉喰いに行く連中にも加わらず、教場で教科書の蔭に小説本を広げ……。

徳冨蘆花『思い出の記』

とくとみ・ろか（一八六八〜一九二七）肥後生まれ。

横井小南門下の家に生まれ、同志社に進んだのち、兄の徳富蘇峰の創立した「国民新聞」の記者になる。のち、小説『不如帰』がベストセラーになる。

若き日、キリスト教布教のため、今治教会に赴任した。その経験は、小説『思い出の記』に生かされている。

明治 16 年におこった東京大学の賄征伐では、予備門の学生まで合わせて 146 名が退学を命ぜられている。この時の処分は、東京府知事芳川顕正《あきまさ》の名で出され、文部省直轄の官立学校はもちろん、公立私立の学校へも入学を禁ずるという厳しいものであった。しかし、この処分について議論が戦わされ、処分された学生はのちに復校した。

【桜餅】長命寺の看板娘お陸とのロマンスと食欲

明治二十一（一八八八）年七月、子規は、夏休みに帰郷や旅行にかけるだけの金もないことから、親戚の藤野古白《ふじのこはく》、三並良《みなみはじめ》とともに、向島にある長命寺境内の桜餅屋「月香楼《げっこうろう》」に寄宿した。

もともと、叔父・加藤拓川ゆかりの向島木母寺の料亭に下宿を頼んだが断られ、近くの長命寺にある桜餅の「山本屋」を紹介してくれたのである。

子規はここで、漢文、漢詩、短歌、俳句、謡曲、向島の地誌、小説で構成された『七草集』を書き上げた。『七草集』は友人たちの間に回覧されて評判となり、夏目漱石が漢詩紀行文『木屑録《ぼくせつろく》』を書くきっかけをつくった。八月初旬に古白と良は「月香楼」を引き上げたが、子規は九月下旬までここで過ごした。

このとき、子規は「月香楼」の看板娘のおろくと恋に落ちたという噂が流された。

大谷是空《おおたにぜくう》は、『正岡君（※回想の子規）』で「処《ところ》が誰がいい出したか、その家の娘と関係でもあるように浮名がたった。君《くん》は正直だけにこの事を非常に気にして、『七草集』と題する五、六十枚もある小説的のものを書いて雪冤《せつえん》（無実の罪を明らかにすること）を試みられた。僕は面白半分にこれを材料にして続編小説を作って君に叱られたことがある」という。

柳原極堂は『友人子規』で「子規は女に程よく調子を合わせて話す方だから、女の方でも話しやすく」と恋には否定的だ。子規たちは、色気よりも食い気の方に関心を寄せ、買い求めたあんこで汁粉をつくって食べていた。

山本屋の元祖は、元禄四（一六九一）年に下総《しもうさ》国《のくに》（現千葉県）銚子から江戸に出て、長命寺の門番をしていた新六が、大川堤の名物だった桜並木の桜の葉の塩漬けで餅を包んだ「桜餅」を考案し、享保二（一七一七）年に創業したといわれる。当

葉にまきて出すまこゝろや桜餅　明治21年

初は糝粉《しんこ》（米粉）を使っていたが、のちに葛粉《くずこ》、小麦粉へと皮の原料が変わっていった。軽やかな口触りの皮をつくるために、山本屋は苦労を重ねてきたという。『嬉遊笑覧《きゆうしょうらん》』（文政十三年・一八三〇年刊）には「近年隅田川長命寺の内にて、桜の葉を蓄え置きて、桜餅とて柏餅のように葛粉にて作る。始めは粳米《うるちまい》にて製《つく》りしが、やがてかくかえたり」と記されている。

長命寺の桜餅には、面白い逸話がある。桜餅を注文した客に「皮（桜の葉）を剥《む》いてお召し上がりください」と伝えたところ、隅田川の方角を向いて桜餅を食べた客がいたのだという。

子規は、桜餅をどのくらい食べたのだろうか。季節と風味に彩られた桜の葉には、ロマンスの隠し味が潜んでいたのだろうか。

「月香楼」を出たあと、子規は九月二十四日に常盤会寄宿舎に入った。ここはもともと坪内逍遥の旧宅だった家で、旧藩主の久松家が買い取って寮に造りかえた。

隅田堤の名物は、長命寺内山本の桜餅、寺外の言問団子等にして……味いまだ佳なり。凡《およ》そ花を見るに、飲食なかるべからず。諺《ことわざ》に曰《いわ》く、花より団子。

飯島虚心『花見の賑ひ』

▲浮世絵「江戸名所百人美女」（歌川国貞）に登場する長命寺のおとよ。山本屋は美人の血筋だったらしい。

▲長命寺の桜餅は、麩焼《ふやき》の生地で餡を包む。（上）関西の桜餅（下）は、餅米を粗く挽いた道明寺で餡を包む。

【喀血後】肺病の子規を温かく迎えたふるさと松山の食事

明治二十二（一八八七）年五月九日の夜、子規は常盤会寄宿舎で喀血《かっけつ》した。翌日、医師の診察を受け、結核と診断された。子規は、その日の午後に九段で行われた会合に出席し、午後十一時に再び血を吐いた。

その夜、子規は「時鳥《ほととぎす》」の題の句を四、五十ほどつくった。「ホトトギス」は「啼《な》いて血を吐く」といわれるように、口のなかが真っ赤で激しく啼く様子から肺病の象徴とされてきた。子規は、一週間、ホトトギスのように一度に五勺《しゃく》ほどの血を吐き続けたのである。

学年試験を終えた子規は、この年の七月三日、学期の終了を待たずに勝田主計《しょうだかずえ》につきそわれて松山への帰省の途についた、七月七日に松山に着いた子規は、実家で毎日「スッポン」の生血を飲み、葡萄《ぶどう》酒で煮た桃や好物の西瓜《すいか》を食べて過ごした。

当時の滋養食には、「スッポン」「鰻」「泥鰌《どじょう》」「卵」がある。これらにはタンパク質が多く含まれているので、炭水化物中心の食生活を続けていた当時の人々にとって栄養価が高く、御馳走であった。

特に「スッポン」は、昔から滋養強壮の食べものとして知られていた。アミノ酸やミネラル、コラーゲンを多く含み、栄養素と旨味がとけ込んだスープの味に虜になる人も多くいた。

江戸時代の百科事典『本朝食鑑《ほんちょうしょっかん》』には「疲労感をともなう者が煮て食べれば、一、二割の人が元気になる。ただ、味がとても甘いので腹に住む寄生虫を刺激して嘔吐《おうと》するときがあるが、食べ慣れるとそうした症状が出なくなる」とある。

不忍池《しのばずのいけ》にはスッポンがたくさんいたらしく、出合茶屋の多かった池之端《いけのはた》辺りで詠まれた江戸川柳に「**手の音にすっぽんの浮く出合茶屋**」というのがある。

維新後、「肉食」の迷信が取り払われると、滋

卯の花の散るまで鳴くか子規《ほととぎす》　明治22年

養食のジャンルに「肉食」が加わった。「肉食」が嫌われたのは、味覚よりも、仏教における「穢《けが》れ」の意識と、生臭い匂いによる。しかし、江戸時代には「薬喰い」や「ももんじぃ」といい、滋養のために隠れて肉食することもあった。

福沢諭吉は、明治三（一八七〇）年に刊行された『肉食《にくじき》之説』で「我が国民は肉を食べないために不養生となって、生命力が不足する者が少なからずいる。これは国家にとっての損失である。肉食をしないために損失を蒙るなら、もっと肉を摂《と》るべきである。家風だからといって病気の際に薬を使わないことが賢いといえるだろうか」と書き、文明開化のご時世を生き抜くためには、牛肉を食べて健康になるべきだと説いた。これが広く庶民層にまでも受け入れられ、「肉食」に抵抗がなくなってくるのである。

明治五（一八七二）年、明治天皇が自ら料理人に命じて牛肉を召し上がったと報道され、このことで肉食を禁忌《きんき》していた人々の間に、「肉食」の習慣が徐々に広がっていった。

帰朝の後は打《うっ》て変《かわり》たる洋癖家《ようへきか》となり。我国の食物は衛生に害ありとて。専《もっぱ》ら西洋の割烹《りょうり》を用い。家屋も石造玻窓《はそう》にかぎり。

三宅花圃『薮《やぶ》の鶯《うぐいす》』

みやけ・かほ（一八六九〜一九四三）東京生まれ。
旧幕臣の家に生まれ、東京高等女学校（現お茶の水女子大学）に通う。欧化教育を受け、多様な教養を身につけた。兄の一周忌法要の費用が足らないと家族が話すのを聞き、小説を書こうと思い立つ。それが明治以降、女性による初の小説『薮の鶯』である。
この成功により、樋口一葉をはじめとする若い女性たちの小説家への道が拓かれてくるのである。

▲『東京風俗志』（平出鏗二郎《ひらでこうじろう》著）に描かれた牛肉店と蕎麦店
明治元年に牛鍋屋「中川」が登場した。しかし、冷蔵庫のなかった当時、肉の保存状態が悪く「腐肉を売る」との悪評が立ち、道ゆく人は店の前で鼻を押さえて駆け抜けたという。

【下谷の飲食店1】下谷の下宿の近所は飲食店に満ちていた

明治二十二（一八八九）年十月、子規は常盤会寄宿舎に在舎のまま、下谷《したや》黒門町の木村方に下宿した。

この下宿は、上野不忍池《しのばずのいけ》畔にある「無極庵《むきょくあん》」の隣に位置しており、周りには飲食店や待合が軒を並べていた。

これらの店を、明治二十三（一八九〇）年に刊行された三三文房編『東京百事便《ひゃくじべん》』で紹介しよう。

下宿の南隣の「無極庵」は日本料理店である。「門前に車井戸があり、座敷はすべて襖《ふすま》張りの画によって隔《へだ》たれている。この店の料理の値段は、とても安い」とあり、書生たちがよく利用した。のちに「無極亭」と名前を変えている。

その北に「清凌亭《せいりょうてい》」があった。精進《しょうじん》料理の店で「昔から知られている店だが、素人《しろうと》にはちょっと気がつかない店構えだ。すべてが深閑としていて、料理の一切は野菜で調理されているが、その美味なることは他の店の及ぶ所ではない。上野に遊ぶ風流な人々はこの店を利用する」と記されている。

北に貝鍋屋、汁粉屋の「氷月亭《ひょうげつてい》」が続く。「氷月亭」は、「塩あんの味付けが素晴らしい」とある。

「無極庵」の南には「表二階の広間と、船の座敷と称するもの静かな部屋」のある「蓬莱亭《ほうらいてい》」があった。また南は「旧二階、中二階、新築二階などが」ある高級料亭の「松源《まつげん》」もある。子規の下宿の近くには不忍池の美しい風景を楽しむことのできる料理店が並んでいた。子規は自分の下宿を「この中にただ一軒の下宿屋があるのが不思議だ（「書生臭気、三区の比較」）」と書いている。

上野広小路には、「客ごとに空気ポンプをもって鳥鍋を温める」鳥料理屋の「鳥又《とりまた》」があり、「老舗にして特別な生そばの名代の店で、太打ちそばに風味があり、夏には氷そばもある。二階は大広間に雑居するスタイルだが、池の眺望が殊《こと》に素晴

待合や水鳥鳴てぬるき燗　明治30年

らしい」というそば屋の「蓮玉《れんぎょく》庵」、「船坂塀《ふなさかべい》の外囲で趣き深い。三十年前までは鳥料理だけだったが、今は半会席になっている」という「鳥八十《とりやそ》」、夏目漱石や森鷗外らも通った「二階が八十畳、階下が四十畳の座敷に衝立てを置いている。千客万来、豊富な種類の料理があり、幕末より有名な料理屋で、リーズナブルな値段である」という「雁鍋《がんなべ》」、汁粉の「だるま」などが営業していた。

上野山には「八百膳《やおぜん》」と「精養軒《せいようけん》」があった。「八百膳」は浅草山谷に本店がある日本料理店。「上野公園の桜ヶ岡にあり、東方の鉄道停車場に道を開いて、二階の大広間を新築した。名付けて桜雲台という。二百余人の収容人数を誇り、その座敷からは東南の府下百街を一瞥《いちべつ》でき、西北は公園の花月を眺めることができる。大人数の集会などに最適である。包丁の腕前に至っては、何も言わなくても世人が既に旨いと知っている」とある。

西洋料理店の「精養軒」と「青陽楼」は、次の項で説明する。

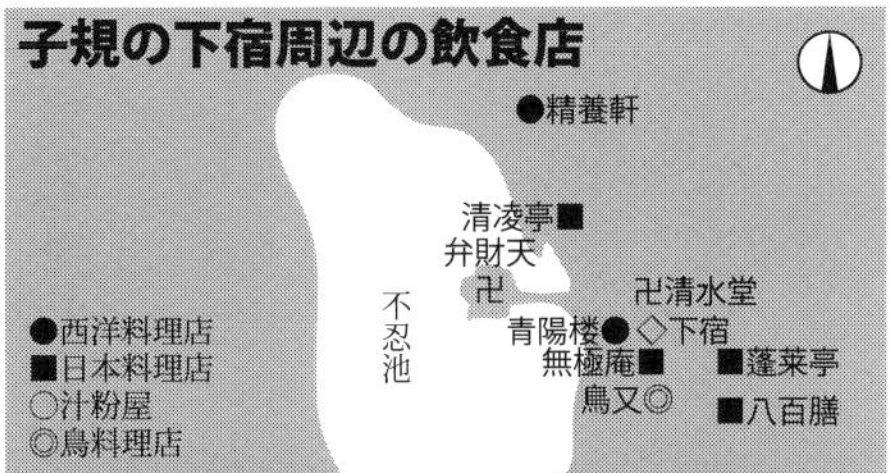

▲不忍池の絵葉書

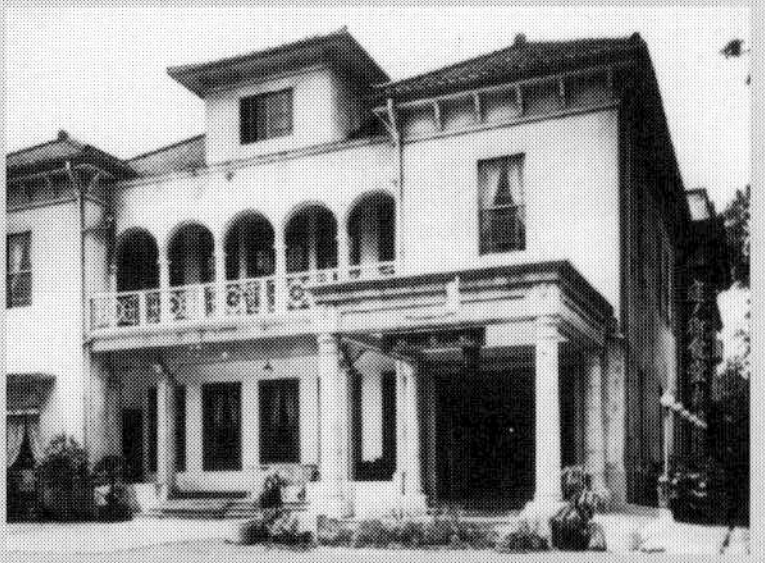

▲上野精養軒

上野精養軒のマークは御者付きの馬車である。かつて上野精養軒に通う客は、このような馬車で乗りつけ、西洋料理を楽しんだ。夏目漱石の小説『三四郎』にも、美禰子が「帰りに精養軒へいらっしゃい」といったり、三四郎が精養軒の会に行く場面がある。

【下谷の飲食店2】下谷の下宿近くにある有名な西洋料理店

下谷にあった二軒の西洋料理店を『東京百事便』より紹介する。

「精養軒」は、東京築地の「精養軒ホテル」の支店である。明治九年（一八七六）に上野公園が開園したのを機に、不忍池を望む場所にオープンした。「紳士の来臨《らいりん》は常に多い。近頃、前の座敷を二階造に改築し、大きくその規模を改めた。池の端や本郷台などの眺望は殊《こと》に素晴らしい。朝食は金三十銭、午食《ごしょく》は金五十銭、晩食《ばんしょく》は金七十銭。しかも料理は好みに応じて調理する」とある。

無極庵の隣にあった「青陽楼《せいようろう》」も、南伝馬町に明治十五（一八八二）年開業の西洋料理店の支店として明治十七（一八八四）年に開店している。「並《なみ》金二十銭、中金三十五銭、上食金六十銭。その他菓子上等金六銭、並等金三銭。また池の眺望も美しい」と書かれている。

第一高等中学寄宿舎寮の食事や、常盤会からの給付金をもらったときなど、子規は西洋料理を数多く食べている。

『筆まかせ』には「西洋料理店へ行き『バター』をたくさん食べても、そう見せないためには『バター』の表面をそいでおく。山のように盛った「バター」には、その山なりに表面をそぎ、山の形を崩さぬようにし（「バタを喰う法」）」とバターを多く使ったように見せない方法を示し、「朝大尽《だいじん》夕書生」では「その代り金があると一時にパッと使うて余すことなし。例えば朝は西洋料理を食い、友人に菓子を食わせ数町さきへ車でかけつけるなど、意気揚々として大尽《だいじん》なれども、同じ日の暮合には已《すで》にもとの書生にて」と、お金の有無で生活が大きく違う書生の生活を綴っている。

大谷是空《おおたにぜくう》が著した『正岡子規君（※回想の子規）』には、子規が下谷に住んでいたとき、「青陽楼」にツケがきくように通帳をつくり、その支払い金

西洋の花に蜂去り蜂来る　明治32年

額に驚かされたことが度々《たびたび》あったと書いている。

柳原極堂は、『友人子規』のなかで、下谷の生活は「滋養物も摂取し新鮮な大気も呼吸すべく、かくは池の端まで進出したのであったろう」と弁護している。ありがたきは、友人の存在である。

長崎や横浜などの外国人居留地で外国人に雇われていた日本人コックが西洋料理店を開業しているが、東京初の西洋料理店は慶応三（一八六七）年に開業した神田橋の「三河屋」である。明治元（一八六八）年に「築地ホテル館」が誕生し、フランス料理を提供した。岩倉具視《いわくらともみ》の側近であった北村重威《しげたけ》が明治五（一八七二）年に「築地《つきじ》精養軒ホテル」を開業。このレストランではすぐれた料理人が育成され、明治二十三（一八九〇）年に「帝国ホテル」が完成した際には多くのコックが引き抜かれたという。

明治一九（一八八六）年に、築地精養軒で「洋食会」が開かれ、西洋のテーブルマナーを学ぶようになったころから一般庶民の間にも洋食が流行し、洋食店の数は全国的に増えていった。

洋食の心得（抄）（『実用料理法』より）

一、食卓に就くときは、自己の体と食事との距離を適当にし、余り遠《とおざ》かりまたは接近するなかれ。適当の距離は二三寸位を隔つるを可《よし》とす
一、食卓に就きたる時あまり急ぎて食《くら》うべからず
一、食物の口中にある時談話すべからず
一、食卓上の菓物を他所にもちさることなかれ
一、食しながら口中に指を入れまた歯などほることなかれ
一、パンは手にてさきそのきり口にバタをつけて食うべし。決して包丁にてきることなかれ
一、パンまたは菓物のただ一つ残りたるをとり食うことなかれ
一、自身の包丁にてバタをとることなかれ
一、魚類の知きやわらかなるものは肉さしにて食うべし。包丁を用ふることなかれ
一、食卓上に自分の嗜まざる品あるもこれを口にいい顔にあらわすべからず、たとひ他の断まさるもの、事にても話すことなかれ
一、残骨をねぶり残漿《ざんしょう》をすすりなどして食ひ尽すことなかれ
一、椅子によりかかり食卓にもたれかかることなかれ
一、食事中談話にうかれ包丁にくさしなどをふるい、手まねものまねなどをすることなかれ
一、自分の席にすすめられたる食物を次席止おくるは礼譲に似たれども却て主人に対し失礼なれば辞退することなかれ
一、ゆでたる玉蜀黍《とうもろこし》は横にして食うが甜味《かんみ》多きものなれば包丁にて実をけずりおとすことなかれ
一、食事中やむことを得ずしてその席を去るも公然これを衆に告ることなかれ
一、食堂にある時は滑稽洒落の話は妨《さまたげ》なし、議論にわたる話はなすことなかれ

書生時代の子規の金遣いを探る

【子規の小遣い帳】

子規は、旧藩主久松家の育英事業「常盤会《ときわかい》」の給費生に選ばれ、月額七円（大学に入ってからは十円）の支給を受けていた。

週刊朝日編『値段の明治大正昭和風俗史』によれば、明治二十四（一八九一）年の巡査の初任給が八円とあり、贅沢《ぜいたく》はできなくても、けっこう豊かな暮らしを満喫していたことが推測できる。

夏目漱石は『正岡子規（※回想の子規）』で「ある日突然手紙をよこし、大宮の公園の中の万松庵《ばんしょうあん》にいるからすぐ来いという。行った。ところがなかなか綺麗なうちで、大将奥座敷に陣取って威張っている。そうしてそこで鶉《うずら》か何かの焼いたのなどを食わせた。僕はその形勢を見て、正岡は金がある男と思っていた。処《ところ》が実際はそうではなかった。身代《しんだい》を皆食いつぶしていたのだ」と記している。

漱石と子規は喀血前に知り合い、喀血後も親交を結んだ。喀血後の贅沢は、滋養に加えて、落胆する心を鼓舞《こぶ》させるためだったのだろうか。

さて、子規は明治二十三（一八九〇）年四月九日から五月八日までの小遣い帳を残している。使った金額十三円六十八銭四厘のうち、飲食費が七円五十八銭四厘と極めて多い。しかも卵代を一円六十六銭九厘も使っている。

明治二十一（一八八八）年、「読売新聞」が二月末から三月一日にわたって、ロンドンの新聞に掲載された記事を「鶏卵の値打」と題して転載した。卵は人体に必要な栄養素を最も適量、最も味のよい比率で含むもので、料理の数も豊富。脳を養うに最適であるばかりか、薬用としても貴重なものであると書いていた。子規は、この記事を読んで卵の価値を認識していたのかもしれない。

この時期にはコレラが大流行していた。明治十九（一八八六）年の「横浜毎日新聞」は「ガスを含有している飲料を用いるとコレラ病に冒され

秋のくれ哀れはとかく金にあり　明治26年

ない」と書き、ラムネ屋は毎日徹夜で製造しても間に合わない状態だったという。十一日記載のラムネもコレラ対策の可能性がある。

　また卵黄もコレラ予防に最適であるとされていて、この期間、子規はコレラ対策の食事をとっていたのかもしれない。

▲「虎列刺（コレラ）退治」
（1886年、木村竹堂画）

小遣い帳（ノートより）

月日	金額	使用目的
4月9日	12銭	柿
	21銭5厘	酒
10日	1銭5厘	湯
	17銭	西洋料理
	6銭	菓子
11日	9銭	牛乳
	3銭	菓子
12日	8銭	判紙
13日	8銭	車
	10銭	端書
	10銭	（借）車
	1銭	辻占
14日	3銭	ボール会費
	10銭	判紙
	2銭	状袋
	7銭	文会費
	6銭	牛乳
	17銭	西洋料理
	5銭	ボール大会費
15日	7銭2厘	卵
	8銭	ボール
16日	27銭	科学書
	6銭5厘	卵
	5銭	画
	5銭8厘	展覧会
	25銭	絵画叢誌
	5銭	菓子
17日	6銭5厘	卵
18日	7銭8厘	卵
	10銭	薬
19日	10銭	ラムネ
20日	12銭5厘	卵
	13銭	卵
21日	12銭	寒川〔抹消〕
22日	11銭	薬
	13銭	卵
23日	8銭	薬
	2銭	菓子
24日	13銭	卵
	5銭4厘	卵
25日	8銭	薬
	5銭	ボール
	3銭	薬
26日	6銭	斬髪
	13銭	卵
	7銭	みとめ
	3銭	茶話会
	3円45銭	食料
	3銭5厘	新聞
28日	2円	月謝
	12銭5厘	借金
	13銭	卵
	8銭	薬
	17銭	車
29日	13銭	菓子
	9銭	草履
30日	3銭	客膳
	8銭	薬
	15銭5厘	洗濯代
	1銭	ボール
5月1日	1銭1厘	ボール
	14銭	卵
	15銭	靴
	51銭	乳
2日	8銭	薬
	10銭	菓子
3日	13銭	卵
	2銭	卵
4日	33銭	書物
5日	14銭	卵
	3銭2厘	インキ
	2銭	菓子
7日	24銭	書物
	4銭	花
	13銭	卵
	2銭	切手
8日	22銭	車
	80銭	書物
10日	14銭	博覧会
	2銭5厘	菓子
	2銭1厘	湯
11日	2銭5厘	ひげ
	20銭	会費
	9銭	車
	1銭	覧園（入園料）
	9銭	ラムネ、カヒー

総計：13円68銭4厘（注・63銭4厘を訂正後、66銭4厘とし、さらに68銭4厘とする）
飲食費：7円58銭4厘　卵　：1円66銭9厘　贅沢：85銭5厘
薬　：61銭　西洋：34銭　牛乳：66銭
学問：4円49銭3厘（注・3円69銭3厘を訂正する）
書物：2円1銭5厘（注・1円21銭5厘を訂正する）
月謝：2円　会費：25銭
雑　：1円61銭（注・35銭1厘の横に61銭と記す）

【小説と焼芋】小説『月の都』出版を諦め、焼き芋を齧《かじ》る

明治二十四（一八九一）年十二月、子規は常盤会寄宿舎を去り、かねてより構想していた小説『月の都』を完成させるために本郷区駒込追分町《こまごめおいわけちょう》の一軒家に移った。子規は「来客を謝絶す」の張り紙をして、小説執筆に力を尽くした。

高浜虚子に宛てた明治二十五（一八九二）年一月二十五日の手紙には「大方荒壁までは仕あげ」とあり、二月十九日の河東碧梧桐宛ての手紙に内容を記していることから、ほぼ小説はできあがっていたようだ。そののち、子規は陸羯南《くがかつなん》宅の西隣、根岸町八十八番地に家を移した。

子規は同年齢の幸田露伴《こうだろはん》が著した『風流仏』に心酔していた。子規は「『風流仏』は小説の最も高尚なるものである。もし小説を書くならば『風流仏』の如く書かねばならぬ（『天王寺畔の蝸牛廬《かぎゅうろ》』）」と書いており、『月の都』は露伴の影響下にあった。

ようやく完成した『月の都』を持って、この年の二月下旬に子規は露伴を訪ねたが、来客のため二十分ほどしか話せなかった。家に帰ると、竹村※黄塔がやって来て、ふたりで焼き芋を齧《かじ》った。

子規は、河東碧梧桐と高浜虚子に宛てた三月一日の手紙に「拙著《せっちょ》はまず、世に出《いず》る事なかるべし」と書き綴っている。一方、夏目漱石には、「露伴が川上眉山《びざん》、巌谷小波《いわやさざなみ》の比で無い」と言ったと強がった。三月十日の碧梧桐に宛てた手紙には、「露伴僕の小説を評して曰《いわ》く覇気《はき》強しと、また曰く覇気は強きを嫌わず……君の覇気に富むこと実に僕より甚だしきものあり」と露伴が子規の覇気を評価したことを伝えているが、小説には触れず、子規の無鉄砲さのみを評価したともとれる。

また、五月四日の虚子宛ての手紙には「僕は小説家となるを欲せず詩人とならんことを欲す」と告げた。小説の出版が難しいことを予感していた子規だが、『月の都』の活字化は、明治二十七年、

焼芋のさかり過たる二月哉　明治26年

子規が編集長になった「小日本」の掲載である。

子規は焼き芋をよく食べた。『筆まかせ』には「誰かが発議して何かを買いに行こうと、ジャンケンか、もしくはトランプでもって勝敗を決し、焼き芋、菓子を買いに行くことがしばしばあった（『筆まかせ』「over-fence」）」、「二銭の焼き芋をわが帽子に入れ、外に出ると、雨はたちまち晴れて日光、顔に射る（「筆頭狩」）」などの文章が残されている。

高級品の砂糖を使った菓子は、高価でなかなか手が出ないこの時代、温かい上に甘くて安い焼き芋は、東京の庶民や書生たちにとって冬のおやつの代表格でもあった。

小菅桂子著『近代日本食文化年表』には、明治三十三（一九〇〇）年「東京府下の焼芋屋一四〇六軒を数える」とあり、竈《へっつい》さえあればできる焼芋屋への参入も多かった。寒いときの商売なので、気候が暑くなれば、焼芋屋は氷店に変わる。

露伴との会談のあと、黄塔とともに食べた焼き芋は、世間を甘く見た味だったのだろうか。それとも、皮の焦げた苦い味がしたのだろうか。

※竹村黄塔は、「こうとう」と「きとう」と読むという二つの説がある。

是《これ》から先は如何《どう》なる事やら、方角が分からなくなったから、彷徨《うろうろ》していると、「貴方は遠慮深いのねえ。男ッて然《そ》う遠慮するもンじゃなくッてよ」と何にも知らぬ雪絵さんが焼芋の盆を突付《つきつ》ける。

二葉亭四迷『平凡』

ふたばてい・しめい（一八六四〜一九〇九）江戸生まれ。

文学に理解のない父親から言われた言葉を筆名にしたというのは俗説で、小説『浮雲』の出来がよくなかったので、自分を卑下したためだという。

だが、言文一致体で書かれた『浮雲』は、日本の近代小説の礎となっている。

▲『東京風俗志』（平出鏗二郎著）に描かれた焼芋屋と煙草屋

文中には「竈《へっつい》の仕掛けの大いなるは他地方の人の珍しと見る所なり。甘藷はなべて甘味に富み、川越を名産とす。丸焼・切焼・胡麻塩焼の類」があると記されている。

【根岸の里】人と食べものの関係が濃密な根岸の里

明治二十五（一八九二）年二月二十九日、子規は、陸羯南《くがかつなん》宅（上根岸八六）の西隣に当たる根岸町八八番地の金井ツル方に転居した。ここは鶯《うぐいす》横町ともいい、三年前には森鷗外が住んでいたこともある家だ。のち、明治二十七（一八九四）年、子規は陸家の東隣（上根岸八二）に転居し、それが子規の終《つい》の住処《すみか》となった。子規没後の家を母と妹が守り続けたが、関東大震災の影響と老朽化で建物が傷み、昭和元（一九二五）年に解体して、旧材による重修《ちょうしゅう》工事を行った。翌年、母八重が没し、同年七月に子規の遺品や遺墨等を保管するため土蔵（子規文庫）建設に着工。昭和二十（一九四五）年の空襲で焼失したが、※寒川鼠骨《そこつ》らの尽力で二十六（一九五一）年に再建され、翌々年東京都文化史跡に指定されている。

また、子規を取り巻く人々も、根岸に住むようになった。

高浜虚子は、明治三十（一八九七）年十一月、日暮里村金杉で一時新婚生活を過ごした。長女・真砂子が誕生したのち、神田区錦町に移り、翌年その場所は「ホトトギス」発行所となる。河東碧《へき》梧桐《ごとう》は明治三十五（一九〇二）年から大正六（一九一七）年まで上根岸に住んだ。寒川鼠骨は、明治三十年頃に谷中元光院《やなかげんこういん》に住み、のちに涼泉院《りょうせんいん》へと移った。

画人では、浅井忠《ちゅう》が上根岸に住んでいる。中村不折《ふせつ》は、上根岸から明治三十二（一八九九）年に中根岸へと移った。ここは現在、書道博物館となっている。

根岸には美味しいところも多い。

「岡野」は、「此花園《このはなえん》」ともいい、明治二十二年に落成した汁粉屋だ。明治教育社出版部編集による『下谷《したや》繁昌記』には「山吹の垣根が続くところにある根岸の里の『此花園』の汁粉は、遠く江戸

蓬莱や名士あつまる上根岸　明治32年

時代からの名物で、その風味はとても高尚で、庭園もまた壮大。都下において比べるものもないほどだったが、今はなくなってしまった。惜しむべきことである」と記されている。

「鶯春亭《おうしゅんてい》（中根岸）」は、『東京百事便』に「『笹乃雪』の向いの小川のある家。本座敷や離れ座敷とも閑雅にして手づくりの鯛の黄味漬《きみづけ》や卯の花ちらし、五目飯を得意とする。この辺の旧家には春時に雅客《がかく》の鶯囀会《おうでんかい》（鶯の声を聞く会）を催すところが多い」とある。

『下谷繁昌記』（大正三年刊行）によると、「芋坂《いもざか》団子」は、「明治元（一八六八）年に村民沢野庄五郎が名物の団子を売り始め、今は羽二重《はぶたえ》団子として名高い店」、「笹乃雪」は「豆腐料理として、古く江戸時代より名高い料亭である。中でも『あんかけ豆腐』は逸品として知られている。今でも繁昌していて、午後には売切《うりきれ》となることも珍しくない。隠逸《いんいつ》の士（世俗の生活から身をひいて隠れ住む人）が多い根岸の里にふさわしい」と綴られている。

子規が根岸の里を愛した理由がよくわかる。

※寒川鼠骨の姓は、「さんがわ」と「さむかわ」の二つの説がある。

【家族上京】東京に迎える母と妹で京都への旅

明治二十五（一八九二）年、子規はふるさとの母と妹を東京に迎えた。妹・律は「私ども女二人は、月に五円あれば食べて行かれました。じゃ、二十五円あれば三人で暮らせる、というのが私どもの東京へ移る話の初めでした（『家庭より観たる子規』）」と語っている。

子規は、十一月九日に新橋から汽車に乗り、浜松を経て十日に京都の「柊家《ひいらぎ》」に泊まった。翌日は高尾や栂尾《とがのお》の紅葉を眺めたのち、虚子と合流して八つ橋を齧りながら南禅寺や若王寺《にゃくおうじ》を散策し、京極の牛肉屋で夕食をとった。店名ははっきりしないが、京都の京極通りにある老舗の牛肉屋といえば明治六（一八七三）年創業の「三嶋亭《みしまてい》」が名高い。東京の「牛鍋」とは異なり、肉に直接砂糖と醤油で味付けする「すき焼き」を子規がどう感じたのかという記録はない。

仮名垣魯文《かながきろぶん》が『魯文珍報』に書いた牛鍋に関する文には「葱《ねぎ》を五部切りにして、先ず味噌を投じ、鉄鍋ジャジャ肉片甚《はなは》だ薄く、少しく山椒《さんしょ》を投ずれば臭気を消すと雖《いえど》も、炉火を盛《さかん》にすれば焼付の憂を免《まぬが》れず」とあり、東京の牛鍋は味噌仕立てであったことがわかる。明治二十八（一八九五）年の『風俗画報』には「肉店に上がれば、葱を五分といい、肉を生《なま》といい、汁を割下という」とあることから、この頃には、現在の割下を使う関東風の牛鍋（すき焼き）になっていたようだ。

理研の創始者の大河内正敏氏は、その著書『味覚』で「われわれの書生の頃には、すき焼という言葉は東京では聞かれなかった。……書生時代から憧憬の的だった牛鍋のことを、すき焼と言われると、それだけで何だか味覚をそそられなくなる」と書いている。

十四日に母と妹が神戸に着いた。生田《いくた》神社などを観光したあと、京都に移動し、翌日に知恩院《ちおんいん》や

京近く旅費の尽きたる袷哉　明治30年

高台寺《こうだいじ》、清水寺《きよみずでら》などを観たあと、「柊家」に泊る。子規たちには敷居の高い宿でもあった。子規は、家族が来る前に紅葉で染めたハンカチを宿の庭でつくり、家族合流したのちに妹の律に渡している。

子規たちは、十六日の朝、京都を発ち、静岡を経由して十七日正午に新橋に着いた。途中、親戚の藤野宅に寄った。夕方に家に帰ると荷物が届いていないので、食事や風呂は隣の陸羯南の世話になっている。

子規は、叔父の大原恒徳《つねのり》宛ての手紙に今回の京都旅行の支払い明細を添えた。汽車代二十六円七十銭をはじめとして宿泊料八円、遊覧用の人車代、茶代、土産物代、書籍代、台所用品などの雑品購入費など合計で五十七円四十銭。当時としても贅沢な旅であった。

十一月十九日、子規は「日本」新聞への正式入社が決定する。常時出社しなくてよい代わり、月給は十五円と決まった。この給料で不足なら他の新聞社に紹介するという陸羯南《くがかつなん》に、子規はいくら給料を貰っても他の会社には入らないと断った。

名も高旗《たかはた》の牛肉鍋。十人よれば十種《といろ》の注文。昨晩《ゆうべ》もてたる味噌を挙《あげ》。たれをきかせる朝帰り。生のかわりの粋がり連中。

仮名垣魯文『安愚楽《あぐら》鍋』

かながき・ろぶん（一八二九〜一八九四）江戸生まれ。

幕末に戯作者として活躍。明治になって、『西洋道中膝栗毛』『安愚楽鍋』など、維新後の流行や風俗に着目した作品を上梓している。

のちに「横浜毎日新聞」の記者となり、自身でも「仮名読新聞」を刊行している。また、引き札の広告文案を一万以上も書いたといい、現在のコピーライターのはしりでもある。

▲柊家

文政元（1818）年に福井若狭から京に上り、海産物商を営んでいた初代が、客に乞われるまま提供していた宿を、文久元（1864）年に本業とした。幕末の志士たちや皇族が逗留し、多くの文化人や財界人、政治家に愛された宿でもある。特に、川端康成の定宿として知られる。

【小日本と筍飯】「小日本」の創刊と目黒の待合での筍飯と女

明治二十七（一八九四）年二月一日、子規はのちに「子規庵」と呼ばれる上根岸八十二番地に転居した。陸羯南の家の西から東にただ移動しただけである。

その年の二月十一日、子規は新しく創刊された「小日本」の編集責任者となった。「日本」新聞は伊藤博文《ひろふみ》内閣を鋭く攻撃し、発行停止をしばしば受けた。対応策として、新しい新聞の発刊が急務とされていた。「小日本」は従来と異なる読者層を開拓しようと、上品な家庭向きの絵入り新聞として構想されたのである。

「小日本」の創刊に先立ち、子規は新しいスタッフを集めた。記者に常盤会寄宿舎時代の友人・五百木瓢亭、社内画家に中村不折を迎え、石井露《ろ》月《げつ》も加わる。できあがった新聞は、品のよいものとして好評のうちに迎えられた。

しかし、日清戦争を目前に控えたこの時期、「日本」新聞が論陣を張ると発行停止になり、代わって「小日本」が内閣批判を行えば、これも発行停止となる。これでは経済的に成り立たないと「日本」新聞は「小日本」の廃刊を決定した。紀元節に誕生した「小日本」はその年の七月十五日、盂蘭盆《うらぼん》にその命を終えたのである。

「小日本」が始まった頃の話だ。古島一念と子規は新宿に遊びに行こうとしたが、まだ日が高い。それで目黒の料理屋に行き、筍《たけのこ》飯を食べることにした。

目黒は、昭和時代になるまで鄙《ひな》びた場所である。筍と栗が名高い。江戸時代に回船問屋を営んでいた山路治郎兵衛勝孝が、目黒の孟宗竹から育つ筍をみんなに知ってもらおうと竹籠に入れた筍を馬に積んで市場へ運ぶと、一同の注目を浴びた。目黒不動（滝泉寺《りゅうせんじ》）の土産物屋で筍を売り、参道の茶店で「筍飯」を売る。これが参詣客の目にとまり、

筍や目黒の美人ありやなしや　明治28年

「目黒の筍」は知られるようになった。

子規は一念に誘われて大宮公園に行ったが桜はまだ咲いていない。そこで目黒の「牡丹亭」という料理屋に入ると、十七、八ばかりの給仕がいる。愛嬌のある顔立ちにおぼこなところがあり、子規は心を熱くした。一念は相手にされなかった。一念は子規に品川まで歩いて行こうといい、子規は同意した。外は真っ暗闇なので、その女は提灯を案内に子規たちを送ってくれる。女を先導にして子規たちは暗い道を歩いた。「ここを渡れば一本道になります」と提灯を渡してくれたが、「ちょっと待って下さい」といって提灯の中に小石を落とし込んだ。給仕女の趣きのあるしぐさに、子規はとても喜んだ。品川に出て一念のあとをついて歩いていると、蠟燭《ろうそく》が尽きて提灯はぼうぼうと燃え落ちてしまった。

子規は『病牀六尺』五月二十五日の項にこの思い出を綴り、**「うたた寝に春の夜浅し牡丹亭」「春の夜や料理屋を出る小提灯」「春の夜や無紋あやしき小提灯」**の句を残している。

名物の筍飯は軒《のき》の幟《のぼり》を書替えられた。今は目黒も牡丹に客を招く時節となった。……節々の名物よりもこの花に客を惹《ひ》こうとするのである。

広津柳浪『目黒小町』

ひろつ・りゅうろう（一八六一〜一九二八）肥前生まれ。東大医学部予備門に入るが、肺尖カタルを病んで退学。のち官吏となるが、文学に興味を抱いて放浪の日々を送る。尾崎紅葉を知って硯友社同人となり、作品を発表。『変目伝』『今戸心中』などの作品で社会の暗黒を描き、「悲惨小説」「深刻小説」と称される。

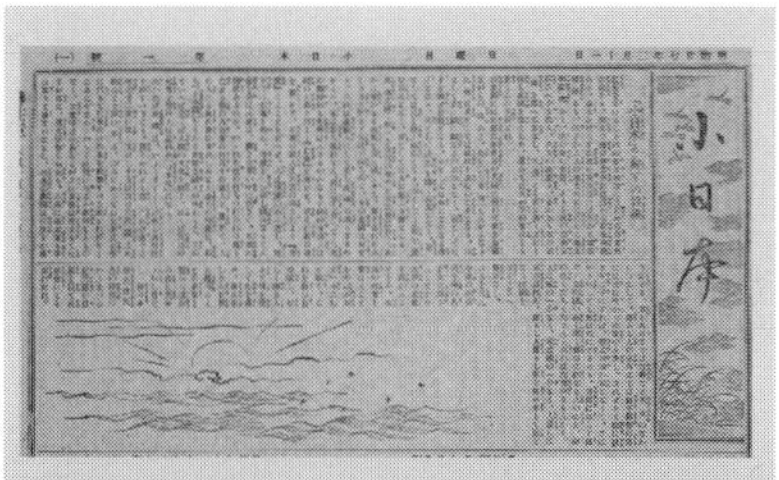
小日本

▲小日本（提供：松山市立子規記念博物館）

上品な家庭向けの小新聞「小日本」が日本新聞より創刊された。しかし、家庭向けの新聞発行となると、多士済々の「日本」にも適任者が見当らず、正岡子規がその任にあたる。しかし、部数が伸びず「小日本」は、7月15日を以て廃刊となった。子規の小説『月の都』は、ここに掲載された。

【従軍での食事】待遇の悪さで病状が悪化した子規

明治二十八（一八九五）年三月、子規は前年八月に始まった日清戦争に従軍する。「日本」新聞社でも子規の健康を考えて全員が反対した。五百木瓢亭も戦地の衛生状態などを説いたが、子規は全く聞き入れず、広島へ向かった。

三月三日に東京を出発して、六日に広島に到着し、従軍願いを軍に提出すると、二十一日に許可がおりた。広島滞在中に起こったことは、子規の小説『我が病』のなかで箇条書きにしている。

子規は、滞在途中の三月十五日に松山へ帰り、墓参りをした。広島にいるとき、子規を見送ってくれた藤野古白が四月七日にピストルで自殺した。三月十日に古白は遺書をしたため、子規が東京を離れてから死出の旅を決意したのである。

四月十日、子規は海城丸に乗り込んで宇品《うじな》港を出発した。この出発の前夜、子規のもとに古白危篤《きとく》の報が届いた。

金州（現大連《だいれん》）行きの船には、満足できる食事が出てこない。「小石のごとき飯はあり余れども三椀と喰うに堪えず。菜は味噌、梅干、佃煮のごときもの一種にてそれさえ十人の食に足らず。昼飯には牛肉少しばかりを得ることあれど、もし飯時に少し後れて室に帰れば残るところの者はただ飯あるのみ（『従軍紀事』）」というありさまであった。

子規は、四月十三日に大連湾に着いたが、金州に上陸できたのは十五日だった。しかも、金州の宿舎では高梁《こうりゃん》を敷いて寝るなど劣悪な環境である。参謀部に待遇改善を訴えると、記者は兵卒同様といわれ、子規は憤慨して帰国を決意する。

その間、清との間は休戦状態で取材もできず、五月十日に日清講和条約が批准《ひじゅん》されてしまった。子規の頑張りは、徒労に終わってしまう。

五月十五日、子規は食事の粗末さ故に梅干船と呼ばれていた佐渡国丸で帰国の途に着いた。十七

船に寐て星の別を見る夜哉 明治28年

日、大連湾から日本へ向かう船上で、子規は喀血した。船医がいたが手当てがなく、吐いた血を飲み込むしかなかったので、病状はさらに悪化した。

十八日、馬関《ばかん》（下関）に着くが船内でコレラが発生したため、下船できない。結局、船は二十二日の午後に神戸和田岬に着いた。子規は、二十三日に和田岬検疫所に入り、午後三時頃に解放されたが、人力車がなかなか捕まらない。病院へ向けて歩き出したが、荷物の重さに耐えかねて倒れてしまった子規は、記者仲間に介抱され、釣台《つりだい》に載せられた。和田神社の祭礼で賑わう街を抜け、神戸病院にようようたどり着いたのである。

『従軍紀事』に子規の病状は書かれていないが、「新聞記者は泥棒と思え」「新聞記者は兵卒同様なり」といった記者に対する軍の扱いのひどさが描写され、新聞記者を人とも思わない軍への怒りが子規の文面からあふれている。子規の病気がひどくなったのは、こうした軍の処遇によるところが大きいようである。

▲出征前の紋付姿の子規

（提供：松山市立子規記念博物館）

久松家から拝領された太刀をもって撮影した。

小説『我が病』にある広島滞在中に起こった事

一、八畳の間に同社の者四、五人詰めこんで常に雑談し時には喧嘩もありし事
一、大野（古島一念）が海軍へ従軍するために呉へ行くを見送りながら呉に遊び一宿して帰りし事
一、従軍する神宮たちに招かれて饗応を受け席上にて和歌の議論ありし事
一、練兵揚にて神官たちが行う軍神祭（？）に参拝せし事
一、大本営に二度行きて一度は憲兵に臨まれて入り得ざりし事
一、某伯のもとにて刀を賜わりし事
一、同宿の一人が夜郊外に路を迷ひて盗人に逢い盗人を川中へ突きころがして一目散に逃げ帰りし事
一、郷里伊予に行き二泊して帰りし事
一、酒飲みに三度、白魚飯喰いに二度行きし事
一、塩原多助の芝居を見に行き美人の多きに驚きし事
一、毎夜両眼鏡を携えてヘラヘラ見物に行きし事
一、馬関にて狙撃せられたる李鴻章に見舞状を贈りし事
一、某伯の送別会に赴き帰りに新聞記者懇親会に赴きし事

【神戸病院とソップ】病室での食べものとソップ

明治二十八（一八九五）年五月二十三日、子規は神戸病院に入院した。

明治三十二年十二月十日「ホトトギス」に掲載された『病《やまい》』に「白壁は綺麗で天井は二間程の高さもある。三尺ばかりの高さほかない船室に寝ていた身はここへ来て非常の愉快を感じた。殊《こと》に既《き》往《おう》一ヶ月余り、地べたの上へ黍稈《むぎわら》を敷いて寝たり、石の上、板の上へ毛布一枚で寝たりという境涯であった者が、俄《にわか》に、蒲団や藁《わら》布団の二、三枚も重ねた寝台の上に寝た時は、まるで極楽へ来たような心持で、これなら死んでも善いと思った」とあり、船での生活の劣悪さがよくわかる。

当時、神戸師範学校の教員をしていた竹村黄塔が病室を訪問。陸羯南からの電報で子規の容態を知った高浜虚子が五月二十七日に病院を訪れた。

母の八重は河東碧梧桐に付き添われて六月四日に到着した。碧梧桐の日記には虚子から「独りでは心細く、しかも自分が納得する者でなければいけないと、君に何度か『キミモキテクレ』の電報を送ろうと思った。今まで堪えてはきたものの、やはり独りでは無理なので、君が神戸に来るように願う（『子規を語る』）」という長文の手紙が届き、陸《くが》と相談の結果、子規の母親を連れて神戸に行くことが決まったとある。

子規の容態と日々の出来事、病院の食事などを門人たちが綴った『病床日記』によると、五月二十八日に医師から「滋用のあるものを食べていないので体力が弱っている。万一のことがあってもいけないので、東京の家族を呼ぶ」と記され、子規の容態がいかに危ういものであったかがわかる。だが、この日を境に子規の病状は安定した。

六月十日頃になると血痰《けったん》は影を潜め、二十日頃には句がつくれるまでに回復した。以後、ソップ（スープ）が子規の日常に登場する。

葉柳や病の窓の夕ながめ　明治28年

石井研堂著『明治事物起源』には「ソップの始め」として、明治六（一八七三）年九月の東京健全社ソップ販売の広告を掲げている。「毎日味噌汁をつくるのはどこの家でも行われている。だが、その味噌はもともと腐敗物から造られるので、身体に害がある。虚弱の人はもちろん、たとえ健康な人でも味噌汁に替えて有益な牛羹汁《スープ（ソップ）》をお薦めする」という内容が書かれている。

　また、ソップが家庭に配達されるようになるのは、明治十六、七年頃のことである。鶏肉屋が、毎日出る鶏の骨と小間切れの肉を一緒に大釜で煮出し、ソップを製造して配達を始めると、方々の病院からも重宝がられて、大層繁昌したという。また、配達のできない地域では、缶詰スープも用いられた。

　子規の病院生活を記録した『病床日記』八月二日には薬や食事内容のなかに「牛肉スープ隔日（一斤十八銭くらいなるを湯煎にす）」と書かれていて、約六〇〇グラムのスープを何回にも分けて食べていたことがわかる。

給仕がスウプを持って来た。二人は暫《しばら》く食事をしながら、雑談をしているうちに、何の連絡もなしに、純一が云った。「男子の貞操という問題はどういうものでしょう」

森鷗外『青年』

もり・おうがい（一八六二〜一九二二）石見生まれ。

津和野藩の御典医を務める家に生まれ、十歳で上京。東京大学医学部を卒業後、陸軍軍医となり、ドイツに留学した。帰国後、『舞姫』を発表し、文筆生活に入る。その後、軍医としての生活を続けながら、文筆活動をすすめた。退役後は、帝室博物館総長や帝国美術館初代院長などを歴任している。

▲神戸病院

明治2(1869)年に開院。明治9(1976)年に附属医学所が併設される。明治10(1877)年には公立神戸病院となり、明治15（1882）年に兵庫県立神戸病院と改められた。

ここは神戸大学医学部附属病院の源流である。

【神戸病院とイチゴ】 虚子と碧梧桐が毎朝摘みに行った西洋イチゴ

明治二十八（一八九五）年五月三十日、神戸病院に入院していた子規は、衰弱して牛乳やスープも飲めない。そこで医師に許されたイチゴを食べることにした。『病床日誌』に「九時ごろ西洋いちごを食べてみたいと言う。購入して帰り食べさせた。とても気に入ったようだ。子規が言うには『これほど美味しいものはない』」とある。

店で売っているイチゴは身体に悪いというので、高浜虚子《きょし》と河東碧梧桐《へきごとう》は、子規のために新鮮なイチゴを手に入れようと、畑まで摘みに行った。

静岡で石垣イチゴの栽培が始まったのが明治二十九（一八九六）年、西洋イチゴの新しい品種が栽培されたのは明治三十二（一八九九）年頃であり、おそらくふたりは神戸に住んでいる外国人のためのイチゴ栽培農家を捜してきたと考えられる。

朝、日の出ないうちから摘んできたイチゴは、子規を喜ばせた。子規の喜ぶ顔見たさに、ふたりはせっせとイチゴを摘んだのである。

高浜虚子は「諏訪山《すわやま》に行くと苺《いちご》畑があるとのことで、朝早くそこに行って苺を摘んで帰ることにした（『子規について　子規五十年忌雑記』）」と記し、碧梧桐は「毎朝山の苺畑に往って、新鮮な苺を子規の朝食に供するようになったのは、それから間もないことだった。痰にも血を見ぬようになり、ぼつぼつ話をするようになった。子規の恢復《かいふく》は眼に見えて著しいものがあった（『子規を語る』）」と綴っている。

六月三日、子規はイチゴ畑に行きたいといい「**もりあげてやまいうれしきいちご哉**」と詠んだ。五日には「イチゴ取り」とふたりが話すのを聞き、本来の「イチゴ摘み」を西洋風に言うことに興味を持ち、「小説にすれば森鷗外などの好むところか」と語った。だが、十三日になると、昨日から

蒲団干す下にいちごの花白し　明治29年

イチゴをやめたという。果物を食べ過ぎて胃がむかつくので、今日は多く食べないようにしようと宣言するに至る。

明治三十四（一九〇一）年四月十五日に「ホトトギス」に発表された『くだもの』には「余は病牀でそれを待ちながら二人が爪上《つまあが》りのいちご畑でいちごを摘んでいる光景などを頻《しき》りに目前に描いていた。やがて一籠《かご》のいちごは余の病牀に置かれるのであった。このいちごの事がいつまでも忘れられぬので余は東京の寓居に帰って来て後、庭の垣根に西洋いちごを植えて楽しんでいた」とある。

退院して東京に帰った子規は、庭の垣根に西洋イチゴを植えた。ふたりの心が込もった介護の思い出を、イチゴの味とともに、いつまでも留めたかったようだ。

『墨汁一滴』には、「西洋いちごよりは日本のいちごの方が甘味が多い、けれども日本のいちごは畑につくって食卓に上すように仕組まれぬから遂に西洋種ばかり跋扈《ばっこ》するのだ（六月十三日）」と書かれている。

そして少し恨むような目つきをして、始めてまともに葉子を見た。口びるまでが苺《いちご》のように紅くなっていた。青白い皮膚《ひふ》に嵌《は》め込まれたその紅《あか》さを……。

有島武郎『或る女』

ありしま・たけお（一八七八～一九二三）東京生まれ。

旧薩摩藩郷士で大蔵官僚・実業家の家に生まれる。幼い頃、米国人家庭で生活し、十歳で学習院、札幌農学校と学び、渡米してハーバード大学で学ぶ。帰国後、志賀直哉や武者小路実篤らと出逢い、白樺派の中心人物となる。代表作は『カインの末裔』『或る女』など。

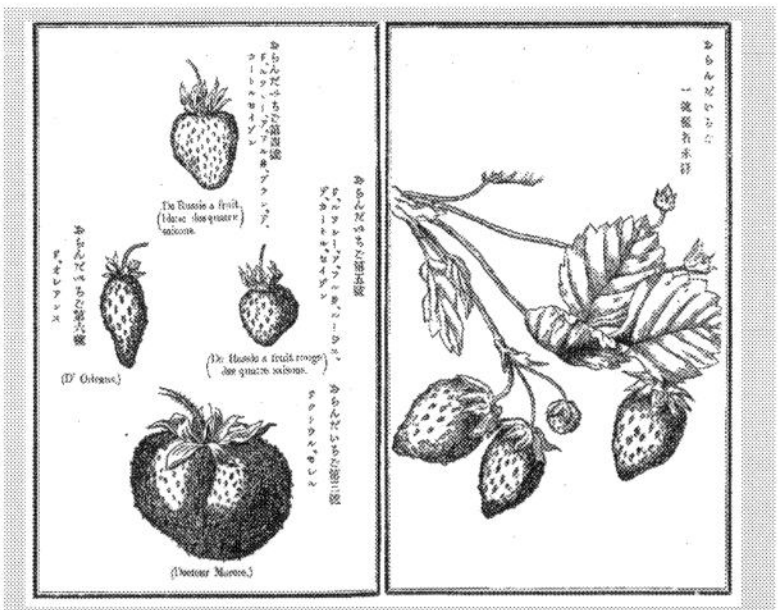

▲『舶来果樹要覧』掲載のイチゴ

（提供：国立国会図書館）

現在、日本で栽培されているイチゴは、「草苺」「オランダイチゴ」とよばれていた。

明治初年、開拓使が欧米から種苗を導入。その後三田育種場や新宿御苑で育てられ、明治中期になって日本にイチゴ栽培が定着している。

【神戸病院の食事】病院食には、ふるさとの思い出の味もあった

神戸病院の生活は、明治二十八（一八九五）年五月二十三日から七月二十三日までの二カ月にわたった。高浜虚子、河東碧梧桐らは子規の病状と食事を『病床日誌』に記載した。

子規の病院での食事を眺めてみると、果物や牛乳、スープといった滋養食以外にパンやジャム、カステラ、オムレツ、アイスクリームなど現代の食べものと遜色ないものが多く並んでいる。六月五日には刺身を取り寄せて食べ、「シチウ」を食いたい、「キャベツマキ」がよいと食べものに注文を出している。

献立の中には少し変わったものがある。寛永二十（一六四三）年刊行の『料理物語』によれば「玉子ふわふわ」は、「卵を割り、卵の三分の一の量のダシを入れ、たまり醤油や煎り酒をいれてよく蒸す。固くなりすぎるのはよくない」とあり、ダシを加えた卵を沸騰させせた料理のようである。ほかにも『万宝《まんぽう》料理秘密箱（玉子百珍）』や『合類《ごうるい》日用料理抄《にちようりょうりしょう》』などの料理書にも紹介されており、これがのちに茶碗蒸しに変わったようだ。

「鰌鍋《どじょう》」は「泥鰌汁《どじょう》」ともいい、これも栄養価の高い食材だ。夏バテに効果があるとして夏に食べられることが多い。江戸後期の俳人・加藤雀庵《じゃくあん》が著した『さへづり草』に、天保の頃より骨抜き泥鰌が食べられるようになり、夏痩せ予防に効果があると書かれている。

明治三十四（一九〇一）年の『仰臥漫録』には、「松山木屋町法界寺の鰌、施餓鬼《せがき》とは道端に鰌汁商う者出るなりと。母なども幼き時、祖父どのにつれられ弁当持て往て、その川端にて食はれたりと。もっとも旧暦廿《にじゅう》六日頃の闇の夜のことなりという（九月二日）」とある。子規は、神戸病院で「鰌鍋」を食べながら、ふるさと・松山のことを思い出しただろうか。

餓鬼も食へ闇の夜中の鱠汁　明治34年

『病床日誌』による神戸病院の献立と出来事

月　日	献　立	備　考
5月23日		夜、神戸病院入院
27日	牛乳スープ、カステラ	やや多く血を吐く
28日	橙・牛乳	橙を薬とともに吐く
29日	牛乳、粥少々、玉子、カステラ、牛乳、スープ	喀血やまず
30日	西洋いちご、夏橙	咳の都度、喀血する
31日		咳のたび、痰に血が混じる
6月1日		睡眠中時々咳、痰、喀血
2日	麦湯、牛乳	黒い血を吐く、氷嚢をやめる
3日	牛乳	少し気分が良くなる
4日	夏橙、粥半椀、半熟玉子	よく眠れず、喀血
5日	刺身一皿、粥二杯半、いちご	よく眠る、夜鼻血あり
6日	いちご、粥、刺身半人前、シチュー、牛乳	咳をしても喀血しなくなる
7日	いちご、牛乳、粥一椀、刺身一皿	碧梧桐と俳句談、二句つくる
8日	牛乳、オムレツ少、鰻一切、枇杷、いちご	医師の談「良好」
9日	牛乳、いちご、粥半椀、刺身皿半、パイナップルの缶詰	咳、痰やや多し
10日	牛乳、鱠鍋、夏橙	咳あるが喀血なし、夜に苦痛あり
11日	牛乳、鱠鍋	熱三十八度二分、夜快眠
12日	あんず、枇杷、粥と奈良漬、パンとジャム	胃痛のため、いちごをやめる
13日	ジャムを溶かした湯、パンとジャム、牛乳	虚子、松山に帰る
14日	牛乳、刺身一皿、粥、パンとジャム、玉子のふわふわ	具合がよく、数句つくる
15日	杏、枇杷、粥、鯛の吸物、鱠鍋	朝胃不調なるも、夕方快食
16日	牛乳、粥、鱠鍋、鯛の吸物、パンとジャム	咳がよく出るが痰は出ない
17日	粥、鱠鍋、鯛の吸物、焼いたパン	足に力なく、夕飯時胃痛
18日	吸物、鱠鍋、片栗湯、玉子を煮たもの	胃痛あり、心臓の鼓動が高まる
19日	枇杷、鱠鍋、吸物、鱠鍋、汁に玉子をつぶしこんだもの	夜12時まで眠れない
20日	枇杷、粥、吸物、鍋、アイスクリーム、刺身、滋養豆腐、パン、玉子のふわふわ	昼半身を起こし、夕身体を起こす
21日	鍋、吸物、パン	身体を起こして食事ができる
22日	枇杷、粥、鍋、吸物、白豌豆	夜咳が多く目が冴える
23日	粥、菜、茄子の奈良漬	呼吸が忙しく、鼓動も激しい
24日	粥、玉子のふわふわ、奈良漬、鍋、吸物、蚕豆の煮たもの、菜の煮たもの	快食、夜熟睡できない
25日	粥、玉子のふわふわ、奈良漬、鍋、吸物、蚕豆の煮たもの、菜の煮たもの	9月には帰郷の心づもり
26日	粥、吸物、鍋、茶碗蒸	夜よく眠る
27日	料理屋からの取り寄せ、刺身	夜よく眠る
28日	魚料理、粥、豆菜の煮たもの	母八重が松山に帰る
29日	粥、その他菜	昼夕快食
30日		昼夕快食、夜よく眠れず
7月1日		快食、座ることができる
2日	パイナップル、バナナ、桃、枇杷	朝は食欲なし、昼夕快食
3日		昼夕快食
4日		昼夕快食
5日		部屋を替る、昼快食
6日		看護婦がランプ油をこぼし閉口
7日	夏橙、桃	昨日母と帰って来た虚子と話す
8日		胃に不快感
9日		八重と碧梧桐、東京に帰る
10日		一日中イスに座る
11日		変事なし
12日		前日と同様
13日		手足の太さ、増える
14日		午後理髪
15～18日		雨のため、散歩ができない
19日		
20日		呼吸やや苦しい
23日		須磨保養院へ移る

【愚陀仏庵と鰻】漱石の払いで鰻を食べ続けた五十二日間

明治二十八（一八九五）年七月二十三日、子規は虚子に付き添われて須磨保養院へ移ると徐々に健康を取り戻してきた。

八月二十日、須磨保養院を退院した子規は、須磨から岡山を経て五百木瓢亭《いおきひょうてい》のいた広島に泊まり、二十五日に松山へ帰った。

正岡家はなくなっていたので、子規は母の実家に当たる大原恒徳《つねのり》の家に入るが、二十七日には夏目漱石の居候となった。漱石は『正岡子規（※回想の子規）』で「自分のうちへも行かず親族のうちへも行かず、ここに居るのだという。僕が承知もしないうちに、当人一人で極めて居る。御承知の通り僕は上野の裏座敷を借りて居たので、二階と下、合せて四間あった。上野の人が頻《しき》りに止める。正岡さんは肺病だそうだから伝染するといけないおよしなさいと頻りにいう。僕も多少気味が悪かった。けれども断わらんでもいいと、かまわずに置く」と書いている。

この日からふたりの共同生活が始まった。

漱石は、明治二十八（一八九五）年四月九日、愛媛県尋常中学校の英語教師として松山に赴任していた。きどや旅館を初宿として、六月下旬まで一番町の「愛松亭《あいしょうてい》」に住んだ後、二番町と三番町をつなぐ横町にあった上野義方の離れに転居していた。漱石はその寓居を「愚陀仏庵《ぐだぶつ》」と称した。漱石に「愚陀仏は主人の名なり冬籠《ふゆごもり》」の句があるように「愚陀仏」はもうひとつの俳号である。

子規が寓居した「愚陀仏庵」には、子規を慕う松山の俳人たちが集まり、漱石も句作に参加した。子規は、「愚陀仏庵」で、毎日のように鰻《うなぎ》の蒲焼を食べた。鰻は精のつく食材である。元禄十（一六九七）年に刊行された『本朝食鑑』には「諸風（臓器を侵す風毒）を除き、五痔（牡痔・牝痔・腸痔・脈痔・血痔）を療し、悪瘡《あくそう》を治し、一切の

桔梗《ききょう》活けてしばらく仮の書斎哉　明治28年

虫を殺す」とある。江戸時代初期、鰻は「濃漿《こくしょう》（汁）」で食べられることが多かったが、元禄（一六八八〜一七〇三）年間以降、蒲焼きが普及する。

土用の丑の日に鰻を食べるのは、「う」のつくものを食べると夏負けしないという伝承を広めた平賀源内や、この日に鰻を食べると病気に罹らないという狂歌を詠んだ太田蜀山人《おおたしょくさんじん》のおかげといわれるが、もうひとつの説もある。文政（一八一八〜三〇）年間、神田の鰻屋に大名からの注文があり、量が多いので土用の子、丑、寅の日に焼き置き、それぞれを甕《かめ》に入れて貯蔵しておいたところ、なぜか丑の日の鰻のみが完璧に保存されていた。そのため、鰻は丑の日に限るといわれるようになったというのである。

子規は、帰る頃に「万事頼むよ」と出発し、鰻代を漱石に払わせた。その上、帰るときに金を貸せといい、十円かそこらを持って行ったと漱石は『正岡子規』で書いているが、極堂の『友人子規』には子規のために火鉢《ひばち》の下に十円紙幣を置く漱石を目撃したとある。

「まだ甘《うま》い料理を食わんから、そんな事が云ってられるんだ……」と、天麩羅《てんぷら》鰻椀盛などの名代の家を数え上げ、諄々《じゅんじゅん》とその説明をし、「近々長編を訳して仕舞ったら、蔵田屋でも奢《おご》るよ」

正宗白鳥『何処へ』

まさむね・はくちょう（一八七九〜一九六二）岡山生まれ。網元の家に生まれ、東京専門学校（現早稲田大学）に入学。早大出版部を経て読売新聞に入社し、文芸を担当した。小説『寂寞』で文壇デビューし、のち評論を活動の主軸に置いた。代表作に小説『何処へ』など。

▲子規記念博物館内に復元されている「愚陀仏庵」の1階部分

（提供：松山市立子規記念博物館）

かつては城山の南にある萬翠荘《ばんすいそう》の敷地内に「愚陀仏庵」を復元した建物が建っていたが、平成22（2010）年7月12日、豪雨による土砂崩れで全壊し、現在は跡地のみとなっている。

【松山の句会会場】句会に使われた延齢館と潑々園

松風会《しょうふうかい》は、明治二十七（一八九四）年に松山で結成された子規派俳句初めての地方結社である。

松山高等小学校校長の中村愛松《あいしょう》を中心に、教頭の野間叟柳《のまそうりゅう》、伴狸伴《ばんりはん》、阪本伸緑《しんろく》、国安半石《はんせき》、河村青里《せいり》、玉井馬風《ばふう》、白石南竹《なんちく》に帰省していた下村為山《いざん》、柳原極堂《きょくどう》、森盲天外《もうてんがい》、岡村三鼠《さんそ》、釈一宿《しゃくいっしゅく》、大島梅屋《ばいおく》、御手洗不迷《みたらいふめい》などが集まった。

明治二十八（一八九五）年、極堂は、喀血の治療で神戸から松山に帰った子規を訪れ、句作指導を頼んだ。八月二十八日より、松山の俳人たちが愚陀仏庵《ぐだぶつあん》で療養する子規のもとに集まり、毎晩の句座を催した。子規の帰郷で松山の俳句熱は、にわかに盛り上がった。しかし、九月二十六日の運座中に子規が鼻血を出したため、句会はしばらく中止となった。

子規の帰京が近づいた十月八日に句会が再会され、十月十二日には子規の送別会が二番町の花迺家《はなのや》で開かれた。この料亭は、夏目漱石の小説『坊っちゃん』のうらなりの送別会に登場する「花晨亭」のモデルではないかと越智二良《じろう》氏は『子規こそわがいのち』に書いている。当時の松山の有名な料亭には他に二番町の梅の家、三番町の明治楼、柳井町の亀の井などがあり、松風会の句会もこれらの場所を利用することもあったが、『坊っちゃん』が発表された明治三十九（一九〇六）年には、もう店がなくなっていたという。

松風会が結成される前の明治二十五（一八九二）年に帰郷した子規は、松山句会「松山競吟集《せりぎんしゅう》」を催している。七月十五日から八月十六日の間に六回催され、第一回が高浜の「延齢館《えんれいかん》」、二回と五回、六回が「三津のいけす（潑々園《はつはつえん》）」、三回、四回が虚子の家で催されている。この年の七月一日に「延齢館」が開業され、物見がてらの句会開催でもあったろう。子規と漱石は「延齢館」を訪れたこと

十一人一人になりて秋の暮　明治27年

がある。子規は海に入らなかったが、漱石は海水浴を楽しんだ。

「澄々園」は明治二十二（一八八九）年五月十九日開業であり、『子規全集』を参照すると二十五年までの三年間で十二回訪れている。子規がなぜこんなに多く訪れたかというと、「澄々園」を経営する歌原家は子規の外祖父・大原観山の妻の出里なのである。河東碧梧桐は「イケスも立派になったたな……上等の座敷へ通しすぎたようじゃな（『子規を語る』）」という子規の言葉を書いている。

しかし、「延齢館」は高浜開港のための埋立て工事でなくなってしまった。「澄々園」は、経営者の歌原邁《すすむ》の死去ののちに別の人の手にわたり、昭和十（一九三五）年に三津内港工事で水没している。

十月十七日、三津の久保田回漕店で子規の送別句会が行われた。翌日、三津浜《みつはま》から出航する子規のもとへ極堂ら松風会の十名が集まり、名残を惜しんだ。子規は「**十一人一人になりて秋の暮**」の句を詠んでいる。

会場は花晨亭と云って当地《ここ》で第一等の料理屋だそうだが、おれは一度も足を入れた事がない。もとの家老とかの屋敷を買い入れて、そのまま開業したと云う話だが、成程見懸《みかけ》からして厳《いか》めしい構《かまえ》だ。

夏目漱石『坊っちゃん』

なつめ・そうせき②
　松山中学の英語教師時代、漱石は顔の「あばた」から、「鬼瓦」というあだ名をつけられた。月給は校長より多い、八十円だったという。松山でのお気に入りは道後温泉で「余程立派なる建物にて八銭出すと三回に上り茶を飲み菓子を食い湯には入れば頭まで石鹸で洗ってくれるという様な始末。随分結構に御座候」と友人に伝えている。

▲延齢館（提供：坂の上の雲ミュージアム）

　当時の高浜駅前の山を登った小僧坂という高台にあった。延齢館は、現在でいう海の家である。明治25年7月15日、子規は河東碧梧桐と高浜虚子を伴って延齢館に赴き、雪の間というところで「**雪の間に小富士の風の薫りけり**」の句を詠んだ。竹村鍛に宛てた手紙には「この地の風光もっとも絶倫《ぜつりん》、須磨《すま》・明石《あかし》もまさに色なからんとす」と書いている。

【奈良の宿の柿】梅の精が剥いてくれた奈良の御所柿

明治二十八（一八九五）年十月十九日に松山を離れた子規は、広島から須磨を経て大阪に渡ると、左の腰骨が痛んで歩行困難になるが、身体が癒えるまで滞在し、二十六日に奈良へ赴いた。

子規は、東大寺周辺を散策し、「角定対山楼《かどさだたいざんろう》」という旅館に宿泊した。ちょうど周りの木には色づいた柿がたわわに実っている。柿好きの子規にはたまらない季節である。

ある晩のこと、夕食が終わり、宿の女中に、「まだ御所柿《ごしょがき》は食えまいか」と聞くと、用意できるという。子規は、十年ほど御所柿を食べていなかったから、さっそく持ってくるように命じると、女中は直径一尺五寸（約四十五センチ）もありそうな鉢に山のごとく柿を盛ってやってきた。

女中は庖丁を持って柿を剥《む》いてくれる。子規は、柿を剥く女のうつむいた顔に見とれていた。年のころは十六、七、肌の色は雪のごとく白く、目鼻立ちも美しい。「生まれはどこか」と聞くと、梅の名所である月ケ瀬《つきがせ》だという。子規は、この女中を梅の精ではないかと思った。

子規がうっとりしていると、ゴーンという鐘の音が一つ聞こえる。すると女中は「おや初夜が鳴る」と言って、なお柿を剥いていた。あれはどこの鐘かと聞くと、「東大寺の大つり鐘が初夜の鐘を打つのです」という。「東大寺はすぐそこです」と言って、中障子を開けると、確かに東大寺は自分の頭の上に見えている。女中はさらに向こうの方を指さして、「夜は鹿がよく鳴きます」というのであった。そこで子規は「**柿喰えば鐘が鳴るなり法隆寺**」の句を詠んだ。

『子規諸文』で、山口誓子《せいし》は奈良に住む友人に「角定」の調査を依頼した。御所柿がなっていた木は「毎年立派な実を結び、今年も相当の出来だったそうですが、近所の悪童に太い枝ごと折られてし

大仏の足もとに寝る夜寒かな　明治 28 年

まって、来年からは実がならぬかも知れぬと大変嘆いておられました」とあり、近所の腕白小僧にあの柿の木は折られていたのである。

『本朝食鑑《ほんちょうしょっかん》』に「御所柿は味に優れ、上品な味わいを持つ。蔕《へた》の辺りの腐らないものが一等品で、蔕の辺が黒く腐っているものは二等品である。丸く肥えていて、中ほどから尖ってくる。果肉は紅色でみずみずしく、味は蜜のように極めて甘い」とある。御所柿は奈良御所《ごぜ》原産で、柿にある遺伝子は、ほとんどが渋を含んでいるが、この御所柿だけが渋のない突然変異種の完全甘柿である。近畿から東海の地域では、「御所柿」が地元の在来品種と交雑して新しい柿の品種が次々と生まれた。その柿には、「江戸御所」「天神御所」「晩御所」のように、地名や時期のあとに「御所」の名がつくものが多い。

なお「**柿喰えば鐘が鳴るなり法隆寺**」の句は、この年の九月に夏目漱石がつくった「**鐘つけば銀杏ちるなり建長寺**」を受けてつくったものだともいわれている。

▲角定（「対山楼」とも称した）

江戸末期から明治、大正にかけ奈良を代表する老舗旅館「角定対山楼」は、伊藤博文、山県有朋、山岡鉄舟、滝廉太郎、岡倉天心、フェノロサなど政府要人や学者、文人など明治の各界を代表する著名人が数多く宿泊した。

昭和 38（1963）年に廃業し、現在は「天平倶楽部」という日本料理店が建っている。

彼は楽しげに盆の上の柿を見遣った。柿の赤い色は媚《こ》びるように輝いていた。抑えていた彼の食欲は猛然として振い起った。

高浜虚子『柿二つ』

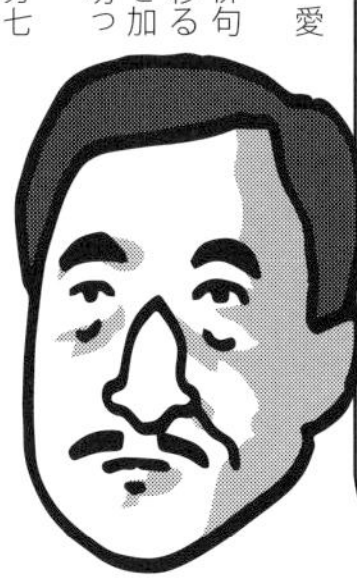

たかはま・きょし（一八七四～一九五九）愛媛生まれ。

河東碧梧桐を通じて子規と知り合い、俳句を学ぶ。「ホトトギス」が松山から東京に移るのにあたり、俳句だけでなく短歌や散文を加えた。夏目漱石の『吾輩は猫である』や『坊っちゃん』は、「ホトトギス」が初出である。

「ホトトギス」出版により、「俳諧師四分七厘商売人五分三厘」と揶揄されたこともある。

「ホトトギス」は今も刊行され、平成二十五（二〇一三）年には、通算一四〇〇号を迎えている。

【後継者と駄菓子】道灌山で子規が虚子に薦めた駄菓子と俳句の道

明治二十八（一八九五）年十二月九日、子規は高浜虚子《きよし》を道灌山《どうかんやま》の茶店に誘った。

ヘルメット帽をかぶり、不機嫌そうな子規が「少し学問ができるかな」と聞くと、「私《あし》は学問をする気はない」と虚子は答えた。すると、子規は「お前を自分の後継者として強《し》うることは今日限り止める」と怒ったが、虚子は「自分の性行を曲げることは私にはできない」と答えている。

この年の七月二十四日、従軍で喀血した子規の看病を終え、須磨《すま》療養所を後にする高浜虚子に、子規は「幸いに自分は一命を取りとめたが、しかし今後幾年生きる命かそれは自分にも判《わか》らん。……そこでお前は迷惑か知らぬけれど、自分はお前を後継者と心に極《き》めておる（『子規居士と余』）」と語った。子規の言葉は、虚子を後継者とするため、学問をするよう諭《さと》していた。子規の「学問ができるかな」という言葉は、虚子に後継者としての準備はできているかと尋ねるものであった。

虚子は、須磨で突然言われた子規の後継者任命に重い負担と窮屈《きゅうくつ》さを感じていた。虚子は「居士の親近者である事が、決して後継者としての唯一の資格ではなかったのである。現に今日に於てこれを見ても居士の後継者は天下に充満して居るのである（『子規居士と余』）」と書いているが、生真面目な虚子は後継者になることを重く捉《とら》えすぎていた。子規の申し出を断った時、「同時に束縛されておった縄が一時に弛《ゆる》んで五体が天地と一緒に広がったような心持がした」のである。

子規が最期の息を引き取ったときに母親の八重がいった「升《のぼ》は一番清《きよ》さんが好きであった。清さんには一方《ひとかた》ならんお世話になった」という言葉のように、子規が頑張って築いた俳句の道を、信頼できる虚子が後世に繋げてくれるだけでいいという意味だったのではないか。

切れ凧や道灌山を越えて行く　明治29年

道灌山の茶店の婆が出した大豆を飴で固めたような駄菓子を、子規は虚子に「おたべや」と勧め、自分もひとつ口に入れたという。自らがつくった俳句を継承することは、駄菓子のようなものかもしれないが、食べてみなければわからないだろう。そんな子規の暗喩《メタファー》を感じる。

駄菓子は、高級菓子に対比する言葉で、一文菓子《いちもんがし》とも言った。雑穀や水飴、ぎょうせん（麦芽）飴の類いを使った豆菓子や煎り菓子など、庶民に愛された菓子である。

明治三十二（一八九九）年、子規は人力車で道灌山を訪ねた。道灌山からの平野を一望し、「上りて見れば平野一望黄雲十里このながめ廿《にじゅう》八年このかた始めてなり（『道灌山』）」と感想をもらした。そして、胞衣《えな》神社の前の茶店に憩い、柿を食べた。虚子との別れで駄菓子を買った駄菓子屋は、昔より荒れはてている。「**此《この》坂は悪《あし》き坂なり赤土に足すべらせそ我をこかしそ**」という歌を詠んだが、それは後継者を失った思い出を詠んでいたのかもしれない。

いつも来ては茶を飲んで、駄菓子を二ッ三ッ食って、台の上で代数《アルゼブラ》や幾何《ジョウメトリー》若《も》しくは算術《アリスメチック》を勉強して、四時頃にはきっちり帰る。

江見水蔭『女房殺し』

えみ・すいいん（一八六九〜一九三四）岡山生まれ。
軍人を志して上京するが、次第に文学に惹かれ、東京英語学校に通いながら、同人誌『毎週雑誌』を発刊した。のち硯友社に属して、さまざまな雑誌に執筆する。
代表作に小説『女房殺し』、『地底探検記』、随筆『自己中心明治文壇史』など。

▲『江戸名所図会』の道灌山

太田道灌が築いた城とも、鎌倉時代の豪族・関道閑《どうかん》の屋敷があったともいう。日暮里にある高台で、江戸時代には、薬草の採集地や、虫の音の名所としても知られていた。西に富士山、東に筑波山が眺められたこの高台は、現在、開成学園のグラウンドになっている。

【正岡家の家計簿1】正岡家のエンゲル係数は約六一％

明治三十（一八九七）年一月三十一日、子規は大原恒徳宛ての手紙で、正岡家の家計について報告した。家計簿に計上されていない薬代の多いことを嘆き、生活の苦しさと体調への気遣いを訴えながらも「食物だけは倹約せぬつもりに御座候《ござそうろう》」と書き、その理由をあれこれと書き綴った。

「私の家計のうち、もっとも贅沢になっているのは食費である。私は一日二食だが、私以外の家族は一度も自分のために魚を買ったことはない。私の分が余ったとき、それが口に入るくらいである。しかし、女の倹約は近所隣もみな厳しいようで、我が家より更にはなはだしいと思われる。私の考えは、薬を飲んで野菜だけを食べているよりも、魚を食べる方が肺病のためによいと思う。しかも、食べものを少し贅沢しなければ何分《なにぶん》もの書くことができなくなる。これは私の一種の病気のようなもので、徹夜で仕事をしていたら頭が疲れて、筆を持っても何も書けなくなる。その時、菓子とか果物とか芋とかを食えば、それによって身体に力がみなぎり、また二、三時間書くことができる」とあり、健康増進と日々の仕事を継続させるために食費の多さは必要であると訴え、叔父に理解を求めている。

正岡家の三十六円二十二銭三厘の支出のうち、食費が二十二円四十銭を占め、エンゲル係数は六一・八四である。シンフォニカ推計によると、明治期以降一九一〇年代までのエンゲル係数は、ほぼ六五％前後であり、大正から昭和戦前期にかけて五〇％という推測値が出ている。現在の二〇％前半という数値に比べれば、とても高いが、それでも正岡家は一般よりもやや少ないエンゲル係数だといえる。ただ問題は、収入と食費の支出のバランスが悪いことだ。

この年の『病牀手記』八月二日には、「午餐隔

金性の貧乏者よ年の暮　明治31年

日牛肉（淡路町中川のロース二十銭）牛肉ならぬ日は魚肉粥三椀位《くらい》野菜一皿」とあり、子規の食卓には毎日肉か魚が登場している。

そのため、母と妹は倹約を強いられている。河東碧梧桐が妹・律に聞いた『家庭より観たる子規』では「着るものに好みをいう身分でもありませんでした」「洋服などつくるゆとりがなかったのでしょう」「兄の使っていた硯《すずり》、筆、墨の類も、この頃の小学生でも、もっと気のきいたものを持っていますくらい、まことにお恥しい安物でした」「何も彼《か》もが、大事な用を足すものまで、切りつめた実用の範囲を出ない……道具揃えをして楽しむというような、通《つう》がったことなど、恐らく生活に余裕があってもしようしなかったのではないでしょうか」「私共二人は、月に五円あれば食べて行かれました」と律が語っているように、子規の家族は切りつめた暮らしを続けた。

子規の食は、「相も変わらず肉と鰻《うなぎ》ぐらいが関の山で」と律がいうように、とびきりの贅沢ではなかったのである。

大原恒徳に送った正岡家の家計簿

入の部

月給	29.00 円	
隣カラ	5.00 円	裁縫代
某俳人カラ	1.00 円	
俳舎排首代	0.75 円	
屑代	0.02 円	
	〆35.77 円	

入の部
35.77 円
出の部
36.223 円
差引
不足　**0.453 円**
三十一日現金
0.05 円
〆0.503 円
前月繰越残金

出の部

月払の分	米屋	4.09 円	
	肴屋	5.33 円	
	酒屋	0.96 円	
	炭屋	1.128 円	
	車屋	1.98 円	
	八百屋	1.782 円	
	牛乳	0.49 円	
	家賃	5.00 円	
	菓子	1.64 円	
現金払の分	文房具	1.68 円	
	切手端書	1.20 円	
	飲食物	1.144 円	泥鰌鍋の類
	湯代	0.535 円	
	髪結代	0.30 円	
	新年端書	1.84 円	この2項臨時費
	歳暮年玉	3.755 円	
	雑貨	3.881 円	会費、運賃等
		〆36.223 円	

【蕪村忌】蕪村忌には、天王寺蕪の「風呂吹き」が毎年配られた

明治三十（一八九七）年十二月二十四日、根岸の子規宅で蕪村忌《ぶそんき》が催された。月並派の俳人によって営まれる芭蕉忌《ばしょうき》に反旗を翻したもので、大阪から天王寺蕪《かぶら》を取り寄せて「風呂吹き」をつくり、集まった俳人たちが記念撮影をするというのが恒例の行事となった。

この年の四月から十一月にかけて、一時中断はしたが、「日本」紙上で連載された『俳人蕪村』のなかで、子規は、「芭蕉が俳句界を開いてから二百年が経った。その間、多くの俳人が育ってきた。芭蕉は比べようのない優れた俳人として認められ、芭蕉に匹敵する者はいないという状況である。芭蕉は本当にそのような存在なのか。いや、違う」と書き、芭蕉よりも蕪村の方がいかに勝り、いかに素晴らしいかと書き綴った。

「芭蕉の俳句は、古来の和歌に比べて客観的美を現すことが多い。しかし、蕪村の客観には及ばない。極度の客観的美は絵画と同じである。蕪村の句は絵画美を備えているものが少なくない」と記し、「客観的美」「人事的美」といった蕪村の句の特徴を並べ、新しい時代をつくり上げようとする子規たちの俳句の旗頭《はたがしら》に据えたのである。

蕪村忌に天王寺蕪を取り寄せるのは、蕪村が「**名物や蕪の中の天王寺**」という句を詠んだことや天王寺で蕪村が生まれたという説に応えたためで、蕪村の名に「蕪」があることも加えて選ばれたのかもしれない。天王寺蕪は、大阪に住む水落露石《みずおちろせき》から子規のもとに送られた。

しかし、当時の運送事情から、明治三十二（一八九九）年の蕪村忌には露石の蕪は届かない。子規の手紙に「去る廿六日蕪到着。難有《ありがたく》御礼申上候。ただ蕪村忌に後《おく》れ候は残念に存候」とある。そのときには、京都の中川四明《しめい》より千枚漬けが届いており、お礼の手紙に「名物蕪漬御恵投被下《くだされ》候

蕪村忌におくれて蕪とゞきけり　明治32年

由難有御礼申上候《よしありがたくおんれいもうしあげそうろう》。蕪村忌の日も近づきぬ蕪漬」と書いた。

明治三十三（一九〇〇）年は、二十三日に開催日を繰り上げたため、蕪を廻送店に葉書で催促したところ、その日の夕刻に持ってきた。散会した後ではあったが、内藤鳴雪《めいせつ》、河東碧梧桐、高浜虚子、荒川同楽《どうらく》の四人だけが家に残っていたので、蕪は晩餐に使われた。明治三十四（一九〇一）年は、蕪を無事に落手している。

当初、二十人ほどで始まった蕪村忌は、年々集まる人が増え、三十二年は四十六人も集まった。そのため、鳴雪と四方太は床の間に上らなければならなかったという。「**風呂吹の一きれづつや四十人**」はこのときの句である。

「風呂吹き」というと、子規の句「**風呂吹を喰ひに浮世へ百年目**」の句を思い出す。この句は明治二十九（一八九六）年の句で、松山円光寺の明月和尚《めいげつおしょう》百年忌のために詠まれている。蕪村忌の「風呂吹き」の材料は蕪だが、円光寺の名物料理に使われるのは大根である。

病室の入口の部屋に近い台所に出ていた。彼女の心は山のように蕪菜《かぶらな》を積み重ねた流し許《もと》の方へ行った。青々と洗われた新しい蕪菜が見えて来た。

島崎藤村『ある女の生涯』

しまざき・とうそん①（一八七二〜一九四三）岐阜生まれ。
九歳で上京し、共立学校（現開成高校）から明治学院に学んだ。卒業後は英語教師となる。「文学界」同人となって『若菜集』を発表し、のちに小説を執筆した。代表作に『夜明け前』『破戒』『春』などがある。

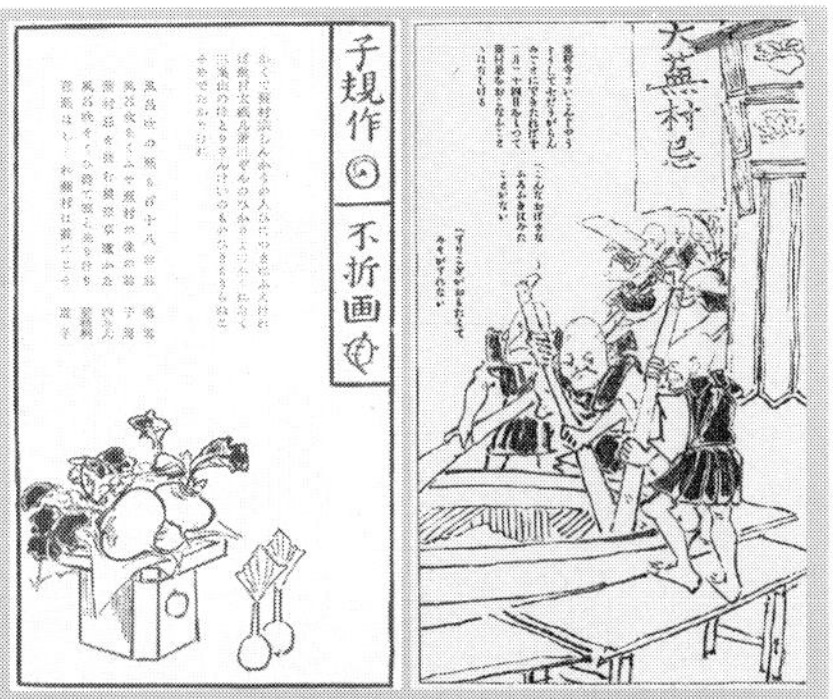

▲『蕪村寺再建縁起』
（提供：松山市立子規記念博物館）

明治34年1月31日の「ホトトギス」に掲載された。蕪村宗の俳阿弥という行脚僧が、化物や狐狸と力を合わせて月並村の妨害をはねのけ、荒れ果てていた蕪村寺をみごと再建するというストーリーである。

【ご馳走論】晩年の子規が語った御馳走の悲劇

晩年の子規は、「御馳走論」をよく口にした。

明治三十二（一八九九）年十二月十日「ホトトギス」に掲載された『消息』では「身体の活動の鈍きは即ち栄養の不十分に原因致し候者故《そうろうものゆえ》、この無精《ぶしょう》を直さんとならば御馳走を喰うが第一に御坐《ござ》候」と書き、世の中で劇烈な生存競争に勝つためには「御馳走」を食べねばならぬと提唱した。

ただ、子規のいう「御馳走」とは、「正月の筍《たけのこ》を喰い舶来《はくらい》の缶詰を賞翫《しょうがん》するような奢侈《しゃし》」ではなく、牛肉などのタンパク質を多く含む食材を使って滋養分のある料理をとることであった。

明治三十四（一九〇一）年の『墨汁一滴』には、「小生唯一の療養法は『うまい物を喰う』に有之《これあり》候。この『うまい物』というは小生多年の経験と一時の情況とに因《よ》りて定まる者にて他人の容喙《ようかい》を許さず候。珍しき者は何にでもうまけれど刺身は毎日くうてもうまく候。くだもの、菓子、茶など不消化にてもうまく候。朝飯は喰はず昼飯はうまく候。夕飯は熱が低ければうまく、熱が高くても大概喰い申候。容態荒増如此《あらましかくのごとき》候（四月二十日）」と記している。

可哀想なのは坂本四方太《しほうだ》である。虚弱で胃が悪い四方太はかっこうの標的になった。『思ひ出づるまゝ（※回想の子規）』によると「それから例の御馳走論だ。僕が虚弱で胃が悪くて仕事ができない男だという所から、実は近来ひどく疑《うたがい》を受けた。相当に滋養物を喰っても居るしまた御馳走主義であるにも拘《かか》わらず、毎日糠味噌《ぬかみそ》ばかり喰っている様に思われては外聞の悪い話だから、……弁解を試みる。毎日の献立を吹聴する。魚屋の払いなどもそれとなく洩《も》らす。けれどもこれくらいのことでは仲々信用して呉れない。駄目だ駄目だ君の御馳走というのは酢の物だから駄目だ、御馳走を喰えば君のように下痢したり眼が窪んだりするはず

菓物に乏しくもあらず冬の庵　明治34年

はないといわれる」と子規から言われる。
河東碧梧桐は、「健啖《けんたん》のせいでもあったか、持論というほどのものではなかったが、二タ口目には、御馳走論を振りまわして、人間食い物を吝《おし》むようでは、何事もできない、と一言《いちげん》に喝破《かっぱ》してしまった。財産収入の許す限り、ウンと御馳走を食え、と誰にでも侑《すす》めた。坂本四方太は、総《すべ》てにつつましやかな、几帳面《きちょうめん》な男であったが、鳴雪同様、骨と皮のように痩せていた。写生文の振るった時代は、そうでもなかったが、二、三度書いたものが余り出来がよい方でないと、きまって、四方太も、もちっと御馳走を食わんといかんなア、と心から歎息したりした（『子規を語る』）」と、子規の「御馳走論」の被害にあった四方太に触れている。
子規は、『墨汁一滴』に「総《すべ》ての楽《たのしみ》、総ての自由は余の身より奪い去られて僅《わず》かに残る一つの楽と一つの自由、即ち飲食の楽と執筆の自由なり（三月十五日）」と書いているが、これが「御馳走論」の本質なのだろう。

これで今日来たのも損はない、先ず御馳走に有《あり》ついたというものだ。風月堂へ人を連れ、きょうは羊羹《ようかん》で堪忍《かんにん》して置こう。

高瀬文淵『若葉』

たかせ・ぶんえん（一八六四〜一九四〇）安房生まれ。千葉師範学校を卒業して教鞭をとる。のちに文筆活動を始め、江見水蔭が創刊した『小桜縅（こざくらおどし）』を舞台に評論を行う。
文学の主眼は理想主義にあるとし、森鷗外や田岡嶺雲らと論戦を戦わした。

▲坂本四方太《しほうだ》（1873〜1917）
（提供：松山市立子規記念博物館）

鳥取県生まれ。本名は「よもた」。ホトトギス派の俳人。東京帝国大学卒。のち母校の助教授兼司書官になる
寺田寅彦著『俳諧瑣談《さだん》』によれば、夏目漱石が「四方太という人は実にきちんとした人である。子供もなく夫婦二人きり全くの水入らずでほんとうに小ぢんまりとした、そうして几帳面な生活をしている」と評したという。

【闇汁会】何を入れてもかまわない闇汁の楽しさ

明治三十二（一八九九）年十月二十一日、「ホトトギス」が東京に移転して二年目の記念会が開催された。午後四時すぎ、ホトトギス発行所に集まったのは、子規、高浜虚子、下村牛伴《ぎゅうはん》、河東碧梧桐、寒川鼠骨、大谷繞石《じょうせき》、石井露月、坂本四方太である。

この会で闇汁を催すことが満場一致で決まり、それぞれが買い物に出た。子規はひとり、横になってみんなの帰りを待った。

遅れて来た内藤鳴雪は、持ち寄りの品の買い物に出かけるときに「下駄の歯が出てきてもよいのですか」とギャグをかました。帰った面々は台所に入って、材料を自分で洗って切っている。クスクスという忍び笑いや、大きな笑い声が聞える。

準備ができるまでに句会を催そうとの意見が出て、「柿」をもって題とした。五百木瓢亭《いおきひょうてい》、松瀬青々《せいせい》が遅れてやって来た。

大鍋が座敷の中央に据えられ、鍋を囲んで坐する九人と臥せている子規一人、いずれも目を丸くし、鼻息を荒くして鍋の中を覗き込んでいる。

鳴雪が「飯を喰うて来て残念」といいつつ、椀を取ってなみなみと盛る。右回りに順を追ってそれぞれが盛っていくと、回って半分にも至らないのに鳴雪は既に二杯目を盛って「実にうまいです」と感想を述べる。鍋の中には、南瓜《かぼちゃ》、里芋、蓮根、蕪、竹輪、柚子《ゆず》、麩《ふ》、豚肉、魚、蛤《はまぐり》などが入っていた。杓子《しゃくし》ですくうと「あん餅がかかったぞ、誰だ大福を入れたのは」と碧梧桐が叫んで皆が笑った。これは虚子の仕業《しわざ》であった。

鳴雪、碧梧桐、四方太、繞石、子規、虚子も「うまい」という。露月だけはうまいとも言わずに、たちどころに三杯も食べ尽くした。

下戸《げこ》も食い、上戸《じょうご》も食い、すこやかな者も食い、病める者も食い、食いに食うて鍋の底が現れると、

短夜や何煮えあがる鍋の中　明治29年

第二の鍋がやって来た。みんなが腹をなでて手を休めていると、露月は黙々として四杯目を椀に盛っている。初めは「牛飲馬食《ぎゅういんばしょく》」の勢いだったが、「牛を飲み馬を食う」状態だ。第二の鍋はまだ半分も食べ切っていないのに、みんな満腹となり、グロッキー状態になった。

子規は病身に疲れを感じ、柿腹を抱えて先に帰った。好きな柿を最初にたくさん食べていたため、お腹がいっぱいになっていて、闇汁があまり食べられなかったのである。

闇汁会は、この年の十二月二十六日に開かれた中村不折の書室新築祝い、文部省試験合格で田辺中学に赴任する折井愚哉《ぐさい》を送る三十三年二月二十六日の会、三十三年十一月二十三日の新嘗祭《にいなめさい》に子規庵で催された「鶏頭闇汁会」で行われた。

「鶏頭闇汁会」では、出席者に文章が回され、「草廬《そうろ》飲食会会規」が出されたが、さらに「**来ねば来ず来れば来て食ふ素話に食はずに帰る客はいやいや**」という歌が添えられている。

草廬飲食会会規
一、草廬において飲食会を催さんとする者は来客謝絶の限りに非ず
一、来会者は手土産を要せず
蛤に秋の発句を吐かせたり
夷講に大福餅もまゐりけり
闇汁に麩を投げ入れて月と見ん
柚の皮のそれらは匂いなかりけり
豚汁や芋を得て秋の季となりぬ
闇汁に打ち込まれたる南瓜かな
闇汁は南瓜子芋に何々ぞ
闇汁や芋蕪アンド、ソー、フォース
高浜虚子
大福
五百木飄亭
煙草の煙
内藤鳴雪
蜃気楼
下村牛伴
松瀬青々
河東碧梧桐
柚子
正岡子規
豚肉
寒川鼠骨
餅
石井露月
南瓜
大谷繞石
竹輪、蕪など
坂本四方太
里芋、蓮根など

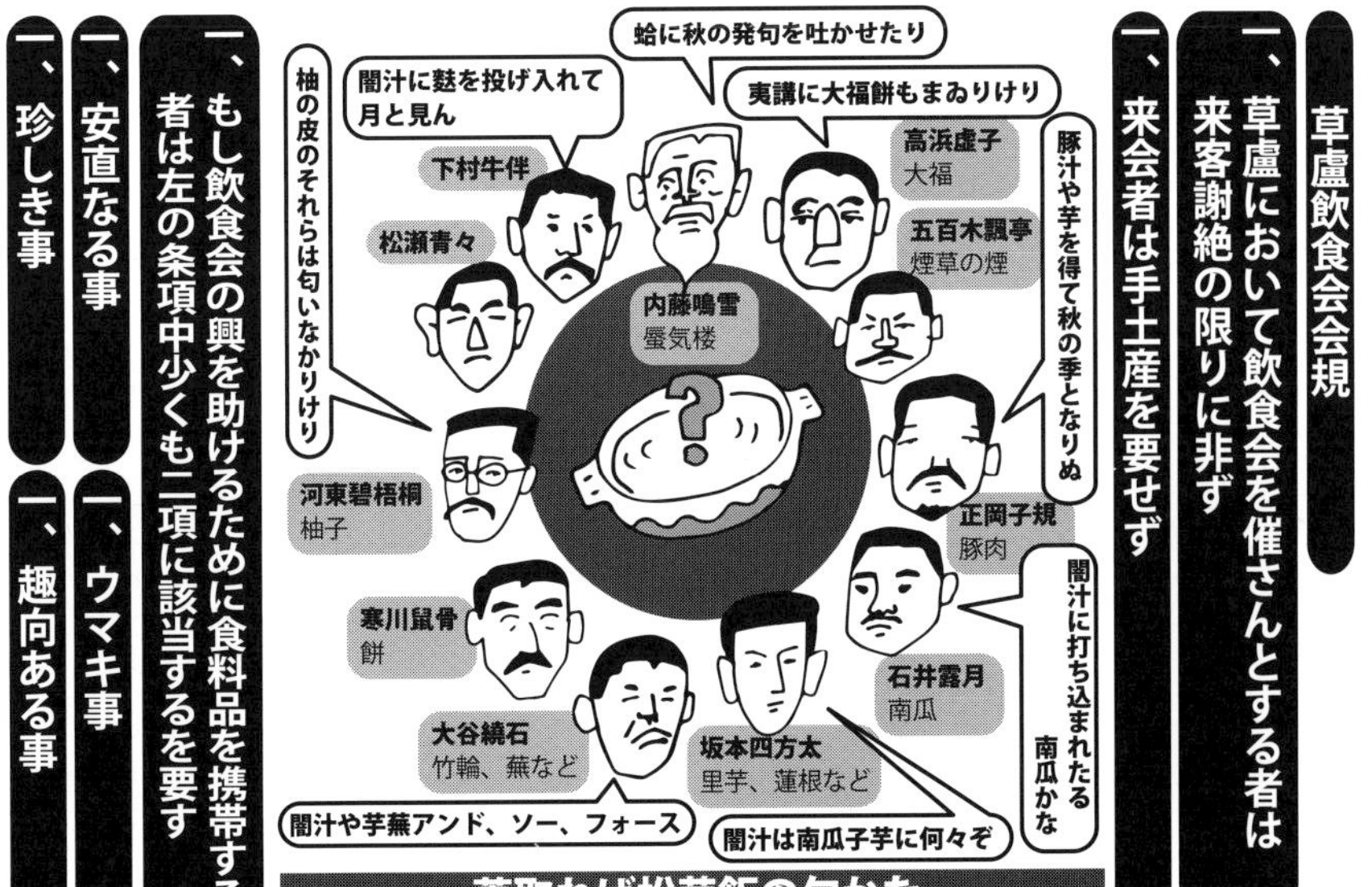
蓋取れば松茸飯の匂かな

一、もし飲食会の興を助けるために食料品を携帯する者は左の条項中少くも二項に該当するを要す
一、安直なる事
一、ウマキ事
一、珍しき事
一、趣向ある事

【柚味噌会】露月の送別会からはじまった柚味噌会

明治三十二（一八九九）年十月二十三日、石井露月《ろげつ》が郷里の秋田に帰って医師を開業するというので、子規たちは道灌山胞衣《えな》神社で句会を兼ねた送別会を催した。

露月は、子規が編集長をしていた「小日本」で仕事につき、日本新聞社で記者をしていたが、脚気《かっけ》になって明治二十七（一八九四）年に帰郷した。秋田の地で医者になろうと勉強し、学科試験に合格して京都の病院で働き、実技に合格したため、帰郷してふるさとの戸米川《とめがわ》村と隣の種平《たねひら》村の村医を務めることになっていたのである。

集まったのは、子規、露月、高浜虚子、河東碧梧桐、内藤鳴雪、松瀬青々、大谷繞石、下村牛伴、坂本四方太、数藤五城《すどうごじょう》、福田把栗《はりつ》、歌原蒼苔《そうたい》、佐藤肋骨《ろっこつ》らだが、その日は、今にも雨が降ろうとするような空で肌寒い。火鉢を囲んでの会となった。

巻き鮓《すし》、切り鮓、麺包《パン》、黄粉《きなこ》飯、缶詰、佃煮、カラスミ、サンドウィッチとさまざまな食べ物が並んだが、虚子が持参した柚味噌が、この日のメインディッシュとなった。

碧梧桐と露月は、それぞれが火鉢をかかえて柚味噌を焼いた。柚子をえぐって中に味噌をつめ、蓋をして火鉢で焼く。しばらくすると柚子の尻が焦げて蓋が湯気でもちあがりはじめると、みんなの箸がいっせいに動きはじめた。

子規は「牛伴は牛の如く、把栗は栗の如く、五城は城の如く、繞石は石の如く、四方太は白眼にして四方を望む。虚子は酔うが如く酔わざるが如く、青々は有るが如くまた無きが如し。子規は横臥、餓鬼の如し（『柚味噌會』）」と洒落《しゃれ》を駆使して、柚味噌を食べる様子を描写している。

子規は突然、柚味噌と露月は、とてもよく似ている、と言い出した。柚子の花が華美になりすぎないようなところや、柚子の実に皺が多く痩せて

鯛もなし柚味噌淋しき膳の上　明治27年

いるところは、若い露月が老成して見えるのと同じだ。柚子の風情は、恬然《てんぜん》と鎮座している露月の姿に通じる。火の上に置いて臀《しり》を炙《あぶ》られても、初めは静かにしているが、しばらくすると息を漏らして、黄色いしぶきを上げる柚味噌。蓋を取って味噌を嘗《な》めると冷たく感じるが、その底を探れば熱い味噌が現れ、柚の香りが周りに漂う。心の芯に熱い意志を潜ませている露月と柚味噌は本当によく似ていると、子規は語った。

喜びの涙を流す露月に、子規は「(医者となる露月にとって) 文学は余技であるかもしれないが、人や作品が集まると世に伝わる。露月の職務の医学では、露月の名はまだ誰も知らない。早くふるさとに帰り、失意の郷に隠れて失意の酒を飲み、失意の詩をつくって、奥羽地方で叫び声をあげよ。そうすれば詩境がますます進んでくる。行け!(『柚味噌会』)」という、はなむけの言葉を続けた。この言葉を受けてか、露月はふるさと秋田で俳誌を出版した。子規は、露月に「俳星」の誌名をプレゼントしている。

もののほんとうの味を味おうとするのが茶人の心がけだとすると、枝に残って朝夕の冷気に苦笑する柚子が、彼等の手につまれて柚味噌となるに何の不思議はない。

薄田泣菫『艸木虫魚《そうもくちゅうぎょ》』

すすきだ・きゅうきん(一八七七~一九四五)岡山生まれ
十七歳で上京し、二松学舎で学ぶ。帰郷して、詩を「新著月刊」に投稿し、後藤宙外や島村抱月の絶賛を浴びた。島崎藤村の後を継ぐ浪漫派詩人と称されたものの、小説から随筆に身を転じている。

▲柚味噌

明治25 (1892) 年、子規が京都の産寧坂に住む天田愚庵のもとを訪ねた際、持参したのが「柚味噌」で、愚庵は手を打って善哉《よいかな》と叫んだという。京都の「柚味噌」というと「八百三《やをさん》」が有名だ。宝暦年間 (1751～64年) の創業当時は精進料理屋で、「柚味噌」が評判になり、昭和に入って「柚味噌」一本に絞ったという。

【誕生祝い】門人四人と祝った誕生日の趣向

明治三十三（一九〇〇）年十一月八日、子規は誕生日（旧暦九月十七日）に高浜虚子《きょし》、河東碧梧桐《へきごとう》、坂本四方太《しほうだ》、寒川鼠骨《そこつ》の四人を招いた。この年は八月が閏《うるう》月だったので、例年より少し遅い。

三十二年の五月、子規は発熱のためにずっと不眠に苦しんでいた。腹が痛んで、果物と牛乳だけの生活が続いた。五月九日に福田把栗《はりつ》と鼠骨が牡丹の鉢を持って見舞いに来た翌日、「今の苦しみにくらぶれば、我が命つゆ惜しからず」と筆記させ「**林檎《りんご》食ふて牡丹の前に死なんかな**」の句を詠んでいる。この年の八月十三日の朝、子規は突然喀血した。幸いにも喀血は一回だけであったが、子規は自らの死が近いことを悟ったようである。

そのため、今回の誕生日は、「御馳走の食いおさめ」にするつもりであった。子規はこの日を非常に自分にとって大切な日と思い、庭の松の木から松の木へ白い木綿の布を張り巡らした。ところが、曇りが晴れて陽が差すと、五、六本の鶏頭の赤い影が白い幕に高低に映り、まるで鶏頭の影を意図したような趣きになった。

夕刻になって四人が揃い、それから食事となった。子規はみんなの案内状に、それぞれに色を指定して、それにちなむ物か玩具を持って来るように頼んでいた。

虚子には「赤」、鼠骨には「青」、四方太へは「黄」碧梧桐は「茶」、が指定されていた。子規は「白」である。

果たして、虚子は赤く染まったゆで卵を持参した。神田駿河台のニコライ堂由来だという。ニコライ堂は、日本正教会の首座主教座大聖堂で、この名前は日本に正教会の教えをもたらしたロシア人修道司祭（のち大主教）聖ニコライにちなむという。恐らく、赤色の卵は復活祭の卵であろう。

命長く喜び多し御代の春　明治28年

鼠骨は青みかん、四方太は色づいたみかんと張り子の虎を持参した。碧梧桐と子規が持って来たものは子規の記憶に残っていないので、平凡なものだったのかもしれない。

食事の後は次第に話が弾み、子規は死への不安や不愉快を忘れることができた。子規は、象の逆立ちやキリンが逆立ちしたポンチ絵を皆に見せようと雑誌を広げていたら、四方太が張子の虎の髯《ひげ》をひねり上げ「ドイツ皇帝だ」といってふざけている。子規は、久々に愉快を感じた。

碧梧桐は『子規を語る』で、子規の「三十五の誕生祝いでもあったか、平生の親しい仲間へ何か御馳走を持って来いという註文《ちゅうもん》の上に、それぞれ色の題が附け加えられた。……のぼさんの発案の会には、きっと食物が主題になるのだった」とあり、『子規の回想』では「妙な注文であったが、後に、もう来年の誕生は祝われないという悲壮な催しであったことを知った」と記している。

代助は面白そうに、二三日前自分の観に行った、ニコライの復活祭の話をした。御祭が夜の十二時を相図《あいず》に、世の中の寐静まる頃を見計って始る。

夏目漱石『それから』

なつめ・そうせき③

子規と漱石が早稲田の水田にきたとき、子規は漱石は稲から米ができることを知らなかった事実を知った。『墨汁一滴』に漱石は「我々が平生喰う所の米はこの苗の実である事を知らなかった（五月三十日）」と書いてある。

▲ニコライ堂の絵葉書

キリストの復活を祝う祭をニコライ堂では「パスハ」と呼ぶ。「パスハ」とはヘブライ語で「過ぎ越しの祭」が成就する復活祭のことで、円筒形のケーキ「クリーチ」や殻が赤く染められた卵が振る舞われる。赤は、人類の罪をあがなうために流されたキリストの血の色である。

【諸国名物】全国の門人たちから寄せられる名物の味

明治三十四（一九〇一）年二月九日掲載の『墨汁一滴』には、子規宛てに送ってきた全国各地の名物が書かれている。

北海道から九州、はてはアメリカの名物が記されている。これは、「ホトトギス」により、子規の名が広く全国に知れ渡ったことを示すものである。また、今までの「日本」新聞の読者からのものもあり、病床にいる子規に向けて、元気を願って送られる各地の名物であった。

赤木格堂は『子規夜話（※回想の子規）』で「先生の俳句の門流が全国各地に散布していた外に、先生の交友も案外広かったらしい。その人々が何《いず》れも先生の身病床三尺を出でざるに同情していたためでもあろうが、根岸庵へ行くと絶間《たえま》なしに各地の名産珍物が届いていた。この一事は確かに貴族富豪にも劣らない幸福を得られたものと言わねばならぬ」と記している。

また、河東碧梧桐の『のぼさんと食物』には「地方の俳人から、土地の名産を贈ってくるのも、日ましに多くなった頃だった。どうも、うちの奴ら、よそから物を贈ってくるのに馴れてしまって、まだ来ないの、こんなものをなど、けしからんことをいうてな、と不平らしくこぼしたことがあった」とあり、子規への送りものが恒常化してきていることがよくわかる。

また、子規は病床で、送られたものを食べながら、送った人とその地域の風土を思い浮かべた。すべての書物を読みあさり、すべてのものを知り尽くすことを願う、子規の大いなる好奇心と探究心を満足させ、それが子規の果てのない食欲と知識欲を充足させるのである。

初物は七十五日寿命を延ばすとよくいわれる。初めて口にする各地の名物は、子規の喜びを誘って、延命にも役立ったことだろう。

国なまり故郷千里の風かをる　明治26年

地名	名　物	内　　　容
大阪	天王寺蕪	水落露石から送られたもの。毎年の蕪村忌に使われる。
函館	赤蕪	北海道の雨六から蕪村忌に送られたもの。
秋田	はたはた	能代の五空から蕪村忌に送られた。秋田音頭にも唄われている魚
土佐	ザボン	浜田早苗から送られた。文旦としても知られる。
	かんきつ類	浜田早苗から送られたもの。
越後	鮭のかす漬	酒どころ越後の酒粕を使って、脂の乗った鮭を漬ける。
足柄	とうきび餅	傾斜地の多い足柄に適した作物がトウモロコシだったのだろう。
五十鈴川	ハゼ	伊勢を流れる神聖なる川で獲れたハゼ。
山形	のし梅	梅をすり潰して寒天に練りこみ、薄く伸して乾燥した菓子
青森	りんご羊羹	リンゴを練り込んだ羊羹。
越中	干柿	小林花笠から送られたもの。
伊予	柚柑	柚子である。南予や中予の山間部で栽培されている。
備前	ハゼ	岡山で「シロハゼ」とよばれているものか。
伊予	緋の蕪	叔父の大原恒徳より送られた。赤い蕪の漬け物である。
	絹皮ザボン	表皮が滑らかな文旦。
大阪	おこし	岩おこしか粟おこしか。サクッとした歯ざわりが特徴の米菓子。
京都	八橋煎餅	凸になった湾曲した長方形の堅焼き煎餅。
上州	干うどん	上州うどんは平たく太く、縮れた白い麺をつけ汁で食べる。
野州	ねぎ	お歳暮に宮ねぎを送ったといい、「ダルマねぎ」の名がある。
三河	魚煎餅	魚を煎餅状にしたものか、練り物か不明。
石見	鮎の卵	鳥取の水津定吉から送られた。「おいうるか」だろう。
大阪	奈良漬	天王寺の「浪速奈良漬」は評判が高かったという。
駿州	みかん	静岡は柑橘先進地。温州みかんであろう。
仙台	鯛のかす漬	鯛を酒粕に漬けて長期保存できるようにしたもの。
伊予	鯛のかす漬	今治にいた佐伯直政から送られたものか。
神戸	牛のみそ漬	神戸牛を味噌漬けにしたもの。
下総	キジ	長塚節が送ったもの。
甲州	月の雫（しずく）	甲州葡萄に砂糖蜜をまぶした菓子。
伊勢	はまぐり	全国的に知られた伊勢の国・桑名の特産品。
大阪	白味噌	大源や米忠など、江戸創業の老舗がある。それらの白味噌か。
大徳寺	法論(ほろ)味噌	焼き味噌に胡麻・麻の実・胡桃・山椒などを混ぜた嘗め味噌。
薩摩	さつま芋	サツマイモは中国や琉球から伝わり「唐芋」と呼ばれていた。
北海道	りんご	井林博政から明治31年に送られている。
熊本	飴	夏目漱石から送られたものか？　朝鮮飴かもしれない。
横須賀	水飴	デンプンを酸や糖化酵素で糖化した粘液状の甘味料。
北海道	はららご	魚類の産卵前の卵。すじこやはらこのことか。
アメリカ	みかん	秋山真之から送られたものだろうか？

【懐石料理】初めての懐石料理を『墨汁一滴』に書き残す

明治三十四（一九〇一）年二月二十九日、子規は、伊藤左千夫、香取秀真《ほつま》、岡麓《ふもと》らの集いで、会席料理のもてなしを受けた。子規は『墨汁一滴』に「会席」と書いているが、茶道に基づく料理のため、「懐石」というのが本来の書き方だ。「懐石」と「会席」の音が共通するため、しばしば混同されるが、「懐石」は茶事の前に来客をもてなす料理で、「汁…吸物・椀物」「生…膾《なます》」「焼物…炙肴《あぶりざかな》、焼魚、喰焼《くやく》など」「煮物…焚合《たきあわせ》など」の「一汁三菜」を基調とする。一方、「会席」は本膳料理や懐石をアレンジして発達したもので、料理とともに酒を楽しむことに主眼を置いている。

その日、左千夫は、持参した大きな古釜を沸かして、茶席の準備をした。茶を味わったのち、五時頃に料理が運ばれてきた。

三州味噌を使った味噌汁に嫁菜《よめな》が入っている。膾《なます》は鯉の甘酢、酢のかげんは伝授のものだという。茶席の料理はすべてを食べ尽くして一物も残さないのがきまりだと知った子規は、残してあった摺山葵《すりわさび》をあわてて味噌汁のなかへ入れて飲んだので、一座は笑いに包まれた。

次に小鯛の骨抜四尾、独活《うど》、花菜、山根の芽、小鳥の叩き肉が出た。焼物は鰈《かれい》を焼いて煮たもので、鰭《ひれ》と頭と尾は取りのけてあった。口取は焼玉子、栄螺《さざえ》、栗、杏《あんず》と青蜜柑の煮たもの。香の物は奈良漬の大根である。

次の料理を待つ間、椀に一口の飯を残し置くものだと聞いていた子規だったが、すべての料理を食べきれず、半分を残してしまった。食事が終わると湯桶に塩湯を入れたものが出てきた。

料理人が帰った後、子規は料理の真髄は味噌汁にあると聞いた。味噌汁の善し悪しでその日の料理の優劣が定まるので味噌選びに始まり、ダシに用いる鰹節は土佐節の上物のよいところだけを用

炭はねて始まらんとする茶の湯哉　明治31年

いる。味噌汁だけで三円以上の価値があるといい、自分たちが飲んでいる毎朝の味噌汁とはまったく違うことに子規は感心した。

　その汁の中へ、知らないこととはいいながら、山葵をまぜて啜《すす》ったのは余りに心ない行為であった。料理人も呆れただろうと、子規は今更に臍《ほぞ》を噛む心地がした。

　だが、子規は『墨汁一滴』に「何事にも半可通《はんかつう》がいる。茶の道においても茶器の値段の高いものを珍重する半可通が少なからずいる。茶の料理なども、堅魚節《かつをぶし》を使う本数で味噌汁の優劣を争っているようでは、これこそ半可通のひとりよがりに堕ちているようで、余り好ましいことではない。すべてものごとは極端に走るのはよいけれど、その結果が見える程度に留めておかねばならない」と、批評を加えるのも忘れない。

　子規は初めての会席（懐石）料理体験を、二日にわたって『墨汁一滴』に書き残したのは、七十五日の長生きになると思ったからだと綴っている。

二間をぶっ通した天井は煤《すす》けた上に実際低過ぎた。こうした落着いた会席ではあるものの、世故を離れた虚心坦懐《きょしんたんかい》な気持で、冗談の一つや二つ飛ぶのは当りまえである。

飯田蛇笏『薄暮の貌《かお》』

いいだ・だこつ（一八八五～一九六二）山梨生まれ。

　二十歳で上京し、早稲田大学に学ぶ。中学時代から俳句に興味を持ち、この年、「ホトトギス」に俳句が掲載された。山梨に帰郷しても俳句を諦めず、俳句復帰した高浜虚子に師事する。大正期における「ホトトギス」の代表作家となった。

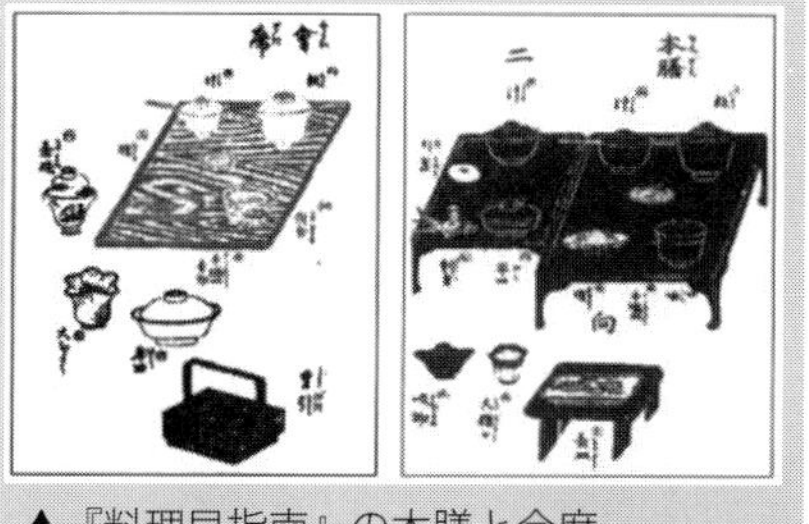

▲『料理早指南』の本膳と会席

　本膳料理は、室町時代に確立した儀式料理の一部として発展し江戸時代に確立した正式の日本料理である。

　一の膳から七の膳まであり、一の膳を本膳と呼んだので本膳料理といわれる。

　会席（懐石）料理は、茶事の一環としてお茶をいただく前に客に出される簡単な料理のことである。

【歯痛】すべてを咀嚼してきた子規のチカラの根源

子規は、明治三十四（一九〇一）年の『墨汁一滴』に、「私が床に伏せているにもかかわらず、多くの食物を消化することができたのは咀嚼《そしゃく》の力によるものだ。噛《か》んだ上にも噛み、柔らかい上にも柔らかくし、粥《かゆ》の米でさえ噛んでいられるだけ噛むようにしているのは、あながち偶然ではない。このように噛みしめているためか、咀嚼に最も必要な第一の臼歯《きゅうし》が左右ともに損なわれ、この頃は痛みが強くなって上下の歯を合わすこともできなくなった（五月九日）」と書いた。歯の調子が悪く、極めて柔かいものでも噛まずに呑み込まなくてはならない。そうすると、胃腸が反応して痙攣《けいれん》を起こす。噛まずに呑み込むと美味しさも感じられず、「生きるための栄養と食べる楽しみが一緒に奪われ、衰弱が加わって昼夜悶々《もんもん》（五月九日）」となった。

そして、子規は考える。「人間は何のために生きているのだろうか」ということを……。

この年の『墨汁一滴』には「昨日歯齦《はぐき》を切って膿《うみ》汁が出たためだろうか、今日は頬の腫れも引き、身体の痛みさえいつもより軽くなっている。今日の只今、半杯のココアに牛乳を加え一匙《さじ》また一匙、これほどの心地よさはこの数十日絶えてなかったことである（六月十一日）」とあり、歯の具合が悪いながらも改善されてきたことを記している。

秋になると、歯の痛みはますますひどくなってくる。『仰臥漫録』には「今日は昨夜に続いて何となく苦しい。歯齦の膿を押出すと昼夜絶えず出る。昨日も今日も同じ（九月三日）」「歯齦から出る膿は右の方も左の方も少しも衰えない。毎日幾度となく綿で拭い取るのだが、体の弱っている日は十分に拭い取らずにそのままにしておくこともある。……歯は右で噛んでいる。左は痛くて噛めない（十月二十六日）」状態まで悪化する。

明治時代の初めには、歯医者という職分が確立

歯が抜けて筍堅く烏賊こはし　明治35年

されておらず、床屋や入歯師と呼ばれる人たちによって抜歯が行われていた。東京帝国大学医学部に歯科学教室が開設されたのは、明治三十六（一九〇三）年のことである。

門人の岡麓《ふもと》は、単行本『正岡子規』のなかで「先生はすこしでもながく、充分に咀嚼された。よくかみ合されるのは胃をつからせぬため、胃のはたらきを助けるためばかりではなかった。一にはいくらかでも病苦をまぎらし得られるからでもあり、よくかみくだき、よくかみあじわられた、真の咀嚼である。意味を咀嚼するということばがある。先生のお食事には正《まさ》しくその味をかみしめられるのであって、先生の歌にも句にも文章にもなって行くのであった。一概にやわらかい物の持つ味を厭《きら》われたのではないが、健康な人、歯のよい人は、うまい味は固い物にあるといい、軟かい物は食べた気がしないという」と書いている。

子規は、すべてのものを咀嚼して自分の中に取り入れる。そこに子規の本領があった。麓は、それに気づいていたようだ。

それが我我の眼にはいるのは看板の存在そのものよりも、看板のあることを欲する心、——牽《ひ》いては我々の歯痛ではないか？　勿論《もちろん》我我の歯痛などは世界の歴史には没交渉であろう。

芥川龍之介『侏儒《しゅじゅ》の言葉』

あくたがわ・りゅうのすけ（一八九二～一九二七）東京生まれ。第一高等学校から東京帝国大学に入り、夏目漱石門下となる。代表作に『芋粥』『鼻』『杜子春』などの短編小説がある。

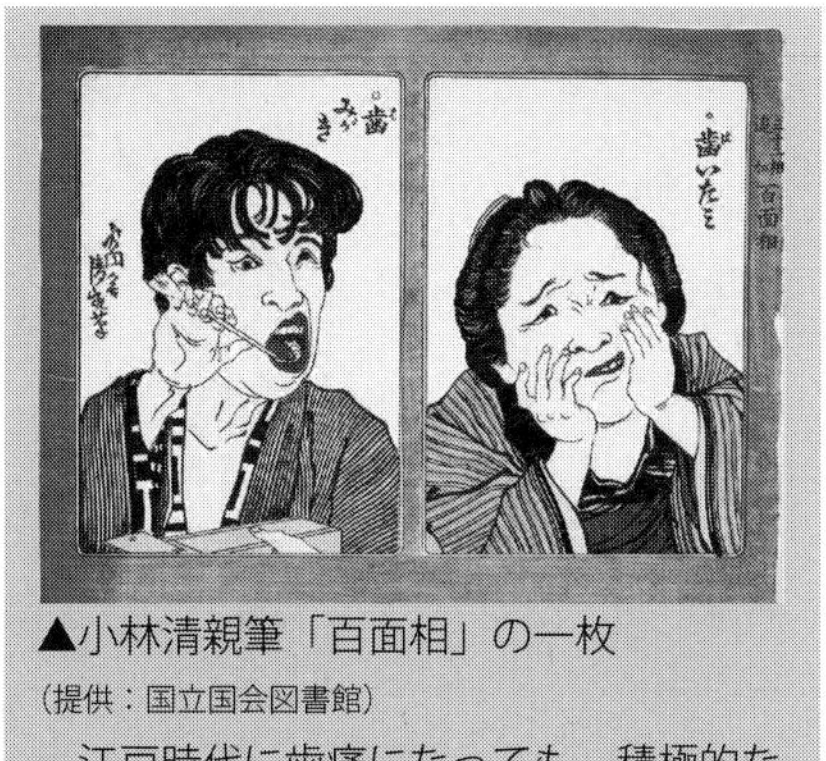

▲小林清親筆「百面相」の一枚

（提供：国立国会図書館）

江戸時代に歯痛になっても、積極的な治療は施されなかった。明治時代に入っても、政府は歯科医療の重要性をあまり認識せず、医療・教育はもっぱら民間で行われている。明治16（1883）年に、ようやく医術開業試験規則が制定され、歯科が専門科目になった。

【仰臥漫録1】子規の怒りの遠因は根岸の有名団子

子規の三大随筆のひとつといわれる『仰臥漫録《ぎょうがまんろく》』は、厳密にいえば子規の日記である。公表を前提に書かれたものではないため、日々の食事とその感想、身体の痛みや死への恐怖、家族への癇癪《かんしゃく》、歌や句の草稿、絵など、さまざまな内容の雑記やメモが残されている。

明治三十四（一九〇一）年九月二日から十月二十九日まで書いて中断、明治三十五（一九〇二）年三月十日から十三日、六月二十日から七月二十九日までの麻痺《まひ》剤服用日記というのが全ての記述だ。公表を考えていなかったものだけに、『仰臥漫録』は子規の本音に溢れている。

明治三十四（一九〇一）年九月二十日、子規は妹・律について「例えば『団子《だんご》が食いたいな』と病人は連呼すれども彼はそれを聞きながら何とも感ぜぬ也」と怒っている。九月四日の間食に「芋坂団子を買来らしむ（これに付悶着あり）」と記述されているので、子規の怒りはその悶着の結果だ。

自分が「食べたいな」と呟いた団子を律が買ってこないことに腹を立てることが、わがままと分かっていながら、親族にしか八つ当たりできない甘えん坊の子規が病床にいる。

この怒りの遠因となった団子は、根岸の「芋坂団子」のようだ。河東碧梧桐の『子規の回想』には「芋坂団子」の章があり「団子は五粒《ママ》（本当は四個）ずつ串にさしてある。あんをつけたのと、つけ焼きにしたのと二通り。よくどっちがうまい、などと品評したりした」とある。

若尾瀾水《わかおらんすい》は『三年前の根岸庵（※回想の子規）』で、「鼠骨君は一坐を笑わせ、今度は虚子君に向《むか》って、『清さんと何時《いつ》か行ったんだろう、あの団子屋へ、この間瀾水君といった、中々繁昌しているよ』『そうそう王子の帰りにお前と寄ったことがあった、あしが日暮里にいた時は味噌醤油からちょっと昼

春の日や根岸の店の赤団子　明治33年

飯の煮豆に至るまで皆なあの団子屋で弁じていた(すませていた)。『そうだろう店らしいものはあそこきりしかないから』と四方太《しほうだ》君はいう、今迄《いままで》黙っていた子規先生はこの時余らの方を見越せて、『恐らくあれくらいよく売れる団子屋は珍らしいでしょう。何日かもあの店先を通った時客が四五人俟《ま》っている外に、単に団子を買いに来ているものも二三人待ち遠しげに立っていたですが、帰りにその前へ来ると戸がたててある、ドウしたのかと見ると紙の切れが貼って本日売切れ申候』……」と、芋坂団子について語る子規たちの様子を描写している。

「芋坂団子」は、そのきめ細やかさから「羽二重団子」の屋号に改められたが、文政二(一八一九)年創業の老舗である。加賀藩下屋敷出入りの植木職人だった庄五郎が「藤の木茶屋」という掛け茶屋を始めた。そこで出していた団子が人気になったのである。米粉をよく搗いて丸め、平たくして串に刺す。生醤油をつけた焼き団子とこし餡を使った餡団子がある。

団子や。文政図にフヂノチャヤと見えて、菜飯を売りし由、古老は今も藤棚という。藤、今はなし。明治元年より村民沢野庄五郎、名物の団子を売りそめ、羽二重団子とて今に名高し。

大槻文彦『東京下町根岸及近傍図』

おおつき・ふみひこ（一八四七〜一九二八）江戸生まれ。
木挽町の儒学者の家に生まれる。開成所、仙台藩校で英学や蘭学を修めたのち、文部省に入省。十年以上の歳月をかけて日本初の近代的国語辞典『言海』を編纂した。『根岸及近傍図』は、根岸の道しるべの図として明治三十四（一九〇一）年に刊行された。

▲羽二重団子

子規の『道灌山』の中に「ここに石橋ありて、芋坂団子の店あり。繁昌いつに変らず。店の内には十人ばかり、腰かけて喰い居り。店の外には、女二人佇みて、団子の出来るを待つ。根岸に琴の鳴らぬ日はありとも、この店に人待たぬ時はあらじ」とある。

【仰臥漫録2】日々の献立に見る子規の大食らい

明治三十四（一九〇一）年九月二日から、子規は『仰臥漫録《ぎょうがまんろく》』を書きはじめる。子規の食卓に上った献立と病牀に届いた贈り物の記録が多くを占めている。十月に入ると子規は体調を崩すので、九月の『仰臥漫録』の献立が子規の普段の食生活だと考えられる。

普段の子規は、朝昼晩に椀三杯のぬく飯や粥を食べ、間食に煎餅や菓子パンをつまむ。体調がいいと、それが四杯になる。煎餅や菓子パンを十個以上食べることもある。珍しいものが届くと、ついつい食が進む。九月六日には、買った「西瓜」十五切れを一度に食べている。八日の夕食には、「焼いた鰯」を十八匹も食べた。子規も驚いたのか、十八尾という記載の横に○をつけている。

九日に栗関連の食事が並ぶのは、長塚節《たかし》から栗が届いたからだ。朝食は栗小豆飯三椀、昼食に栗飯の粥四椀、翌日の間食は焼き栗八、九個、ゆで栗三、四個と食べた。十二日の「鰻の蒲焼」七串は、岡麓から届いたもので、夕食にすべてを食べつくしている。

珍しいものでは、十七日にライスカレー三椀というのがある。出前か家でつくったかはっきりしないが、当時の「婦女雑誌（明治二十六年五月号）」には、「バターと細切りの葱を強火で炒め、うどん粉をとび色になるまで煎り、カレー粉と鰹節の煮汁を入れながらかき廻し、汁へ海老か鶏肉を入れてご飯へかける」というつくり方が書いてある。

二十日の「与平鮓」は伊藤左千夫が届けたものだ。江戸の握り寿司の元祖といわれる店で、文政年間（一八一八～三〇）に小さな店があったという。「**こみあいて待ちくたびれる与平鮓客も諸とも手を握りけり**」と、狂歌にも詠まれるほどの繁昌ぶりをみせた。

いやはや、病人とは思えない健啖ぶりである。

栗飯ヤ病人ナガラ大食ヒ　明治34年

『仰臥漫録』の大食らいメニュー（1901）

月日	食事	献立	届き物
9月2日	朝 昼 夕 間食	**粥4椀**、はぜの佃煮、梅干砂糖つけ **粥4椀**、鰹のさしみ1人前、南瓜1皿、佃煮 **奈良茶飯4碗**、なまり節　煮て少し生にても　茄子1皿 2時過牛乳1合ココア交て、**煎餅菓子パンなど10個許**、昼飯後梨2つ、夕飯後梨1つ	
6日	朝 昼 夕 間食	粥2椀　佃煮不足 さしみ（かつを）　粥2、4椀　みそ汁　梨 粥2椀　あかえ　キャベツ　冷奴　梨1つ **西洋西瓜の上等也一度に15きれ程くう**、夜羊羹2切	左千夫より鮎鮓
7日	朝 昼 夕 間食	粥3椀　佃煮わろし　こーこ少し（茄子と瓜）牛乳5勺ココア入　塩せんべい3枚 かつをのさしみ　粥3椀　みそ汁　西瓜2切　梨1つ 栗飯3わん　さはら焼　芋煮 **菓子パン10個許**　塩せんべい3枚　茶1杯	
8日	朝 昼 夕 間食	粥3わん　佃煮　梅干　牛乳5勺ココア入　菓子パン数個 粥3わん　松魚のさしみ　ふじ豆　つくだに　梅干　梨1つ 粥2椀　**焼鰯18尾**　鰯の酢のもの　キャベツ　梨1 牛乳5勺ココア入　菓子パン数個	
9日	朝 昼 夕 間食	栗小豆飯3碗（新暦重陽）　佃煮 **栗飯の粥4碗**　まぐろのさしみ　葱の味噌和　白瓜の漬物　梨1つ又1つ　氷水1杯 小豆粥3碗　鮪鍋　昼のさしみの残り　和布　煮栗 紅茶1杯半（牛乳来らず）　菓子パン3個	節より栗 五城より林檎
10日	朝 昼 夕 間食	ぬく飯2椀　佃煮　紅茶1杯　菓子パン1つ 粥いも入3碗　松魚のさしみ　みそ汁葱茄子　つくだ煮　梨2つ　林檎1つ いも粥3碗、おこぜ豆腐の湯あげ　おこぜ鱠　キャベツひたし物　梨2切　林檎1つ **焼栗8、9個　ゆで栗3、4個　煎餅4、5枚　菓子パン6、7個**	鳴雪より水飴
11日	朝 昼 夕 間食	いも雑炊3碗　佃煮　梅干　牛乳1合ココア入　菓子パン 粥3碗　鰹のさしみ　蜊汁 **粥3、4碗**　きすの魚田2尾　ふき膾3椀　佃煮　梨1つ **煎餅10枚程**　紅茶1杯　灯火にゆで栗7、8個くう	
12日	朝 昼 夕 間食	ぬく飯3椀　佃煮　梅干　牛乳え勺紅茶入　ねじパン形菓子パン1つ（1つ1銭） いも粥3碗　松魚のさしみ　芋　梨1つ　林檎1つ　煎餅1つ 飯1碗半　**鰻の蒲焼七串**　酢牡蠣　キャベツ　梨1つ　林檎1切 枝豆　牛乳5勺紅茶入　ねじパン形菓子1つ	麓より鰻の蒲焼、桃の缶詰 虚子より茶、青林檎
17日	朝 昼 夕 間食	粥三碗　佃煮　奈良漬　梅干 粥三碗　鰹のさしみ　零余子（むかご）　奈良漬　梨1つ　飴湯　ゆで栗 **ライスカレー三碗**　ぬかご　佃煮　なら漬 牛乳七勺位ココア入　あんパン一つ　菓子パン大一つ	拓川よりパイナップルの缶詰と素麺
20日	朝 昼 夕 間食	ぬく飯3碗　佃煮　なら漬 粥3わん　**焼鴨三羽**　きやべーじ　なら漬　梨一つ　葡萄 **与平鮓2つ3つ**　粥二碗　まぐろのさしみ　煮茄子　なら漬　葡萄1房 牛乳1合ココア入　菓子パン大小数個　塩煎餅　夜林檎2切　飴湯	左千夫より与平鮓
22日	朝 昼 夕 間食	**ぬく飯4わん**　佃煮　なら漬　葡萄三房 まぐろのさしみ　粥一碗半　みそ汁　なら漬　梨1つ 粥3わん　鮪鍋　焼茄子　さしみの残り　なら漬 牛乳1合ココア入　菓子パン	千代子より葡萄
23日	朝 昼 夕 間食	ぬく飯3わん　佃煮　なら漬　胡桃飴煮　牛乳5合ココア入　小菓数個 堅魚のさしみ　みそ汁実玉葱と芋　粥3わん　なら漬　佃煮　梨1つ　葡萄四房 **焼鰮4尾**　粥3わん　ふじ豆　佃煮　なら漬　飴2切 牛乳5合ココア入　ココア湯　**菓子パン小10数個**　塩せんべい1、2枚	
26日	朝 昼 夕 間食	**ぬく飯4わん**　あみ佃煮　はぜ佃煮　なら漬（西瓜）牛乳1合ココア入　餅菓子1個半　菓子パン　塩せんべい まぐろのさしみ　胡桃　なら漬　みそ汁実はさつまいも　梨1つ キャベツ巻1皿　粥3わん　八つ頭　さしみの残り　なら漬　あみ佃煮　葡萄13粒 葡萄　おはぎ2つ　菓子パン　塩せんべい　渋茶	
27日	朝 昼 夕 間食	**ぬく飯4わん**　はぜ佃煮　なら漬　牛乳5勺ココア入　菓子パン少々 まぐろのさしみ　煮茄子　なら漬　粥3わん　梨一　焼栗5、6　**かん詰のパインアップル** **さつま4わん**　枝豆　あげもの一　**かん詰の鳳梨（パインアップル）** 牛乳5勺ココア入　菓子パン　**塩煎餅10個許**	母の土産・焼栗
29日	朝 昼 夕 間食	**ぬく飯4わん**　あみ蝦佃煮　なら漬　牛乳5勺ココア入　菓子パン さしみ　粥3わん　みそ汁　佃煮　なら漬　牛乳5勺ココア入　菓子パン　梨1　りんご1 **鰻飯1鉢**（15銭）飯軟かにして善し　芋　糠味噌漬 菓子パン　塩せんべい　紅茶1杯半	

【仰臥漫録3】仰臥漫録に登場する伊予松山の味

『仰臥漫録』に「さつま四わん（これは小鯛の骨を焼きて善《よ》く叩きて粉にし味噌に和して（和《あ》えて）ぬく飯にかけ食うなり。尤《もっと》も鯛の肉は生にて味噌に混じ（り）あるなり）（明治三十四年九月二十七日）」という料理が出てくる。

「さつま」は南予一円でつくられる郷土料理である。焼魚の身と麦味噌を鉢ですりおろし、火にかざして焼いて香ばしさを出したあと、ダシ汁を入れてのばす。その中にコンニャクやネギ、ゴマ、みかんの皮のみじん切りなどの薬味を入れ、温かい麦飯にかけて食べる。

この料理は、宇和島藩主に嫁いだ薩摩《さつま》藩主の娘が「さつま」のつくり方を伝えたものというが、薩摩藩からの嫁入りの史実はない。確かに宇和島藩と薩摩藩の関係は強固だったが、これは幕末の公武合体運動が高まってからのことである。また、味噌を擦《す》るときに、夫が妻を助けることで「佐妻《さつま》」と呼ばれるようになったという説もある。

汁がよくしみ込むよう、椀のご飯に箸で十字を書くことが、薩摩藩主・島津家の紋どころに似ているため、「さつま」と呼んだという説が当たっているのではないかと思う。

よく似ている料理が宮崎県の「冷や汁」だ。「冷や汁」は、キュウリの輪切りやミョウガなどの薬味と豆腐を入れた味噌仕立ての汁をあつあつの麦飯にかける。鹿児島県にも「冷や汁」があるものの、山間部でつくられており、ポピュラーな存在ではない。「薩摩」ではなく、「日向《ひゅうが》(宮崎県)」から伝わった料理に、九州を意味する「さつま」の名をつけたと思われる。

「ごはんと味噌汁」の組み合わせは戦国時代に誕生し、武士たちに重用された。保存性に富み、携行に便利な味噌は、時間が十分にとれない戦場で、手早く食事を済ますことができるため、簡便

ふるさとに心の花をかざりけり　明治23年

食として用いられている。冷えた味噌汁をご飯にかける料理は、江戸時代の『料理物語』をはじめ、多くの料理書に登場する。

『仰臥漫録』に「十一時過、牛乳一合たらず呑む。道後煎餅一枚食う（明治三十五年三月十日）」とある。

「道後煎餅」は松山道後の名物である。明治十五（一八九二）年創業の玉泉堂本舗がつくっているが、「道後煎餅《せんべい》」と「潮《しお》煎餅」の二種類のみである。鉄の焼き型に小麦粉、砂糖、卵を溶いた材料を流し込み、すべてが手焼きである。

湯玉のような形の「道後煎餅」は、玉の石を模している。「潮煎餅」は明治時代につくられていたものを復刻したものだ。「道後煎餅」より少し堅めで、ほんの少し塩をきかせている。

どちらも注文販売だが、手焼きのため、つくる量が限られている。注文が多いため、どうしても約一カ月ほど待たねばならない。病床で子規が食べたのは、果たしてどちらの煎餅なのだろう。

「こんなに揃って雑煮を食うのは何年振りですかなア、実に愉快だ、ハハー松山流白味噌汁の雑煮ですな。旨い、実に旨い、雑煮がこんなに旨かったことは今までない。も一つ食いましょう。」

正岡子規『初夢』

まさおか・しき（一八六七〜一九〇二）伊予生まれ。

『初夢』には「道後の旅店なんかは三津の浜の艀の着く処へ金字の大広告をする位でなくちゃいかんヨ。も一歩進めて、宇品の埠頭に道後旅館の案内がある位でなくちゃだめだ。松山人は実に商売が下手でいかん」とPRの大切さを記しているが、虚子のことも揶揄しているのだろうか。

▲ホゴ（カサゴ）

『墨汁一滴』6月13日に、「余の郷里にはホゴ、メバルなどいう四、五寸許《ばか》りの雑魚を葛《くず》に串《つらぬ》いて売って居る。そういうのを煮て食うと実にうまい。併《しか》し小骨が多くて肉が少くて、食うのに骨の折れるやうなわけだから料理に使うことも出来ず客に出すことも出来ぬ」とあり、ふるさとの小魚の味を評価している。

【正岡家の家計簿2】食費の大半が刺身に占められた正岡家

明治三十四（一九〇一）年九月三十日、『仰臥漫録』に正岡家の家計簿が登場する。子規は、このなかで過去の家計状況を振り返った。

書生時代には高等中学在学時で月七円、大学に在学するようになると十円という金額が常盤会から給費されている。病気になってからは故郷からの援助も加えて一カ月十三円から十五円の生活費になる。巡査の初任給が八円の時代だから、かなり裕福に暮らすことができた。

家族を東京に呼び寄せた頃は、月給が二十円である。この給料ではなかなか生活しにくいが、「小日本」の編集長になり、三十円の月給になって、ようやく一家の生計をなんとか安定させることができた（まだまだ、足りないのだが……）。

晩年になって、「日本」新聞社の給料四十円と「ホトトギス」からの十円で一カ月五十円の収入になったことで、ようやく満足できる生活が送れるようになってきた。

明治三十四年九月の正岡家の支払いは三十二円七十二銭三厘。そのうち家賃や車代、油、薪代、炭代を除いた食費は十九円九十六銭八厘で、エンゲル係数は六一・〇二％となる。食費のうち三割以上を占めるのが魚屋への支払いである。子規は、魚の支払い金額の注釈に一皿十五銭乃至《ないし》二十銭と書いている。朝日文庫『値段の風俗史』によると、天丼が八銭、トンカツやカレーライスが七銭、そばが二銭、あんパンが一銭という当時の値段と比べても、刺身はやはり贅沢品であった。

『仰臥漫録』の九月二日から十月二十九日まで、食卓にはほぼ毎日刺身が午食に登場している。カツオの出た日数が十三日、マグロが十二日（メジ含む）、カジキが二日、魚種不明が二日となっている。三月十日から十二日には鯛の刺身が登場していることから、子規の食卓には、旬の魚が登場

ゆかしさはさしみのつまの黄菊哉　明治29年

していたことがわかる。

　子規をモデルにした高浜虚子の小説『柿二つ』には、「彼は刺身でも白い刺身よりは赤い刺身を喰わねば行かぬと主張した。総じて淡白なものよりも濃厚なものを食わねばいかぬというのが彼の口癖であった」とあり、記述通り、赤身の魚が食卓によく登場している。

　カツオやマグロは、遠洋性回遊魚を代表する魚で、豊富なタンパク質を含む。高脂肪分で、旨味も強い。加熱すると固くなるので、煮物や焼物よりも刺身に向く魚である。

　関西の漁場は主に瀬戸内海で、鯛などの白身魚がよく獲れる。関東の漁場は、黒潮が流れる千葉の銚子沖や房総半島である。黒潮にのって回遊するマグロやカツオなどの赤身魚がよく獲れるため、赤身魚を中心とする食文化が根づいた。そのため、関東では、赤身魚特有の血の味を感じにくくさせるため濃いめの味付けとなり、寿司にするときにも酢を利かせるのだという。

『仰臥漫録』にある明治34年9月の支払い

○1円69銭5厘	油、薪
○6円15銭	魚（さしみ1皿15銭乃至20銭）
○3円45銭	車及使（内水汲賃1円半）
○3円73銭1厘	八百屋
○1円48銭5厘	牛乳
○3円	米
○1円52銭	醤油、味噌、酢
○1円11銭	炭
○1円78銭	菓子、砂糖、氷（付落沢山あり）
○2円30銭2厘	現金払飲食費（付落沢山あり）鰻、鱒、西洋料理、八百屋物等
○6円50銭	家賃

計32円72銭3厘

【祝いおさめ】岡野の料理を取り寄せて、家族で祝った誕生日

明治三十四（一九〇一）年十月二十七日、子規は誕生日（旧暦九月十七日）を一日繰り上げて祝うため、料理屋の「岡野」から料理二人前を昼食に取り寄せた。料理は、五品の会席膳である。これを子規と母の八重、妹の律の三人で食べた。

「刺身」は、まぐろとさよりで、胡瓜《きゅうり》と黄菊、山葵《わさび》が添えられている。「椀盛」には、莢豌豆《さやえんどう》と鳥肉に、焼いた小鯛と松茸《まつたけ》が入っている。「口取」は栗のきんとん、蒲鉾《かまぼこ》、車蝦《くるまえび》、家鴨《あひる》、煮葡萄で、「煮込」は、あなご、牛蒡《ごぼう》、八つ頭《やつがしら》（里芋）、莢豌豆。「焼肴」は鯛に昆布、煮杏《あんず》、生姜《しょうが》という内容である。

『仰臥漫録』には、「料理屋の料理ほど千篇一律でうまくないものはないと世上《せじょう》の人はいう。されど病床にありてさしみばかり食うている余にはその料理が珍しくもありうまくもある。平生台所の隅で香の物ばかり食うている母や妹には更に珍しくもあり更にうまくもあるのだ」という文が続く。

仕出しを頼んだ「岡野」は「岡埜」で、汁粉屋「坂本岡埜」の分店の料理屋である。「此花園《このはなえん》」または「古能波奈園《このはな》」といい、広い庭園で人気を博したが、明治三十九（一九〇五）年に店を畳んだ。

この料理の支払いは、子規の病床につり下げた財布のなかから出した。二十六日付けの『仰臥漫録』には「午後麓《ふもと》来る。手土産鶏肉たたき。ほかに古渡更紗《こわたりさらさ》の財布に金二円入れて来る。約束なれば受取る」とある財布である。律が語る「アレは岡（麓）さんとのお約束で、宅の俳書を全部提供する、その本代の一部を前借りした、というようなお金でありました。サラサの銭入れ袋を持って来て下さいましたが、赤と黄と赤の段ダラの袋を宅で縫いましたのに紐をつけて、自分の寝ている床の上にぶらさげたのでした（『家庭より観たる子規』）」という財布である。

『仰臥漫録』には「余も最早《もはや》飯が食える間の長

隠れ家や贅澤盡す菊の鉢　明治29年

からざるを思い今の内にうまい物でも食いたいという野心頻《しき》りに起こりしかど突飛な御馳走（例、料理屋の料理を取りよせて食うが如き）（九月二十五日）」を食べたいという子規の強い想いが、この日のひと月ほど前に書かれている。この料理には、九月に癇癪《かんしゃく》を起こした律に対する日頃の感謝の気持ちを含み、台所の隅で香の物ばかり食べているふたりをねぎらう意味もあった。

明治三十五（一九〇二）年の『病牀六尺』には「一家の団欒《だんらん》という事は、普通に食事の時を利用してやるのが簡便な法であるが、それさえも行われて居らぬ家庭が少なくは無い。先ず食事に一家の者が一所に集まる。食事をしながら雑談もする。食事を終える。また雑談をする。これだけの事が出来れば家庭は何時《いつ》までも平和に、何処《どこ》までも愉快であるのである（七月十八日）」と書かれている。

正岡家の団らんに料理屋から御馳走を取り寄せたことは、家族の心をひとつにしたのだろうか。

それぞと確《たしか》に見ぬ事浄《きよ》く、舌鼓《したつづみ》を打ちて喜ばれぬ。玉の器に盛れる八珍《はっちん》も、座敷にて見れば喉の鳴るを、料理せる所を窺《うかが》わば、食う気には成られぬも同じ道理《ことわり》なり。

尾崎紅葉『三人妻』

おざき・こうよう（一八六七〜一九〇三）江戸生まれ。

明治十六（一八八三）年に大学予備門へ入学しているので、学年は子規より一年先輩になる。代表作は『二人比丘尼色懺悔』で認められ、『多情多恨』などを書き、『金色夜叉』にとりかかるが、未完のまま亡くなった。

▲岡埜の絵葉書

『東京風俗志』（平出鏗二郎著）は「木原店の梅園、京橋の時雨庵、池之端の氷月」とともに、その名を挙げている。

【子規の栄養】女子大学長が絶賛した子規の食事

大阪女子学園短大の下田吉人学長を中心とするメンバーが、『仰臥漫録』に記載された九月二日から十月二日までの毎日の献立を再現し、その実物から重さを量って栄養価を算出した。それが「子規の病床栄養」という論文である。

このなかで、子規の献立の平均値と昭和三十（一九五五）年の国民栄養調査の数値が比較されているが、カロリー、たんぱく質、カルシウム、鉄、ビタミンB_2などは昭和三十年の日本人の栄養量を軽くオーバーし、ビタミン類は少ないものの、不足のない栄養価になっていた。子規の食生活は、明治時代よりも現代に近い食事なのである。

子規の献立の特徴は、「さしみ、かばやきなど動物性蛋白質の多いこと」「果物を多く、しかも多種類にとっていること。恐らくこんなに果物を食べた病人は少ないであろう」「牛乳を飲んでいること」「佃煮をかかさないこと」「一般に食品の種類の多いこと」で、明治三十年代に病人ながらもこれだけの栄養を取ったことが奇跡であるとの感想が述べられている。

このような栄養に充ちた食事は、滋養のある食事をするという子規の「御馳走論」につながる。子規は、明治三十四（一九〇一）年の『墨汁一滴』で「養生法などと杜撰《ずさん》の説をなし世人を毒する（五月三日）」ことを嘆いている。風説や迷信に惑わされない子規の合理的で貪欲な食欲が、病床にありながら長く生きながらえることを可能にした。

下田吉人氏は明治三十（一八九七）年生まれの医学博士で、東京帝国大学を卒業後、栄養研究所長、大阪市立衛生研究所長などを歴任。昭和四十（一九六五）年に「栄養を中心とした調理科学の研究とその普及」で日本栄養食糧学会の「佐伯賞」、昭和四十三（一九六八）年に勲三等瑞宝章の栄を得、昭和五十四（一九七九）年に永眠している。

病床に日毎餅食ふ彼岸かな　明治34年

子規が摂取した栄養量（「子規の病床栄養より）

月日	カロリー (cal)	蛋白質 (g)	脂質 (g)	糖質 (g)	食物繊維 (g)	カルシウム (mg)	リン (mg)	鉄 (mg)	V-A (IU)	V-B1 (mg)	V-B2 (mg)	V-C (mg)
9月2日	2603	117.3	17.4	503.8	21.7	881	2012	13.3	1189	0.76	0.99	44.0
3日	1887	90.2	14.5	366.0	16.3	481	1621	15.6	381	0.60	0.51	15.5
4日	2424	134.8	22.2	445.4	32.0	1017	1927	13.5	751	0.66	1.04	35.0
5日	2116	89.3	37.9	355.2	12.2	374	2418	45.1	1501	0.77	0.85	37.5
6日	1599	96.8	15.1	269.1	15.7	2640	1413	9.7	708	0.61	0.70	49.2
7日	2553	142.0	19.8	498.4	21.8	488	1849	27.0	449	0.69	0.74	21.5
8日	2253	122.0	24.7	377.7	36.1	813	1997	24.0	1025	0.66	1.02	27.9
9日	1853	75.6	13.5	366.5	14.1	708	1649	36.7	1387	0.79	0.91	16.6
10日	2630	124.3	15.8	512.3	32.6	672	1862	13.3	641	1.04	1.01	42.0
11日	2036	127.2	18.4	370.1	29.2	825	1665	11.6	660	0.67	0.63	21.0
12日	2823	109.7	52.2	504.2	9.7	795	1987	23.5	5527	1.20	1.09	58.7
13日	2578	106.6	26.5	542.7	20.5	787	2031	45.0	784	0.63	0.90	47.0
15日	1109	41.6	17.8	203.7	7.6	839	1244	8.6	880	0.51	0.79	1.0
16日	2112	66.2	36.1	368.5	5.4	737	1391	21.7	3030	0.76	1.01	35.0
17日	1976	103.1	19.0	338.5	13.8	625	1663	13.2	5198	0.58	0.69	34.0
18日	1903	93.0	15.7	375.9	14.1	641	1613	12.7	1211	0.70	0.85	34.0
19日	2233	90.2	19.3	415.8	15.3	991	2099	67.5	1092	0.89	1.22	37.7
20日	2203	107.3	20.2	440.1	10.9	502	1043	13.9	272	2.01	1.08	31.2
21日	2154	100.8	18.8	404.2	11.8	550	1151	12.0	289	0.65	0.97	42.5
22日	2089	96.8	28.6	394.2	15.4	890	2027	34.9	736	0.82	0.78	31.0
23日	2701	131.1	29.8	503.6	24.6	1054	2240	17.1	3464	0.94	0.99	20.0
24日	2685	94.4	21.5	610.4	11.3	485	1620	16.6	478	1.87	0.84	41.1
25日	2147	95.5	27.6	380.0	14.4	1083	1956	29.7	1330	1.32	1.47	24.5
26日	2461	91.1	18.4	525.0	20.2	458	1436	20.8	295	2.21	0.98	56.4
27日	2443	86.3	21.1	540.1	8.7	429	1454	14.5	350	0.94	0.69	188.3
28日	2835	139.4	18.4	524.5	25.9	1749	1751	24.5	825	1.19	0.92	146.4
29日	2544	106.8	23.3	526.8	21.1	958	1810	15.9	1921	1.00	0.83	30.0
30日	2246	104.6	15.0	454.6	26.8	410	1663	16.3	2811	0.72	0.71	53.5
10月1日	1988	94.1	20.3	401.5	12.2	493	1395	13.6	901	0.76	0.95	33.4
2日	2571	111.8	25.0	543.4	14.1	669	2050	25.4	1118	0.90	0.97	27.5
子規平均	2254	103	22.5			800		21	1373	0.9	0.9	43
昭和30年当時	2104	69.7	20.3			340		14	1536	1.16	0.67	71

子規の献立の特徴（「子規の病床栄養」より）

1. さしみ、かばやきなど動物性蛋白質の多いこと。
2. 果物を多く、しかも多種類にとっていること。恐らくこんなに果物を食べた病人は少ないであろう。
3. 牛乳を飲んでいること。
4. 佃煮を欠かさないこと。
5. 一般に食品の種類の多いこと。

【ココア】牛乳に舶来のココアを入れて飲んだ子規

明治三十五（一九〇二）年一月二日、子規は唐紙を伸ばして福寿草を描き、それにココアの詩を添えた。食べ物をねだる言葉と心のつぶやきの羅列が、まるで呪文のように心に残る。

ココアを持て来い　無風起波
ココア一杯飲む　小人閑居不善ヲナス
菓子はないかナ　仏ヲ罵ツテ已《や》マズ又組ヲ呵《か》セントス
もなかではいかんかナ
いかん塩煎餅はないかナ
ない　越州無字
ンー　打タレズンバ仕合セ也
左千夫来ル　咄《とつ》牛乳屋
御めでたうございます
同　健児病児同一筆法
空也せんべいを持て来ました　好魚悪餌《こうぎょあくじ》ニ上ル
丁度よいところで　釣巨亀也不妨
空也煎餅をくふ　明《ママ》イタ口《くち》ニボタ餅
………………
………………　空ハ薄曇リニ曇ル何事ヲカ生ジ来ラントス
………………
ココアを持て来い………蜜柑を持て来い　蜜柑ヲ剥ク一段落
ンーン　何等の平和ゾシカモ大風来ラントシテ天地静マリカヘル今五分時ニシテ猛虎一嘯《いっしょう》暗雲地ヲ捲テ来ラン　アナオソロシ

子規はココアをよく飲んだ。『仰臥漫録』の（明治三十四年）九月では、二日に間食で牛乳一合ココア入り、七日は朝に牛乳半合ココア入り・間食で牛乳半合（ココア入り）、十一日の朝に牛乳一合ココア入り、十七日から十九日の間食に牛乳七勺（ココア入り）、二十二日の間食に牛乳一合（ココア入り）二十三日の間食に牛乳五合《ママ》（ココア入り）、二十五日の朝に牛乳（ココア）、二十七日の間食に牛乳半合（ココア入り）とある。ココア以

夏痩や牛乳に飽て粥薄し　明治30年

外に紅茶を入れた日（十二日・十三日）もあり、牛乳の味を子規は好きではなかったようだ。

高浜虚子は、子規が神戸病院へ入院したとき、「私は喀血さえ止まればいいとその方のことばかり考えていたので、厭な牛乳なんか飲まなくっても大丈夫だと思っていたのだが（『子規居士と余』）」と語る子規を記している。

明治時代になって牛乳は健康飲料として乳幼児や病人に飲用されはじめるが、あまり好まれなかった。明治三十年代になって、匂いや味をごまかすためココアや紅茶を牛乳に入れるようになった。子規は食生活で流行を先取りしている。

国産ココアは、大正八（一九一九）年の森永製菓が発売したミルクココアが嚆矢《こうし》である。それまでのココアは、輸入品に頼らざるを得なかった。ココアパウダーは、オランダの化学者コンラッド・バン・ホウテンが一八二八年にココアバターの一部を搾油する方法で、世界第一号の特許を獲得している。子規はおそらく「バンホーテン」のココアを使っていたに違いない。

はてしなき議論の後の
冷めたるココアのひと匙《さじ》を啜《すす》りて、
そのうすにがき舌触《したざわり》に、
われは知る、テロリストの
かなしき、かなしき心を。

石川啄木『ココアのひと匙』

いしかわ・たくぼく（一八八六〜一九一二）岩手生まれ。与謝野鉄幹に認められ、明星派の歌人としてデビューする。歌集に『一握の砂』『悲しき玩具』がある。啄木は多くの借金をつくったが、それは見栄と浪費の賜だった。啄木のつくる哀しい歌は、被害者を装った加害者の歌なのである。

▲徳川昭武（1853 ～ 1910）
日本で初めてココアを飲んだのは、徳川家最後の将軍・徳川慶喜の弟、水戸藩主・徳川昭武である。1867 年にパリで開かれた万国博覧会に幕府代表として赴いた。8月3日の日記に「この日フランス・シェルブールのホテルにて朝8時、ココアを喫《たしな》んだ後、海軍工廠を訪ねる」と書かれている。

【土筆《つくし》摘み】赤羽の土筆摘みでふるさとを思い出す

明治三十五（一九〇二）年三月末、子規の妹・律は、河東碧梧桐一家とともに「土筆摘み」に出かけた。一行は、根岸を出て田端から汽車に乗り、飛鳥山の桜を一見したのち、歩いて赤羽《あかばね》まで行って土筆取りを行った。

子規の郷里・松山では、春になると「おなぐさみ」といって家族で弁当を持って野へ出かけ、摘み草などをして遊ぶ習慣がある。『墨汁一滴』には「先づ各自各家に弁当かまたはその他の食物を用意し、午刻頃より定めの場所に行きて陣取る。その場所は多く川辺の芝生にする。……食事がすめばサア鬼ごとというので子供などは頬ぺたの飯粒も取りあえず一度に立って行く。女子供は普通に鬼事か摘草かをやる。それで夕刻まで遊んで帰るのである（明治三十五年四月十日）」と書いている。摘んだ土筆は、おひたしや煮物などにして食べられた。東京で行われている「嫁菜摘み」のように、人々は争って野山に出かけるのである。

松山では、郊外から一、二里離れたところであっても土筆がみつからないこともある。しかし、東京では土筆を摘む人があまりいないせいか、赤羽の上手には十間（十八メートル）ほどの野に、採り尽くせないほどの土筆が群生していた。

律は「土筆摘み」から、まだ日の高いうちに帰ってきたが、大きな風呂敷に溢れるほどの土筆を持って帰った。その土筆の袴《はかま》を剥《む》きながら、頻《しき》りに一人言をいうのである。

「この短い土筆は、始めのうち取ったもので、秉《へい》さん（碧梧桐）に笑われた。この長い土筆は帰りがけに急いで取ったもので、まだそこにはいくらでも土筆が残っていた。この土筆は少し伸び過ぎている。籠を持っていけばよかった。残った土筆をまた取りに行きたい。こんなに節の長い土筆なら袴を取るのに手間がかからない」などと喋り

看病や土筆摘むのも何年目　明治35年

ながら、楽しそうに土筆の袴を剥いている。律は、日頃の無愛想な表情とはまったく違う顔をみせている。病床の子規は、律の嬉しそうな様子を見て、更に愉快に感じたという。

子規は、律の姿に家族団らんの楽しい時間を感じ、久しく離れている故郷・松山の風景を思い起こしたことだろう。

子規も明治二十三（一八九〇）年四月七日に「土筆摘み」をしていた。『筆まかせ』の「筆頭狩」によれば、午前九時頃、友人二人と板橋へ出かけ、「無数の小筆にょきにょきと林立するは心もちよし」と感じ、「**一もとのつくしに飛ぶや野の小川**」「**摘草やふさいだ目にもつくつくし**」の句を子規は詠んだ。

「つくつくし」は土筆の古名である。関東では元禄時代（一六八八～一七〇四）に、関西では文化文政（一八〇四～三〇）の頃に「つくし」へと変わったというが、明治の時代になっても「つくつくし」の名前は消えずに残っていた。

山口村さして下る。山上雑木林の中に、長さ四五寸の草の、形は土筆《つくし》と福寿草《ふくじゅそう》に似たるが、全体純白にて簇生《そうせい》せるを見る。児等《こら》めずらしがりて、これを掘る。

大町桂月『親子遠足の感』

おおまち・けいげつ（一八六九～一九二五）
高知生まれ。
旧土佐藩士の家に生まれる。東京帝国大学卒業後、教師になるが、のちに大手出版社の博文館に入社する。紀行文で知られ、和漢混在の独特な美文は「擬古派」と呼ばれた。内容は多彩で、随筆・紀行・評論・史伝・人生訓などを書いている。

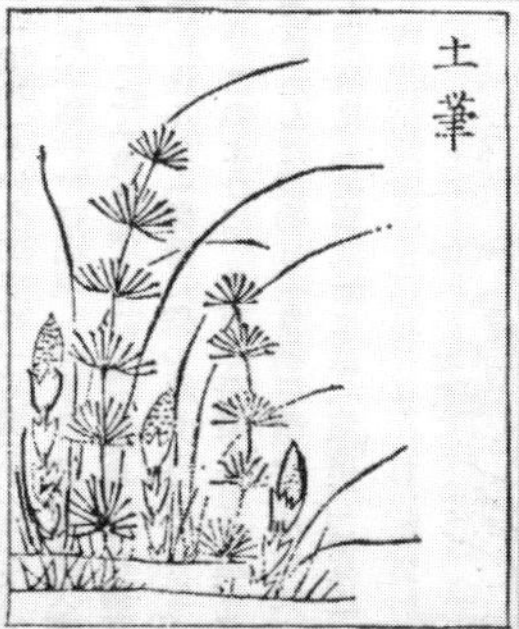

▲『農業全書』の土筆とスギナ
（提供：国立国会図書館）

スギナを料理に使うこともあった。美しい緑を料理の彩りに使ったり、おひたしにする。土筆の時期が過ぎると、土筆の頭がなくなることを、昔の人は雉子が好んで頭を食べるためだと信じていた。

【菓物帖】絵を描いていると造化の秘密が分かってくる

『菓物帖』は、明治三十五（一九〇二）年六月二十七日から八月六日まで、子規が病床で動かぬ身体をふるって描いた十八枚の画帳だ。進行途中の八月一日から『草花帖』も進行した。

「青梅」「初南瓜」「山形の桜の実」「巴旦杏《はたんきょう》」「桃二顆」「夏蜜柑また夏橙」「茄子《なす》」「天津桃」「甜瓜《まくわうり》一ツ、梨二ツ」「西洋リンゴ一、日本リンゴ四」「初冬瓜《とうがん》、莢隠元《さやいんげん》、三度豆」「李《すもも》」「越瓜《しろうり》、胡瓜」「枝豆」「古くるみ、古そらまめ」「バナナ」「玉蜀黍《とうもろこし》」「鳳梨《パインアップル》」がその内訳である。

日頃から好きだった果物を中心に野菜も含めて描いている。『病牀六尺』には「八月六日。……鳳梨を求め置きしが気にかかりてならぬ故休み休み写生す。これにて菓物帖完結す」とある。

晩年の子規は、絵に夢中になった。

明治三十二（一八九九）年、子規は、机の上に活けてある秋海棠《しゅうかいどう》を写生した。その絵がみんなに誉められたため、子規は次々に絵を描くようになったのである。中村不折《ふせつ》は「病床に就くようになってから、画がかいて見たいが、かけるか知らん、と云うので、写生すりゃかける、と云って、絵の具だの筆だのをいろいろ持って行った（『追懐断片』※子規言行録）」といい、子規は不折から画具をもらい、それを使って絵を描いた。

日頃から好きだった果物を中心に描いたのが『菓物帖』である。病床のなかで、子規は仰臥《ぎょうが》したまま、板に貼りつけた画帳に絵を描きつけた。

八月六日から九日の『病牀六尺』には絵の話が続く。「このごろはモルヒネを飲んでから写生をやるのが何よりの楽みとなって居る」「草花の一枝を枕もとに置いて、それを正直に写生していると、造化の秘密が段々分って来るような気がする」「ある絵の具とある絵の具とを合せて草花を画く、それでもまだ思うような色が出ないとまた他の絵

青梅をかきはじめなり菓物帖　明治34年

の具をなすってみる。同じ赤い色でも少しずつの色の違いで趣きが違ってくる。いろいろに工夫して少しくすんだ赤とか、少し黄色みを帯びた赤とかいうものを出すのが写生の一つの楽みである。神様が草花を染める時もこんなに工夫して楽んで居るのであろうか」と記している。子規の絵にかける情熱は、絵に集中することで身体の痛みを忘れる意味も含んでいる。

河東碧梧桐は、「菓物帖にしても、草花帖にしても、手さきや筆具合で、半分頭で描くものとは、全然別な趣がある。子規自ら言うように、素人の不器用さから来るゲテの味《あじわ》いでなくて、品位があり奥行きがあり、そうして真実を掴んだ迫力があった（『子規の回想』）」と褒め、子規がたくさんの絵画を残していたら良かったと残念がった。

日頃から愛情を注いでいた「菓物」と「草花」を描いた子規の絵には、無邪気さと執拗さとともに生への執着が漂う。子規の命を永らえさせたのは、自らの文学の主眼でもある「写生」という手法でもあった。

眼前に拡げられた美の豊かなごちそうを食べそこなうことがしばしばある。名匠には常に何かごちそうの用意がある。ところが我々にはただ自《みずか》らそれを味わう力がないために常に空腹である。

岡倉天心『茶の本』

おかくら・てんしん（一八六二～一九一三）
横浜生まれ。
幼い頃に学んだ英語を活かし、フェノロサの助手となり、日本美術の素晴らしさを学んだ。のちの東京美術学校の設立に貢献し、日本における近代絵画の発展に大きく寄与している。

▲『草花帖』秋海棠《しゅうかいどう》（提供：国立国会図書館）

子規が初めて写生を試みたのは机の上に活けていた「秋海棠」であった。「初めて絵の具を使ったのが嬉しいので、その絵を黙語先生や不折君に見せると非常にほめられた。……僕に絵が画けるなら俳句なんかやめてしまう（『画』より）」とまで書いている。

【末期の水】牛乳は子規の末期の水になった

明治三十五（一九〇二）年九月十七日、子規の死の二日前は誕生日に当たる。陰暦九月十七日を陽暦に代え、祝いの赤飯を炊いて陸家《くが》へ配った。子規はその晩に少しばかり赤飯を食べ、粥を食べ、レモン水を飲んでいる。

明治三十五（一九〇二）年九月十八日、子規の容態が悪化した。子規宅に、宮本仲《ちゅう》医師が駆けつけ、陸羯南、河東碧梧桐、高浜虚子が呼ばれた。この日は重湯《おもゆ》しか咽《のど》を通らない。午後八時頃、子規は目覚めて「牛乳を飲もうか」といい、ゴム管でコップ一杯の牛乳を飲んだ。（高浜虚子『終焉』※『子規言行録』所載）

午後十一時、子規は、律と碧梧桐に支えられて、画板に貼りつけた紙に俳句を書いた。いわゆる「絶筆三句」である。その後、熟睡する子規を残し、母・八重のみが子規の床に残った。

時計が翌日の一時をさす頃、子規があまり静かなので、八重は手をとって「のぼさん、のぼさん」と子規の名を呼ぶが、返事がない。子規の手はすでに冷えきっていた。八重が目を離した隙に、子規は息絶えていたのである。

蒲団からはみ出した脚と傾いた身体をきちんと直そうとした時、八重は子規の遺体を抱いて「サア、もう一遍《いっぺん》痛いというておみ」と強い声で叫んだという。

子規の死の前に飲んだというレモン水は、クエン酸やビタミンCなどを豊富に含んである。クエン酸は疲労物質である乳酸を減少させることで知られ、ストレス緩和やタンパク質の消化吸収を高める効果がある。ビタミンCは潰血病の予防に役立つ。ヨーロッパでは、長い航海の折にはレモンが大量に積み込まれるという。

明治六（一八七三）年頃から、「レモン水」が流行した。ただ、この「レモン水」は、子規が飲

牡丹ニモ死ナズ瓜ニモ絲瓜ニモ　明治34年

んだものと異なり、「ラムネ」のことである。

明治九年七月二十一日の『東京曙《あけぼの》新聞』には、東京日々新聞の記者であった岸田吟香《きしだぎんこう》が経営する銀座三丁目の精錡水《せいきすい》本店から発売された「レモン水」が評判を呼び、これに押されて麦湯屋がさびれ、甘酒屋などに転向しているという記事がある。だが、「レモン水」の名前は廃《すた》れ、子規の時代になると炭酸水は「ラムネ」と呼ばれる。「レモネード」の語尾が消え、「レ」が「ラ」の発音になって「ラムネ」と呼ばれるようになった。

子規かかりつけの医師・宮本仲は、『私の観た子規』で、「**痰一斗糸瓜《へちま》の水も間にあはず**」という句が前年か前々年にできていたと書いている。八月十五日の夜に採った糸瓜の水は、薬になるといわれているのだが、その日往診に行けなかった宮本のために、「薬になる糸瓜水の効果がさっぱりなくなってしまった」という意味を込めたのだというのである。

子規の末期《まつご》の水は、糸瓜の水ならぬ、ゴム管で飲んだ牛乳なのであった。

> **異口同音に叫びながら、停車場のカフェーへ駈け込んで、一息にレモン水を二杯のんで、顔の汗とほこりを忙がしそうに拭いていると、四時三十分の汽車がもう出るという。あわてて車内に転がり込むと、それがまた延着して、八時を過ぎる頃にようようパリに送り還《かえ》された。**
>
> 岡本綺堂『綺堂むかし語り』

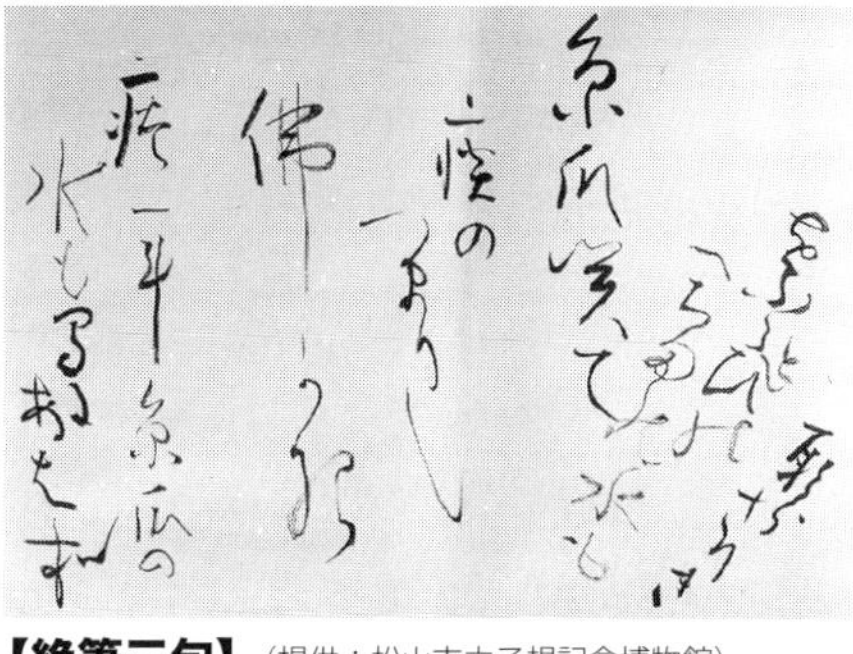

【絶筆三句】（提供：松山市立子規記念博物館）
をとゝひのへちまの水も取らざりき
糸瓜咲て痰のつまりし仏かな
痰一斗糸瓜の水も間にあはず

文明開化はじめて物語

日本水産の先駆者が導入した缶詰

食料の保存に頭を悩ませていたナポレオン・ボナパルトが、広く国民にアイデアを募集したところ、一八〇四年にニコラ・アペールがガラス瓶に詰めて長期保存する方法を発明して、一万二千フランの賞金を手に入れた。しかし、ガラス瓶は割れやすいことから、一八一〇年にイギリスのピーター・デュランドが缶詰を考え出した。だが、当時は缶切りが発明されていなかったため、開けるのが大変だったという。

明治四（一八七一）年、フランス人レオン・デュリーの指導のもと、長崎の松田雅典《まつだまさのり》が日本初のイワシ油漬けの缶詰を試作し、「無気《むき》貯蔵」と呼んだ。明治八（一八七五）年には、東京の内藤新宿《ないとうしんじゅく》勧農寮出張所で果物の缶詰、翌年にはトマトの缶詰を試作している。

明治十（一八七七）年、北海道で缶詰の本格的な製造が始まった。明治八（一八七五）年、アメリカのフィラデルフィアで開催された「万国博覧会」に明治政府から派遣された関沢明清《せきざわあけきよ》は、アメリカで缶詰が普及していることを知り、日本に導入することを考えた。明清は、サケの缶詰工場で働き、技術を習得して帰国。道内に北海道開拓使による五カ所の官営缶詰工場を建設して、マスなどの缶詰をつくった。翌年、この工場でつくった缶詰をパリ万博に出品し、その品質が認められ、サケ缶はイギリスに、サケ、マス、カキはアメリカに輸出された。

明清は、他にもマスの人工孵化《ふか》やアメリカ式巾着網《きんちゃくあみ》の導入、もり砲による捕鯨など、日本の水産業発展に尽力した。

当時、缶詰用の缶は、工場に備え付けられたブリキ缶製造機、蓋底《がいてい》打ち抜きプレス機、ブリキ板切断機、胴付け機などで缶を製造し、ハンダごてを用いて接着、一日にわずか数十缶～百数缶がつくられるのみだった。

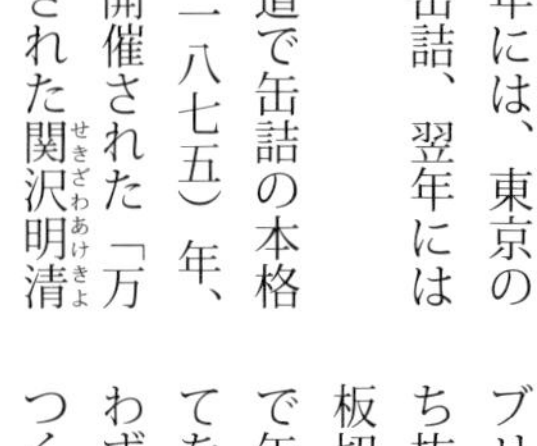

▲明治中期の缶詰工場内部（日本製缶協会）

文明開化はじめて物語

バターは健康のための薬でもあった

十六世紀、南蛮人によってもたらされたバターは、カタチが蒲鉾《かまぼこ》に似ていることから「牛蒲鉾」と呼ばれ、「牛酪《ぎゅうらく》」と書くようになった。近世において乳製品がつくられたのは享保十二（一七二八）年、八代将軍・徳川吉宗《とくがわよしむね》の時代で、インド産の白牛雌雄《めすおす》三頭を輸入して嶺岡《みねおか》牧場（現千葉県南房総市《みなみぼうそう》）で放牧を始め、牛乳から酪酥《らくそ》（白牛酪《ぎゅうらく》）をつくらせた。乳を煮詰めて乾燥させ団子状にしたもので、バターというよりもチーズに近かったといい、将軍や大名の医薬用に供されている。

慶応三（一八六七）年（※慶応二年の説あり）には、前田留吉《まえだとめきち》は武蔵国《むさしのくに》太田村（現神奈川県横浜市山下町）に、房州《ぼうしゅう》産の乳牛六頭を買い入れ、日本初の搾乳所《さくにゅうしょ》を開いた。留吉は、天保十一（一八四〇）年に上総国《かずさのくに》（現千葉県）で生まれた。文久年間（一八六一～六四）に横浜に出てきた留吉は外国人の体格の良さに驚き、その秘密は牛乳にあると考え、オランダ人スネールの牧場で働いて搾乳法と牧畜を学んだ。

明治元（一八六八）年、摂津国八多町《せっつのくにはたちょう》出身（現兵庫県神戸市）の中澤惣次郎《なかざわそうじろう》がイギリスから乳牛のホルスタインを輸入し、新橋《しんばし》に東京初の牧場をつくっている。新橋界隈は大使館やホテルが多く、外国人も多く出入りしていたため、乳製品の需要が見込まれた。牛乳は腐りやすいので、バターやチーズに加工する必要があった。

国産初のバターが製造されたのは明治五（一八七二）年のこと。東京麻布《あざぶ》の北海道開拓第三官園実習農場で試験的につくられた。明治十八（一八八五）年、小石川《こいしかわ》の興農社《こうのうしゃ》がフランスからバターの製造分離器を輸入。同時期に、東京麹町《こうじまち》の北辰舎《ほくしんしゃ》がクリーム分離機とかくはん機を導入し、本格的なバター製造が始まっている。

▲『安愚楽鍋』にある乳製品ののれん

文明開化はじめて物語

初めての人に悪印象のカレーライス

日本人で最初にカレーライスを見たのは、文久三（一八六三）年にヨーロッパへ派遣された「池田遣欧使節団」の一員である三宅秀《みやけひいず》である。フランスのモンジュル号という砲艦に乗った際、上海から乗り込んだインド人たちが「飯の上へトウガラシ細味にいたし、芋のドロドロのようなものをかけ」、手づかみで食べていた。秀は「至って汚きものなり」と評している。

日本で初めてカレーライスを食べたのは、明治四（一八七一）年にパシフィック・メイル号でアメリカをめざした会津出身の山川健次郎《やまかわけんじろう》である。船内の食事は肉料理ばかりで、その匂いに耐えられなくなった健次郎は絶食を続けた。このままだと死んでしまうと思った健次郎はライスが付いているカレーライスを注文した。健次郎は、もっぱら下のご飯だけを食べたので、カレーの味はよくわからなかったという。

健次郎は、日本初の理学博士となり、東京帝国大学総長まで上り詰めた。ちなみに妹は「鹿《ろく》鳴館《めいかん》の麗人」と呼ばれた山川捨松《すてまつ》で、陸軍大将となった大山巌《おおやまいわお》の妻である。

カレーライスがメニューに登場した日本初の店は東京銀座の米津風月堂※である。明治十（一八七七）年オープンのレストランでは、米一升が四銭の時代に、カレーライスやオムレツ、ビフテキが八銭均一で売られている。

海軍の食事にはカレーライスがよく出た。当時の軍人の病気の多くは脚気《かっけ》である。ビタミンB_1の欠乏で起こる脚気を予防しようと、海軍は栄養バランスに優れたカレーライスを採用した。また、同じ材料でつくることができる「肉じゃが」も定番メニューとなった。カレーライスが人気メニューになった陰には、軍隊で食べたカレーライスが美味しかったという理由が隠されているのである。

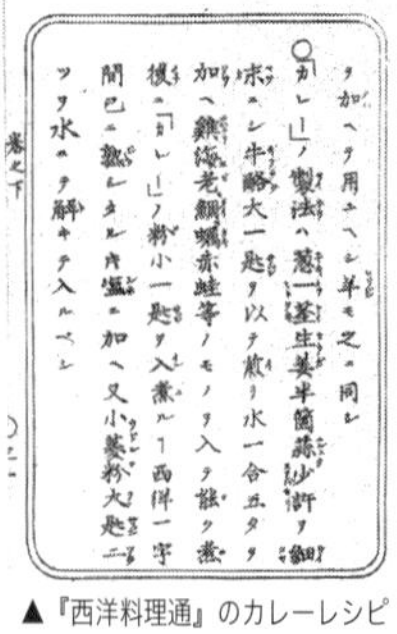
タ加ヘテ用ユヘシ羊モ之ニ同シ
○「カレー」ノ製法ハ葱一茎生姜半箇蒜少許ヲ細ニ
ボウル牛酪大一匙ヲ以テ煎リ水一合五タヲ
加ヘ鶏海老鯛蠣赤蛙等ノモノヲ入テ能ク煮
後ニ「カレー」ノ粉小一匙ヲ入煮ル一西洋一字
間巳ニ熟ルトキ塩ニ加ヘ又小麦粉大匙二ヲ
ツ水ニテ解キテ入ルヘシ

▲『西洋料理通』のカレーレシピ

※「米津」の読みは「よねつ」「よねづ」の２つの説がある。

第二章　紀行文と食べもの

【子規の紀行】各地を旅した子規の記憶に生きる食べもの

　幼い頃から旅好きの子規だが、上京してからも頻繁に旅をしている。菅笠《すげがさ》に手甲脚絆《てっこうきゃはん》、草鞋《わらじ》姿で旅に出かけ、健康を害してからも、無理を承知でいろいろな場所に出かけた。鎌倉、房総、木曽、東北、清国、そしてふるさと松山へ帰郷する際に訪れたさまざまな街……。

　訪れた土地の風土や人々に触れ、料理や菓子に舌鼓を打つことのできる旅は、文学を志す子規にとって大切な行為になった。また、松尾芭蕉《ばしょう》の足跡を辿ることも、大きな目的である。これらの旅での体験が、子規の文学の糧になった。

　しかし、一方で旅は子規の病気を悪化させ、命を縮めた。鎌倉への旅が第一回目の喀血の遠因となり、清国からの帰国の船旅が第二回目の吐血を促して病床での生活を余儀なくされた。

　フラン・オブライエンの小説『第三の警官』の主人公は、物理学者にして哲学者のド・セルヴィ（架空の人物）に傾倒しているという設定で、「ド・セルヴィが公にした数多くの衝撃的見解の中でも、『旅とは幻覚なり』という主張ほど秀逸《しゅういつ》なものは他に例をみない」という一節がある。

　子規は、かつての旅行を思い出しながら、病床で旅の妄想にふける。明治二十九（一八九六）年に書かれた『松蘿玉液《しょうらぎょくえき》』で、子規は「臥遊旅行」という一文をものしている。「春雨のつれづれ机を敲《たた》いて歌えどもまぎらすべくもあらず」、かつての常総や水戸の旅を思い出し、旅の美しい風景を脳裏に浮かべ「思いいずるままに彼よこれよと空中の幻華を捉えて一句二句終に臥遊旅行」を楽しむのである。

　旅の思い出は、子規にとって食べものの記憶でもある。晩年に書かれた随筆『くだもの』には、かつての旅で体験した果物の魅力が溢れている。幾分の美化はあるかもしれないが……。

▲明治 24 年 3 月、房総の旅
（提供：松山市立子規記念博物館）

▲明治 24 年 6 月、木曽の旅
（提供：松山市立子規記念博物館）

▲明治 25 年 10 月、箱根の旅
（提供：松山市立子規記念博物館）

子規の紀行（1881 ～ 1895）

年号	月・季節	行き先	紀行文
明治 14	7 月	松山～久万	「遊岩谷記」
明治 15	夏	松山～大洲	「登大洲城」
明治 16	6 月	松山→東京	「東海紀行」
明治 18	夏 9 月	松山～宮島 東京～神奈川	 「弥次喜多」
明治 19	7 月	東京～日光～伊香保	「十年前の夏」
明治 21	8 月	東京～鎌倉・江ノ島	「鎌倉行」
明治 22	4 月 11 月	東京～水戸 東京～大磯	「水戸紀行」 「水戸紀行裏四日大尽」
明治 23	7 ～ 8 月	東京～松山～久万～大津～東京	「しゃくられの記」
明治 24	3 月 6 ～ 8 月 8 月 10 月 11 月	東京～野島崎・保田 東京～長野～松山～東京 松山～川内 東京～大山 東京～熊谷	「かくれみの」 「かけはしの記」 「山路の秋」 文科大学遠足 「川越客舎」
明治 25	4 月 10 月 11 月 12 月	東京～狭山・所沢 東京～大磯・箱根・修禅寺 東京～日光 東京～妙義山 東京～神戸 東京～八王子	文科大学遠足 「旅の旅の旅」 「日光の紅葉」 文科大学遠足 正岡家東京転居のための出迎え 「馬糞紀行」のち「高尾紀行」
明治 26	3 月 7 月 9 月	東京～鎌倉 東京～仙台・秋田 東京～王子	「鎌倉一見の記」 「はて知らずの記」 「三方旅行」
明治 27	8 月 11 月 12 月	東京～千住・王子 東京～川崎 東京～佐倉	「王子紀行」 「間遊半日」 「総武鉄道」
明治 28	3 月 8 月 10 月	東京→広島→金州→神戸 須磨→松山 松山→奈良→東京	「従軍紀事」 喀血し、神戸病院で静養したのち、松山へ 漱石と暮らした愚陀仏庵を離れ、奈良を経て上京

参考資料：『正岡子規の世界・松山市立子規記念博物館総合案内』松山市立子規記念博物館

【水戸紀行】水戸への旅は、料理も宿も散々な結果に終わった

明治二十二（一八八九）年四月三日、子規は、常盤会寄宿舎の友人・吉田匡《ただし》と水戸《みと》旅行に出かけた。この日は神武《じんむ》天皇の命日で、由緒ある日を出発に選んだことに、子規はこの旅の吉兆を感じた。

子規たちは本郷から千住《せんじゅ》まで歩き、水戸の菊池仙湖《せんこ》宛てに水戸訪問を知らせる葉書を出した。小金《こがね》の路傍にある店で十銭の昼食を頼むと、焼豆腐とひじきと鮫《さめ》の煮ものしかおかずが無いので「鮫」にした。飯の色は玄米のようで、しかも石膏《せっこう》よりも堅い。一きれ食べれば藁《わら》を食べるような気持ちがして吐き出してしまった。子規は「さめざめと泣」いた。生卵があったので、我慢して飯を二杯食べたという。鮫の身にはアンモニアが蓄えられるので腐敗しにくく、エイとともに海から離れた地域で食べられていた魚であった。

店を出ると芋屋があったのでふかし芋を買い、歩きながら食べる。八里の道を歩き藤代《ふじしろ》の「銚子《ちょうし》屋」に泊まった。食べ物の印象は「むさくろしき膳のさまながら昼飯に比べてはうまかりき」とあり、昼飯の凄《すさ》まじさがよくわかる。

四日は小雨が降っていた。雨の中を歩き、一軒の小屋でふかし芋を食べたが、その店では赤飯が売られていた。土浦に着き、昼食は宿屋「曖昧《あいまい》屋」で「飯のうまくなき」食事をとる。石岡に到着し、立派な構えの「万屋《よろず》」に泊まった。

五日は、快晴である。筑波山《つくばさん》を見ながら歩いた。「万屋」から紹介された宿屋に着くが、納戸《なや》のような部屋に通される。憤慨しながら「さすがは水戸だけありてうまけれど」という昼食を取り、仙湖の家を訪ねると、今、東京に帰ったという。

城、偕楽園《かいらくえん》、水戸公園、常盤神社を散策して宿にもどると部屋はそのまま。この宿には泊まれないと、下宿屋に移った。夕食は「下宿屋もの故《ゆえ》うまかろう筈なし」。近くに蕎麦《そば》屋があったので「天

二日路は筑波にそふて日ぞ長き　明治 23 年

ぷらと何とかと二杯」を食べて下宿に帰った。

六日、大洗《おおあらい》をめざして歩き始めるが、筋肉が痙《けい》攣《れん》して進めない。何とか那珂川《なかがわ》岸に着き、雇った小舟で那珂川を下った。たいへんな寒さの中、大洗に着き、祝町《いわいまち》の大門を出て松原を歩くと、大洗神社である。磯浜《いそはま》で昼食をとるが、これも「石を食うとも、かくはあらじ」という味で、一杯をようよう食べてこの店を抜け出した。ここから疲れた足を引きずりながら歩いて上町の停車場そばの宿に泊まった。

七日は、盆をひっくり返したような大雨である。朝飯が間に合わず弁当にしてもらう。ずぶ濡れになって汽車に乗り、正午に上野へと着いた。旅費の残りで西洋料理を食べ、帰りに仙湖を訪ねると、手紙は届いておらず、「君が水戸に来るとは夢にも思わなかった」と悔しがった。

吉兆の予感にもかかわらず、水戸旅行は散々な結果に終わったが、子規はへこたれない。これから幾度も旅を重ねるのである。

▲水戸偕楽園（絵葉書）

▲那珂川（絵葉書）

▲水戸停車場（絵葉書）

『水戸紀行』の行程（1889）

月　日	行き先・紀行	食べもの
4月3日	本郷 - 千住 -（人力車）- 松戸 - 小金 - 我孫子 - 藤代	松戸近くの店で、煮た鮫と卵で昼食。途中、芋を買う。宿屋は、藤代の「銚子屋」。飯は昼よりはうまい。
4日	藤代 - 牛久 - 土浦 - 総宜園（公園）- 中貫 - 稲士口 - 石岡	寒さと雨のため小屋で休んでふかし芋を食べる。土浦の曖昧屋での昼食はうまくない。「万屋」に泊まる。
5日	竹原 - 片倉 - 小幡 - 長岡 -（人力車）- 仙波沼 - 水戸上市 -「万屋」紹介の宿屋 - 水戸大坂町（菊池仙湖の実家）- 城 - 偕楽園 - 水戸公園 - 常盤神社 - 宿 - 水戸の下宿屋	「万屋」が紹介した宿屋で昼食。「さすがは水戸だけあってうまい」。紹介された下宿屋での夕食は「うまかろう筈なし」。外に出て、蕎麦を 2 杯食べる。
6日	水戸の下宿屋 - 那珂川（小舟）- 大洗 - 祝町の大門 - 大洗神社 - 磯浜 - 上町停車場そばの宿	磯浜で昼食、「石を食うともかくはあらじ」。夕食は記載なし。
7日	上町停車場そばの宿 -（汽車）- 上野 - 西洋料理屋 - 菊池仙湖寓	朝食は弁当にしてもらい、汽車で食べる。昼は旅費の残りで西洋料理を食べる。

【四日大尽】大谷是空を訪ねて、大磯に遊ぶ

明治二十二（一八八九）年十一月二十一日、子規は、大磯《おおいそ》に逗留している大谷是空《ぜくう》を訪問することに決めた。是空が句を送ってきて、来遊をしきりに促すためである。大磯は、海水浴場や別荘地として知られるところで、かつて伊藤博文をはじめとする、明治の元勲たちが住んでいた。

子規は、午後二時半過ぎに新橋駅から汽車に乗り、夕陽傾く頃に大磯へ着いた。松林を抜けると藁葺《わらぶ》きの宿が見える。それが是空の逗留している「松林館」であった。人力車を宿に着けると、館中の人々が出迎えてくれる。子規は、とても気分がよくなった。

風呂を勧めてくれたので、子規が浴槽に入ろうとすると、三助がいて背中を流そうという。実は、子規は七日程風呂に入っていなかった。化けの皮がはがれては大変と断り、ほっとして湯に浸かり、風呂から戻ると、「八珍の美味」が並んでいた。

二十二日、是空とともに鴫立沢《しぎたつざわ》に行く。ここは西行が「**心無き身にもあはれは知られけり鴫立澤の秋の夕暮れ**」の歌を詠んだところである。富士山と紅葉を眺め、「八景煎餅」を買って宿に帰った。

現在の大磯には「八景煎餅」がない。子規が『四日大尽』の旅をした当時は、類似品があるほどの人気商品だったようだが、どのような煎餅であったかという子規の記述はなく、よくわからない。

宿に帰って昼飯を食べたところで、部屋付きの侍女が「松露《しょうろ》」を見せに来た。小石のような「松露」は、松林にできる茸《きのこ》の一種で、松の精気が凝結したものと当時は考えられていた。微《かす》かに松葉の香りが漂い、歯切れのいい口当たりは他に類をみないという。

宿を出て、高麗《こうらい》神社、花水橋《はなみずばし》を眺めて帰り、夕食を食べていると、宿屋の主人がきて「詩でも歌でも発句でも何でもいいから松林館のことをほめ

ふじ山の横顔寒き別れかな　明治22年

てほしい」と子規たちにいった。

二十三日、侍女が「八景煎餅」を買ってくる。照ヶ崎《てるがさき》に行ったが昼から雨になったので、是空と句づくりに励む。

二十四日は、是空とともに写真屋で撮影。そのあと再び照ヶ崎に行く。海と富士山の絶景を見るが、あまりにひどい寒さのために宿に帰った。

昼食後、子規は突然東京に帰ることに決める。残念がる女中さんたちに見送られて門を出た。人力車はすぐに停車場に着き、汽車は夕刻に新橋に到着した。

この頃の子規の文章は、不味いと毒づくときは多彩な表現になるのだが、美味しいときは定型的な賛辞になってしまっている。トルストイが『アンナ・カレーニナ』で「幸せの形はすべてよく似たものであるが、不幸な家庭は皆それぞれに不幸である（中村白葉訳・岩波文庫）」と書くように、美味しさを語るにはさまざまな工夫と経験が必要だ。子規の文章修行には、まだまだ長い時間を要した。

▲大磯長生館（絵葉書）

「松林館」は、明治22（1889）年から営業を始めた。子規が訪れた頃は、できたばかりということになる。明治29(1896)黒田清輝が逗留し、「大磯宿屋の娘」「大磯海岸」などを描いている。

明治33（1900）年から経営者が変わって「長生館」となるが、明治35（1902）年に他の宿屋の火事で類焼した。「長生館」は大城山の麓に再建されている。

『四日大尽』の行程（1889）

月　日	行き先・紀行	食べもの
11月21日	新橋 -（汽車）- 大磯 -（人力車）- 松林館	松林館の夕食は「八珍の美味」。
22日	松林館 - 鴫立沢（虎御前の木像、西行の木像、西行や飛鳥井亜相の真筆）- 鴫立庵 - 富士山 - 紅葉 - 海岸 - 松林館 - 化粧坂 - 高麗神社 - 花水橋 - 松林館	朝飯、散策の途中で八景煎餅を買う。松露を宿の侍女に見せられる。
23日	松林館 - 照ヶ崎 - 松林館	八景煎餅を買って来てもらう。
24日	松林館 - 写真屋 - 照ヶ崎 - 松林館 - 大磯 -（汽車）- 新橋	

【しゃくられの記1】ふるさとに帰る途中で食べた関西の名物

明治二十三（一八九〇）年七月一日、子規は故郷の藤野古白に会うため、五度目の帰省をした。三並良、小川尚義《なおよし》とともに新橋を出発すると、勝《しょう》田《だ》明庵（主計《かずえ》）、天岸《てんがん》一順も同車していた。清水の江尻《えじり》に着いたのは正午の頃。人力車に、この辺りで一番いい旅館を尋ねると「大ひさしや」だという。雨も降りはじめたので、一行はここに泊まることに決めた。

二日は、人力車で三保の松原を訪ねたが雨模様である。正午の汽車にのって大垣《おおがき》に着き、市内第一の旅館といわれる「玉亭」に泊まる。

三日も大雨である。尚義が「養老の滝が引っ張っているように思う」という。子規は「養老の滝から糸をお前の身体につけ、しゃくっておるのに違いない（しゃくるとは糸を手で断続的に引く意の伊予弁）」と応えた。結局、養老の滝の観光を諦めたが、「しゃくられ」の語感と言葉の意味を捨てきれず、子規は紀行に『しゃくられの記』の題名をつけた。

子規らは、豪雨になってはいけないと思い、大阪までの切符を買って、車中で桃、パン、枇杷《びわ》などを食べながら、関ヶ原を経て草津に至る。草津駅に止まったとき、「姥《うば》が餅《もち》」を買った。「直径五分（約一・五センチ）くらいの円型の餅で、上にあんがついている。その上に三角錐体とでもいうような形の白砂糖のかたまりのようなものが載せてある」菓子だが、子規は気に入らなかった。

「姥が餅」は草津の名物で、上に白あんをのせた指頭大のあん餅である。文化十一（一八一四）年に刊行された『近江名所図会』には、織田信長に滅ぼされた佐々木義賢《よしかた》（六角承禎《ろっかくしょうてい》）の子孫が近江《おうみ》の郷代官《ごうだいかん》のようなことをしていたが、ある問題が起きて罪を受けて殺されることになった。三歳になる幼児を「この子をかくし育ててくれ」と

故郷へ入る夜は月よほとゝきす　明治23年

姥（乳母）に託したところ、姥は餅を売って生計を立てた。その甲斐あって、小さな店を開くことができ、乳母がつくった餅を「姥が餅」と呼ぶようになった。こしあんの上の白あんは、乳房を表現しているという。

大津、山科《やましな》、桂川《かつらがわ》、山崎を通って、大阪梅田に着いた。良、尚義と別れ、是空の家を訪ねて近所の西洋料理店で夕食をとった。値段は安かったが、料理の出てくる順序がバラバラである。「例えばサラダを初めの方に持て来てスチウを後に出すが如き」である。

帰りに大阪江戸堀の太田正躬《まさみ》（柴舟）を訪ねるが、不在だった。そこで、太田の行き先である「西村屋」を訪ねたところ、何とそこに良と尚義がいた。四人で大いに語り合ったのち、子規は是空の家に戻って寝た。

四日、是空の薄暗い部屋で目を覚まし、大阪博物館へ行って応挙の「幽霊画」を見る。午後、良を訪うが、不在だったので、「明日の出立を」という書き置きを残した。

五日、是空とともに写真を撮り、是空に見送られて、梅田から汽車で三宮へ。待合せの場所に行くと、良と尚義は既に昨夜、多度津《たどつ》に向かっていた。夕食後、明庵が突然部屋を訪ねてきた。明庵とともに瓦煎餅《かわらせんべい》を土産に買って十一時に乗船するが、風雨のため船出できず兵庫港で一泊する。

瓦煎餅は高松にもあるが、神戸では亀井堂総本店が元祖になる。明治六（一八七三）年に趣味の瓦収集をヒントにつくったといわれる。

六日、船を降りて大阪に引き返した。「花屋」に宿をとって、是空に金を借りたい旨の手紙を出すと、正躬、是空が駆けつけてきた。

七日、是空が「花屋」に訪ねてきた。二人は行灯部屋で旅宿の悪口を漢文和文英文で記した。

八日、是空の「花屋」訪問のあと、梅田から神戸港に行き、松山行きの船に乗船した。是空は、子規を送って「**海へだつ別れや殊に五月雨**」の句を詠んでいる。九日、船の甲板で夜を明かし、午後三時に三津に着いた子規は、人力車で母の待つふるさとの家に戻った。

【しゃくられの記2】久万でかつての旅を思い出す

明治二十三（一八九〇）年八月十八日、子規は藤野古白、大原尚恒《なおつね》、歌原蒼苔《そうたい》ら親戚の年少者を引き連れて久万《くま》に向かった。

麻生《あそう》の里を過ぎ、山や谷を抜けて久万町に着いた。途中で家を訪ねて水を乞い、お礼にパンを進呈する。中田渡《なかたど》の橋のたもとにある橋本屋に泊まった。かつて竹村黄塔や太田正躬《まさみ》らと泊まった遍路宿《へんろ》である。十九日、久万町を出て、菅生山《すごおさん》大宝寺を訪ねるが、焼失していた。山路を上り、古岩屋を眺めて、子規は十年前のことを思った。

この旅は、明治十四（一八八一）年に体験した岩屋《いわや》への旅の再現である。岩屋は法華《ほっけ》仙人が修行したという伝説が残る霊山《れいざん》である。漢詩や山水画を学び、仙人になりたいと考えていた幼い日の子規たちにとって、奇岩がそそり立つ岩屋は、幽玄《ゆうげん》の境地に浸るには恰好《かっこう》の場所だった。松山までの帰路を歩けなくなった子規は、森松《もりまつ》付近から人力車に乗って自宅まで帰っている。

竹谷に宿をとった。宿の下をさらさらと川が流れている。山と山の間に岩屋寺が見える。三日月が同じ高さに上っていた。

二十日、岩屋の海岸寺《かいがんじ》に参詣すると、幼い法師がおいしい水をくれた。白山権現《はくさんごんげん》の御堂に登って下界を見ると、遥か向こうに山路がある。石を落とすと、かすかな音が聞こえる。再び久万町に戻り、再び橋本屋に泊まった。夕食は鶏を割いて、酒盛りをする。かつて、鶏は来客へのもてなしのために捌《さば》かれることがよくあった。祝いごとや人が集まると、飼っている鶏を絞めて料理にする。

二十一日、久万町を発ち、旧道に沿って三坂峠を下った。北に松山城を見て、西瓜を齧りながら松山への歩行である。家に帰ると、家族から日に焼けて真っ黒になった姿を驚かれた子規であった。

見あげたる山見下すや九折　明治23年

『しゃくられの記』の行程（1890）

月　日	行き先・紀行	食べもの
7月1日	新橋 - 江民（清水）-	「大ひさしや」に泊る
2日	宿 -（人力車）- 三保松原 - 江尻 -（汽車）- 大垣 -（人力車）- 玉亭	「玉亭」に泊る
3日	玉亭 - 大垣 -（汽車）- 大阪梅田［関が原 - 草津 - 大津 - 山科 - 桂川 - 山崎］- 是空の家 - 江戸堀 - 西村屋 - 是空の家	汽車に乗って、桃、パン、枇杷などを食べる。姥が餅を購入。近所の西洋料理店で夕食
4日	是空の家 - 大阪博物館 - 西村屋 - 北新地 - 是空の家	
5日	是空の家 - 写真館 - 梅田 -（汽車）- 三宮「蓬帯舎」- 兵庫の港	瓦煎餅を買う
6日	兵庫の港 - 大阪「花屋」	
7日	「花屋」	
8日	「花屋」大阪 - 神戸 -（船）-	
9日	- 三津	
8月18日	久万山 - 重信川 - 天山川 - 麻生の里 - 久万町 - 橋本屋	水の礼にパンを進呈
19日	久万町 - 菅生山 - 古岩屋 - 竹谷の宿	
20日	竹谷の宿 - 海岸寺 - 白山権現 - 久万町 - 橋本屋	鶏を割いて、酒盛り
21日	久万町 -（旧道に沿って）- 三坂峠 - 帰宅	西瓜を齧りながら下りる
26日	三津港	
27日	三津港 -（船）- 神戸 - 大阪 -（汽車）- 大津 -（人力車）- 中村屋	
28日	中村屋 -（人力車）-（義仲寺 - 粟津 - 瀬田の長橋）- 石山寺 - 国分 - 蝉丸の社	
29日	中村屋 - 三井寺 - 中村屋 -（舟）- 辛崎 - 中村屋	もろこが船に飛び込む
30日	中村屋 - 三井寺 - 考槃亭	食事の飯は固く、卵と煮干
9月7日	考槃亭 - 馬場 -（汽車）- 東京	

▲『近江名所図会』の説明と「姥が餅」

▲岩屋寺。半井梧庵《なからいごあん》著『愛媛面影《えひめのおもかげ》』より

同書に「二十一級の階子を升りて白山権現社に至る。この所は危険《あやう》し。ここより東を望めば阿波・讃岐の海見ゆ、また西を望めば宇和島・九国の境まで見渡さる。岩窟の不動は松明《たいまつ》を点して詣《もうず》べく、仙人堂は階子を升りて至るべし。……この国第一の奇観というべきなり」とある。

【しゃくられの記3】近江に住んだ松尾芭蕉の足跡を巡る旅

八月二十六日の夜、子規は実家を出て、三津の港で船を待ち、翌日の朝、神戸に向かう船に乗り込むと、同級生の石井八万次郎《はまじろう》に会った。八万次郎は、郷里の佐賀から肥後、日向《ひゅうが》を巡って乗船していたのである。石井八万次郎は、のちに東京大学理学部を卒業し、高名な地質学者となった。

大阪に着いて子規は大谷是空《ぜくう》と太田正躬《まさみ》を訪ねる。大阪ではコレラが流行していたので、それを避けるために大津へ行き、「中村屋」に宿をとった。

二十八日、人力車で石山寺《いしやまでら》へと向かう。途中、義仲《ぎちゅう》寺に寄り、木曾義仲《きそよしなか》と松尾芭蕉《ばしょう》の墓に詣でた。芭蕉庵には、多くの額がかかっている。瀬田《せた》の長橋、三上山《みかみやま》を眺めながら川に沿って石山寺に行く。ここには、芭蕉が住んだ幻住庵《げんじゅうあん》の跡がある。わずか三坪程の土地には草が生い茂っていた。夜、それとは知らずに蝉丸《せみまる》の社《やしろ》に参詣する。

二十九日、三井寺に行ったあと、夜は日暮れから小舟を雇って琵琶湖に浮かび、月明かりに乗じて辛崎《からさき》まで赴いた。月赤くして空に雲はなく、湖は鏡のように穏やかである。辛崎に近づくと、「もろこ」という小魚が船のなかに飛び込んできた。『しゃくられの記』下篇の冒頭に「ことしは上京の道すがら近江の月をながめんとてかくは早くたびだちけるなり」とあるから、琵琶湖畔に月を見ることは最初から決めていたのだろう。

三十日、大津の宿を去って、三井寺観音堂前の茶店に移り、子規は「考槃亭《こうはんてい》」と名づけた。飯はかたいが卵と煮干しの肴なので、喉に骨を立てる心配がない。七日程この店に滞在し、九月六日に近江を離れ、上京の途についた。のちの句で「**鮒鮓や考槃亭を仮の宿**」とあるのは、滞在の時を詠んだものである。

天保後期、歌川広重《ひろしげ》の「東海道五十三次之内（行書東海道）」の大津には「源五郎鮒《げんごろうぶな》」と障子に書

さびしさのうれしさうなる芭蕉哉　明治23年

かれた茶店が描かれている。この店では、鮒の刺身や膾《なます》を出していただろうが、この地方では古くから「鮒鮓《ふなずし》」が生活に溶け込んでおり、神事や祝い事によく使われている。

「鮒鮓」は、米飯で長時間漬け込んだ発酵ずしで、卵を抱いた雌《めす》の鮒を塩漬けにし、ご飯を鮒の腹につめ、ご飯を敷いた桶に並べ発酵させる。ドロドロになった飯は食べず、魚だけを食べるのである。この製法は、すしの原初形態といわれている。

子規晩年の『墨汁一滴』にも「鮓の俳句をつくる人には訳も知らずに『鮓桶《すしおけ》』『鮓圧《すしお》す』などいう人多し。昔の鮓の名残りは鮎鮓などにある。鮎を飯の中に入れ、酢をかけたものを桶の中に入れておもしを置く。こうして一日二日、長いときは七日以上も経てはじめて食べる。これを『なる』という。今でもところによってこの風習が残っている。鮒鮓も同様だ（七月二日）」と記している。

子規の近江の旅は、芭蕉から伸びた運命の糸が身体に結びつけられて「しゃくっておるのに違いない」ものだったのだろう。

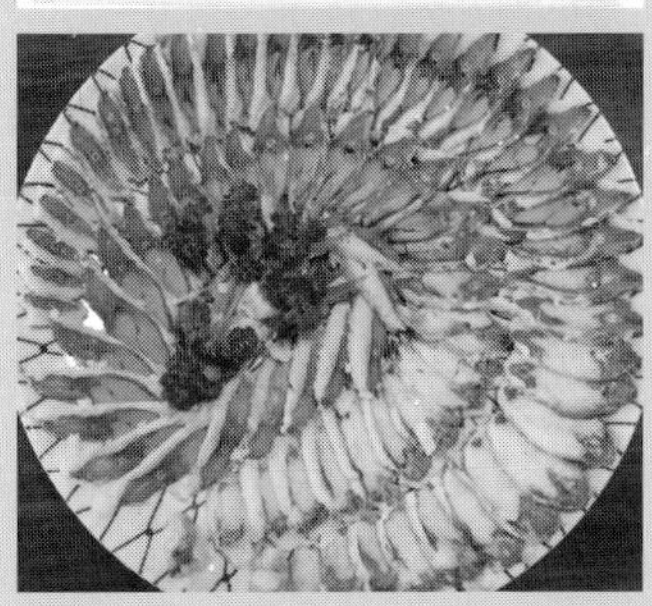

▲「東海道五十三次之内」大津（江崎屋版）と鮒鮓

▲松尾芭蕉と墓

元禄2（1689）年、奥羽・北陸の長旅を終えた芭蕉は、故郷の伊賀上野に帰り、義仲寺の草庵「芭蕉庵（無名庵）」に住んだ。翌年の4月より、国分山中にある近津尾神社の境内にある小さな庵「幻住庵」に移る。この庵は、膳所藩《ぜぜはん》の重臣・菅《すが》沼曲水《ぬまきょくすい》のものであった。「幻住庵」に住むこと3カ月、元禄4（1691）年9月まで「芭蕉庵（無名庵）」に暮らし、近江を離れた。近江に戻るのは、元禄7（1694）年6月のこと。この年の10月に大坂で逝去するが、亡骸は義仲寺に埋葬された。

【かくれみの1】辛口の評価を下す子規が褒めた房総の宿

明治二十四（一八九一）年三月二十五日、勉強が手がつかない子規は、十日ほどの房総《ぼうそう》行脚《あんぎゃ》の旅に出た。常盤会寄宿舎を出発し、朝食は芋、昼飯は市川《いちかわ》でとり、菅笠《すげがさ》を買った。八幡神社、船橋神社に参詣し、そこから痩せ馬で大和田に着き、「榊《さかき》屋」に泊まったが、枕が堅くて寝られない。

二十六日、朝七時に宿を出て、白井を経て佐倉《さくら》に至り、佐倉宗吾《そうご》の社《やしろ》に詣でた。そして、成田に向かい、成田山新勝寺《しんしょうじ》に参詣する。午後二時ころに昼食をとって成田を出発。四十余の男と同じ道すがら、「農、官、商」などについて話す。六時ころ酒々井《しすい》で別れ、馬渡《まわたし》へ向かうが日が暮れてきたので山道を歩き、馬渡の「上総《かずさ》屋」に入る。宿の飯は軟らかいが、蒲団は一枚で固い。この日、十一里（約四十一キロメートル）も歩いた子規は足に豆をこさえ、肩をひどく凝らした。

二十七日、子規は朝七時半に「上総屋」を発ち、篁《たかむら》（竹藪）に入って竹の杖をつくった。正午に千葉に着き、笠を持って記念撮影。昼飯に鰻飯《うなぎめし》としゃもを食べる。鰻はあまり美味しくないが、漬物が美味しい。しゃもは少し甘い。数丁歩いた後、竹杖を忘れたことに気づき、取りに戻った。

『かくれみの街道をゆく』などの著作がある千葉在住の関宏夫氏は、『千葉繁昌記』の記述から子規の食べた店が写真館の隣にあった「安田」であることを特定した。現在も営業しているという。

子規は、寒川《さむがわ》から海岸に出た。浜伝いに浜野、潤井戸《うるいど》を経て、長柄山《ながらやま》に向かい、東京湾の眺望を楽しんだ。子規は「富士山がないのが惜しい」と思った。七時に宿の「大黒屋」に入る。宿の飯は軟らかく、平《ひら》（煮物）と初めて食べたせいろ（背黒鰯《セグロイワシ》か）の刺身と、はりはり漬けのおかずがとても美味しい。大きな茶碗に四杯、ご飯のお代わりをした。昨夜、一昨夜と同じように木枕のた

鰻まつ間をいく崩れ雲の峯　明治24年

め、子規はよく眠れなかった。

二十八日、朝七時に宿を出ると霧が出ている。しかも曇天である。路傍の穴の中で雨宿りし、句をいくつも詠む。長南《ちょうなん》に着いても小雨が降っていたので蓑《みの》を買ったが、この蓑は終生、子規のお気に入りとなった。

明治三十二年に書かれた『室内の什物《じゅうもつ》』に「十年前房総に遊びし時のかたみなり。春の旅は菜の花に曇りていつしか雨の降りいでたるに、宿り求めんには早く、傘買わんもおろかなり、いでや浮世をかくれ蓑着んとて、とある里にて購《あがな》いたるが、着てみればそぞろに嬉しくて、雨の中を岡の菫《すみれ》に寐ころびたるその蓑なり」と紹介されている。この喜びが、『かくれみの』という紀行文のタイトルになったのである。

子規は、蓑を身につけたのがうれしくて、草間に寝ころがっていると、雨が激しくなってきた。大多喜《おおたき》の蕎麦屋を兼ねた大きい旅館「酒井屋」に泊まることに決めた。夜半には雨が上がり、月が出てきた。

『かくれみの』の行程１（1891）

月日	行き先・紀行	食べもの
3月25日	常盤会寄宿舎 - 眼鏡橋 - 市川 - 八幡神社 - 船橋 - 船橋神社 - （馬） - 大和田 - 「榊屋」	朝は芋、市川で昼食
26日	「榊屋」 - 白井 - 佐倉（佐倉宗吾の社） - 成田山新勝寺 - 酒々井 - 馬の渡 - 「上総屋」	昼食、3時。宿の飯は柔らかい
27日	「上総屋」 - 千葉（撮影） - 寒川 - 浜野 - 潤井戸 - 長柄山 - 「大黒屋」	鰻飯としゃもの昼食。鰻はまずいが、漬物としゃもが美味。夕食は美味で、担保茶碗に４杯お代わり
28日	「大黒屋 - 長南 - （草間に横になる） - 大多喜 - 「酒井屋」	酒を飲むが、寝られない

▲佐倉宗吾霊堂

宗吾は農民の窮状を徳川家綱に直訴。領主は怒り、宗吾一家をなぶり殺す。宗吾は領主を呪い、怨霊が領主を改易させる。

▲成田山新勝寺の絵葉書

【かくれみの2】瀬戸内生まれの子規には房総の魚が合わなかった

明治二十四（一八九一）年三月二十九日、子規は朝八時に宿屋を出発する。前日、笠の紐をきつくしばっていたためか、唇がはれ上がっていた。台宿《だいじゅく》から小湊《こみなと》の誕生寺《たんじょうじ》に向かう。夏目漱石《そうせき》が明治二十二（一八八九）年にまとめた漢文の紀行文『木屑録《ぼくせつろく》』には、鋸山《のこぎりやま》とともに誕生寺の風景が描かれている。子規は、「畏友《いゆう》」漱石が描写した景観を体験したいと考えていたに違いない。子規は「鶯《うぐいす》や此《こ》の山出れば誕生寺」と詠んだ。漱石は『こころ』で「小湊という所で、鯛の浦を見物しました。……丁度そこに誕生寺という寺がありました。日蓮の生まれた村だから誕生寺とでも名を付けたものでしょう、立派な伽藍《がらん》でした」と書いている。

町はずれで寿司を食べた子規は、トンネルを通って天津《あまつ》に出ると日は暮れていた。路傍の少女や老婆に問うと、宿は学校の隣にあるという。木賃宿「野村」ではすぐに夕食が出た。湯がないので湯屋に行くと混浴で、しかも混雑していた。子規は初めて按摩《あんま》を呼び、気持ちのよさに熟睡した。

三十日、硬い朝飯を食べて、朝八時に宿を出た。今年初めてレンゲの花を見る。和田の茶屋で昼食をとるが、飯が硬く、魚が臭くて食べられない。そこで海に臨む茶店に入り、寿司と生卵を食べた。朝夷《あさい》で日が暮れたので、平磯《ひらいそ》の「山口屋」に泊まる。湯屋に行くと湯が臭い。夕食の飯は軟らかいが、魚が昼と同じで臭くて食べられなかった。千葉在住の子規研究家・関宏夫氏は、それは「くさや」ではないかという。慣れれば匂いも気にならなくなるほど美味しいが、初めての人ならば食べることができないだろう。

三十一日、朝八時に宿を出て、野島崎《のじまざき》灯台に行くが、修理中で見られない。太平洋の眺めを楽しむ。滝口《たきぐち》で菓子を買うがそれが昼食がわりとなる。北条へ向かう山中で一時間ほど寝てしまったが、

菅笠の影は仏に似たりけり　明治24年

疲れがたまっているようだ。五時前に館山《たてやま》の宿に入るが、新築なのに一人も客がいない。それなのに、子規は最下等の部屋に案内された。

　四月一日、宿を八時過ぎに出る。那古《なご》の観音に行き、左甚五郎《ひだりじんごろう》の彫刻を見ようと思うが、修理で望みはかなわない。諏訪《すわ》神社で菓子を食べた。市部《いちぶ》に向かう途中にトンネルがあり、その中で昼食をとる。加知山《かちやま》を経て保田《ほた》に到り宿に入った。鏡を見ると顔が真っ黒になっていた。これで、人が子規をジロジロと見ていた理由がわかった。

　二日は、羅漢《らかん》寺から鋸山に登り、五百羅漢を見る。山頂から武蔵《むさし》、相模《さがみ》、房総を望む。船で帰京し、常盤会宿舎に着いた。

　房総の旅を終えた子規は、叔父の大原恒徳と大谷是空に手紙を送った。是空には「菅笠を戴き蓑をかぶり、一足のわらんじも二日はくなどその勇気その打扮《いでたち》、君ら富家《ふうか》の子弟には薬に見せたきくらいに御座候。この夏も同じ姿で木曽道中と出かけるつもり（四月七日是空宛書簡）」と旅の予定を綴っている。

『かくれみの』の行程２（1891）

月日	行き先・紀行	食べもの
3月29日	酒井屋 - 小湊 - 誕生寺 - トンネル - 天津 - 木賃宿「野村」	町はずれで寿司。宿で夕食
30日	野村 - 和田 - 朝夷 - 平磯 -「山口屋」	昼食にするが、飯が堅く魚が臭くて食べられない。夕食は、飯は柔らかいが魚が昼と同じで、臭くて食べられず
31日	「山口屋」- 野島崎灯台 - 滝口 - 北条 - 館山の宿	菓子を昼食がわり
4月1日	館山の宿 - 那古の観音 - 諏訪神社 - 市部 - 加知山 - 保田の宿	菓子を食う
2日	保田の宿 - 羅漢寺 - 鋸山 -（船）- 東京 - 常盤会宿舎	

▲誕生寺仁王門の絵葉書

▲鋸山五百羅漢の絵葉書

【かけはしの記1】信州の旅の思い出は、木いちごの味

明治二十四（一八九一）年六月二十五日、子規は学校の試験を途中で放棄し、草鞋《わらじ》ばきに菅笠《すげがさ》をかぶっての旅を試みた。軽井沢《かるいざわ》から善光寺《ぜんこうじ》に入り、松本街道から木曽路《きそじ》を巡る旅である。

明治三十四（一九〇一）年、「ホトトギス」に掲載された『くだもの』には「明治廿四年六月の事であった。学校の試験も切迫して来るのでいよいよ脳が悪くなった。これでは試験も受けられぬというので試験の済まぬ内《うち》に余は帰国する事に定めた（四月二十五日）」とある。木曽路を歩いてから松山に帰郷しようという算段であった。

上野から汽車で横川《よこかわ》に行き、馬車で笛吹嶺《ふえふきみね》を通る。千仞《せんじん》の谷を抜け、大樹が聳《そび》える森を通り、つづら折りの山路を渡って軽井沢に向かう。

二十六日の朝、浅間山は雲に隠れていた。汽車を使って善光寺に参詣すると、寺院のみならず辺りの家も火事で焼けている。本堂だけが損なわずに建っているのを見て、御仏の力を感じた。川中島、篠ノ井《しののい》まで行き、稲荷山《いなりやま》で雨が降り出す。

二十七日、昨夜の雨は上がっていた。松本街道を歩くと、路々に芭蕉塚が建っている。山路は険しく、馬場嶺《ばばみね》を登る途中、木いちごがこぼれるばかりに実っている。「さてもくるしやと休む足もとに誰がうえしか珊瑚なす覆盆子《いちご》、旅人も取らねばやこぼるるばかりなり（『かけはしの記』）」という風情である。

子規も嬉しさを感じた。しかし、何となく人がつくった畑のようにも見える。食べるのをためらうが、辺りには人家も畑もない。わざわざこんな不便な場所に木いちごを植える訳がないと、思う存分食べた。喉は乾いているし、息は苦しいし、旅の疲れを癒してくれる木いちごの旨さは、例えることができないと思った。

少し上がると、樹陰に葭簀《よしず》茶屋があったので、

旅路なれば残るいちごを参らせん　明治26年

子規は休憩した。四五町も離れた谷川から額に汗しながら水を汲んで持ってきてくれる茶屋のもてなしぶりに嬉しくなった。水は、まるで浮世の汚れを洗い落とすように清々《すがすが》しい。

　山路を苦しみながら歩くと、大木の下に池に臨んだ茶屋があったので休む。この茶屋から見える美しい眺望に、ここに住んでみたいと感じた。

　夜は乱橋《みだればし》に泊まった。四五人連れの旅人に聞くと、評判のよい宿だというのである。ところが食事は塩辛い昆布の煮物で、咽喉《のど》を通らない。隣の間に陣取った先ほどの旅人たちが「うまい、うまい」というのを、子規はうるさく思った。

　二十八日、隣の声に夢を覚まされて、早朝に宿をあとにした。爪さきあがりの立峠《たちとうげ》で馬に乗る。峠を馬で越えるほど気楽なものはない。松本で昼食をとり、写真館で旅姿を撮影した。原新田《はらしんでん》まで馬車に乗って洗馬《せば》に着く。小腹がすいていたので饅頭を食べ、本山の「玉木屋」に泊まる。

　宿屋でなぜか短冊をねだられたが、まんざらでもない子規であった。

『かけはしの記』の行程1（1891）

月日	行き先・紀行	食べもの
6月25日	上野 -（汽車）- 横川 -（馬車）［笛吹嶺］- 軽井沢	
26日	軽井沢 -（汽車）- 善光寺 - 川中島 - 篠ノ井 - 稲荷山	
27日	稲荷山 - 松本街道 - 猿が馬場嶺 - 葭簀茶屋 - 池に臨む茶屋 - 乱橋	山路のいちごを食う。宿の食事は塩辛く、咽喉を通らない
28日	乱橋 - 爪さきあがりの立峠 - 松本 -（馬）- 保里写真館 -（馬車）- 原新田 - 洗馬 - 本山「玉木屋」	松本で昼食。洗馬で饅頭を食べる

▲軽井沢の絵葉書

▲浅間山の絵葉書

▲善光寺の絵葉書

▲木いちご

『本朝食鑑』に「よくしげって叢（くさむら）を成す種類であり、子《み》もはなはだ多いものである」とある。

【かけはしの記2】茱萸《ぐみ》の名前が通じなかった信州の茶屋

明治二十四（一八九一）年六月二十九日、子規は本山《もとやま》の宿を出て、桜沢を過ぎ、木曾路《きそじ》に入った。道端の家で茱萸《ぐみ》が真っ赤になっているのを見た子規は、食べたくてたまらなくなった。茱萸を食べている子どもがうらやましくてしょうがない。駄菓子屋を覗いてみたものの、茱萸は売っていなかった。

そのうちに木曽第一の難所・鳥井峠《とりいとうげ》の麓にある奈良井《ならい》まで来た。茶店に休むと、眉《まゆ》をそった色白の女主人が「ここの名物のわらび餅はいりませんか」という。子規は、わらび餅はいらないが、茱萸はないかと尋ねた。女主人はけげんな顔をして、そこらの人々に聞くが、だれも茱萸の名を知らない。こんな形で、こんな色の果物だと説明すると、女主人は突然思い出したように、「珊瑚実《さんごみ》か」という。「それならうちの裏にもあります。行ってごらんなさい」と茶店の裏へ回ると、一間半ばかりもある大きな木に、苗代茱萸《なわしろぐみ》の赤い実が累々となっている。いくらでも取れというのでハンカチにいっぱい取ったが、お金を受け取らない。

そこから馬に乗り、鳥井峠を登って行く間、子規は馬上で口を紫にそめて茱萸の実を食い、愉快を感じた。峠の頂で馬を降りると、歩いて山を下って薮原《やぶはら》の駅に着き、お六櫛《ろくぐし》を買った。持病の頭痛に悩む村娘・お六が、御嶽山《おんたけさん》に治癒を祈ると、「みねばり」の木から櫛をつくり、髪をとかすという御告げ通りにすると頭痛が治癒したという。この櫛は子規のためか、それとも誰かに贈るために買ったのだろうか。

木曾川に沿って徳音寺《とくおんじ》へ詣でる。木曽義仲の生母・小枝御前《さえごぜん》の菩提《ぼだい》を弔うために建立された寺である。宮の越の村はずれで、釣竿を担いだ翁《おきな》に徳音寺への道を問うと、辺りの由緒を語り終えるや否や、忽然と姿を消した。そのためかどうかは知

歩きながら桑の実くらう木曽路かな　明治24年

らないが、子規は木曾義仲の石摺《いしずり》を一枚購入している。この夜は「福島」という繁盛宿に泊まった。

三十日は、朝から雨が降っていた。木曽の桟《かけはし》に着くと、五月雨《さみだれ》で水かさを増している。逆巻く川の流れを眼下に松尾芭蕉《ばしょう》の石碑を見た。ここは芭蕉が『更科《さらしな》紀行』で「**桟《かけはし》やいのちを絡む蔦かづら**」と詠んだところである。

木曽路は養蚕が盛んで、桑畑に実がなっている。桑の実を食べる人は少ないが、とてもおいしい。採っては食い、食っては採り、桑の木が見えると、横道でも何でもかまわず入っていって、むさぼるように食べた。桑の実を何升食べたか、子規は自分でもわからなくなった。

上松《うえまつ》を過ぎ、寝覚《ねざめ》の里に着いた。ここは浦島太郎が竜宮から帰ってきて釣り竿を垂らしたところだという。寝覚の床で名物の蕎麦をすすめられるが、お腹がいっぱいでとても食べられない。五里程歩いて須原《すはら》に行き宿をとった。ここで名物の「花漬（桜の蕾を塩漬けにしたもの）」二箱を買っている。幸田露伴の『風流仏』に登場する漬け物である。

『かけはしの記』の行程2（1891）

月日	行き先・紀行	食べもの
6月29日	本山 - 桜沢 - 木曾路 - 奈良井の茶屋 - 鳥居嶺 -（馬）- 薮原 - 木曾川沿い - 宮の越 - 徳音寺 -「福島」	茱萸を腹一杯食べる
30日	「福島」- 木曽の桟 - 芭蕉の石碑 - 寝覚の里 - 須原	道々でいちご、桑の実を食べる。名物の花漬を購入

▲徳音寺の絵葉書

▲寝覚の里『尾張名所図会』

▲茱萸

『本朝食鑑』に「生のうちは青く、熟せば紅くなる。五月に採って食べるが、酸濇《さんしゅう》で略《だいたい》甘い」とある。

▲桑の実

『本朝食鑑』に「生は青く、熟すると紅く、紫色になる。各地に多くある。近時《ちかごろ》は毎《つね》の菓《くだもの》とすることは少ない」とある。

【かけはしの記3】木曽路の旅を締めくくる子規のロマンス

明治二十四（一八九一）年七月一日、子規は小雨にけぶる須原を発って野尻を過ぎ、昼ごろに三留野《みどの》に着いた。「松屋」という店で昼食をとる。雨が上がったので雨傘はもう用がないと、「松屋」の女房に進呈すると、戸棚を探って栗を土産にくれた。しかし、栗は固くて食べられなかった。

妻籠《つまご》を過ぎ、馬籠《まごめ》の麓まで来た。馬で峠を越えようとしたが馬が見つからない。草鞋《わらじ》を履き直して、山を越える。この山を過ぎれば木曽三十里を越えると聞いて、なぜか懐かしい気持ちになってしまった。雨が強くなったので、あわてて馬籠の宿に泊まった。

二日、朝遅く起きたが、雨が降り止まない。仕方なく合羽《かっぱ》を買って馬籠を下る。辺りの風景が桑畑から麦畑に変わっていくと美濃路に入った証左である。子規は余戸に泊まった。

三日は晴れている。小山に沿って進むと、細い谷川の水がさらさらと流れている。御嵩《おんたけ》を過ぎ、松縄手に出ると、今までの疲れがどっと出た。しばらく木の下に休んでいたら、突然の夕立に起こされた。この夜は伏見に泊まった。

四日、朝まだ暗いうちに舟で発つ。舟は船頭の巧みなさばきによって木曽川を下る。犬山城の下を過ぎ、木曽川停車場に着く。茶店で昼食をとり、休んでいると汽車が来たので、急いで乗った。

『かけはしの記』はここで終わっている。

子規は、『かけはしの記』の最後に記された「早く早くと叫びながら下婢《かひ》は我《わが》荷物草履杖笠など両手にかかえてさきに走る」女性に胸を熱くさせていたことが、明治三十二年の「ホトトギス」に発表された『旅』に書かれている。「木曽川の停車場とて田の中に茶屋三軒、その一軒に憩いて汽車待ち合わせしに、丸顔に眼涼しく色黒き女、十六ばかりに何の見処《みどころ》もなきが、これはまた如何《いか》にし

桟や水へも落ちず五月雨　明治25年

てか心の奥までしみこんで、ここに一夜を明す言い草まだ考えつかぬ内に、汽車が参りました、お急ぎなされませ、と彼女かいがいしく我が荷物さきに持ちて走るに我もおくれじと汽車に走りこみける。その無邪気な顔どうしても今に忘られず（七月二十日）」とある。

子規は、突然の汽車の来訪で、茶屋の女に思いを伝えることができない。車中の人となった子規は、どのような気持ちだったのだろうか。

のち、大阪に着いた子規は太田正躬の家に泊まり、五日は入院した大谷是空を見舞った。翌日も是空と語らい、松山行きの船に乗って、大阪をあとにしている。

もともと公表予定のなかった『かけはしの記』だったが、明治二十五（一八九二）年五月二十七日から六月四日まで、六回にわたり「日本」新聞に連載された。この紀行文は、のちに子規が入社する「日本」新聞と子規との「かけはし」にもなったようだ。

『かけはしの記』の行程３（1891）

月日	行き先・紀行	食べもの
7月1日	須原 - 野尻 - 三留野 - 妻籠 - 馬籠峠 - 馬籠駅	松屋で昼食。傘を進呈すると栗をくれたが、固くて食べられない
2日	馬籠 - 美濃路 - 余戸村	
3日	余戸 - 松縄手 - 伏見	
4日	伏見 - （船で木曽川下り） - 木曾川停車場 - （汽車） - 大阪	茶屋で昼食

▲「木曾街道六十九次　馬籠」渓斎英泉《けいさいえいせん》

▲木曽川の絵葉書
奥に犬山城が見える。

【はてしらずの記1】松尾芭蕉の辿ったみちのくを旅する

明治二十六（一八九三）年七月十九日、子規は、奥州《おうしゅう》に旅立った。この紀行は、『はてしらずの記』として、この年の七月二十三日から九月十日まで、二十一回にわたり「日本」新聞に連載されている。

この旅の目的は、松尾芭蕉の『奥の細道』のあとを辿ることと、各地の有力な俳諧の宗匠《そうしょう》を訪ねて俳話を楽しむことにあった。

子規は、そのために草鞋《わらじ》に脚絆《きゃはん》、菅笠《すげがさ》という格好をとらず、「おろし立てのジカばきの駒下駄に、裾を引きずった袴《はかま》（河東碧梧桐著『子規を語る』）」で旅立ち、「紳士旅行」と称した。

上野から汽車で宇都宮《うつのみや》に着いたが、「かねて紹介状をもらっていた宇都宮の某宗匠を尋《ママ》ねた。……人間味にも芸術味にも、何ら触れることのない、その癖座作《ざさ》進退に四角張った礼儀を守っていなければならない、空虚な対応は、子規の期待をうら切った（『子規を語る』）」のである。

二十日は汽車で宇都宮を発ち、白河《しらかわ》駅で降りると、天気は降ったり止んだりを繰り返している。小峰《こみね》城祉を訪れ、「感忠銘《かんちゅうめい》」の前で休憩した。そして、白河に戻り、宗匠の中島某を訪ねた。『はてしらずの記』には「この人、風流にして、関の紅葉を取りて、扇などにすかしたり」とある。要するに格好ばかりの宗匠だということだ。

二十一日は、天満宮に参拝してから白河を出て、須賀川《すががわ》に道山壮山《みちやまそうざん》という宗匠を訪ねた。「若輩に見えた子規は……（三森《みもり》）幹雄《みきお》門にでも入って、もっと勉強するといい（『子規を語る』）」とまでいわれている。子規は「頭から取りあわぬ様子も相見え申し候（七月二十一日碧梧桐宛書簡）」と、このときの怒りを碧梧桐への手紙に書きつけた。

二十二日は、郡山《こおりやま》から北へ一里余にある浅香沼《あさかのぬま》を訪ね、郡山から汽車で本宮《もとみや》に行く。子規は、芭蕉の足跡を辿れば、必ず名所に出合うとの感想を

陸奥通ふ雨の夜氣車や雁の聲　明治26年

持った。南杉田の遠藤菓翁との会話は意外にも楽しいものに終わり、菓翁宅に泊まっている。

　これ以後、『はてしらずの記』から宗匠訪問の企画は姿を消した。「日本」新聞の「文学八つ当たり」に「近時の宗匠の無学無識無才無智卑近俗陋《ぞくろう》平平凡々なるや（明治二十六年四月一日）」と書いている。しかし、宗匠たちとの不愉快な出逢いが、以後の俳句革新の原動力になったようだ。

　二十三日、二本松《にほんまつ》から阿武隈川《あぶくまがわ》を渡り、平兼盛《たいらのかねもり》の歌「陸奥《みちのく》の安達《あだち》が原《はら》の黒塚に鬼籠《こ》もれりと言ふはまことか」を刻んだ碑のある黒塚を訪れる。黒塚は、安達が原の鬼婆を埋めた塚である。

　黒塚を離れ、阿武隈川の橋近くの茶屋で休憩し、満福寺《まんぷくじ》を訪れた。満福寺の山号は「飯出山《いいで》」という。源義経《みなもとのよしつね》がこの寺に立ち寄り、寺から飯が振舞われたので弁慶《べんけい》が山号を問うと、まだないというので「飯出山」と名づけたという。子規の旅には相応《ふさわ》しい由来である。この日、子規はこの寺に泊まり、「**水飯や弁慶殿の喰ひ残し**」の句を詠んでいる。

　二十四日は、二本松から汽車に乗って福島に着き、信夫山《しのぶやま》そばの公園を訪ねた。二十五日は葱摺《しのぶずり》の石や飯塚温泉、二十六日は摺上川《すりかみがわ》にかかる十綱《とつな》の橋に行く。この地方では、胡瓜《きゅうり》を真桑瓜《まくわうり》のように生のまま齧《かじ》り、茶菓子の代わりに糠漬《ぬかづけ》を出すというのが、子規の発見である。

　二十七日は、義経・弁慶ゆかりの医王寺《いおうじ》にも立ち寄らず、人力車で桑折《こおり》まで出た。この頃、子規の体調は思わしくない。桑折より汽車で岩沼《いわぬま》に至るが、昼食も食べる気が起こらない。巡査に道を聞いて（藤原）実方中将《さねかたちゅうじょう》の墓に参る。実方中将は、

▲「画図百鬼夜行　黒塚」鳥山石燕《とりやませきえん》
紀州の僧・東光坊が岩屋に宿を乞う。そこには鬼婆が住んでいた。東光坊が観世音菩薩に祈ると、菩薩像が空へ舞い上がって破魔矢を射ち、鬼婆を仕留めたという。

清少納言《せいしょうなごん》の恋人といわれた人物である。芭蕉が見たいと思いながら断念した場所だったので、子規は病躯《びょうく》をおしてでも見届けたかったのだろう。増田駅まで歩き、汽車で仙台に着いた。翌日は、旅館で寝て過ごしている。

二十九日は、仙台停車場の裏にある躑躅岡《つつじがおか》に寄り、汽車で塩釜《しおがま》へ向かう。塩釜神社参詣後、船で松島に渡り、瑞巌寺《ずいがんじ》と観瀾亭《かんらんてい》、五大堂に詣でるが、月は臨めなかった。芭蕉が「**松島やああ松島や松島や**」と絶句した美しい風景に臨み、句と歌を詠んだが、望んでいた月は姿を見せなかった。

三十日は雄島《おしま》に遊ぶ。小舟で楯ケ崎《たてがさき》に向かい、手樽《てたる》から富山《とみやま》に登る。塩釜に戻り、歩いて多賀城址に行き、そして岩切停車場から汽車で仙台に行き、針久旅館に泊まった。

三十一日から八月五日まで子規は仙台で過ごした。疲れていたのだろう。三十一日は青葉城址から広瀬川を渡り、南山閣に歌人・落合直文《おちあいなおふみ》の弟・鮎貝槐園《あゆかいかいえん》を訪ね、歌話俳話に花を咲かせて一泊する。一日、槐園が夜に宿を訪れた。二日は宮沢渡《みやざわわたし》から愛宕神社、茶店から仙台の町を見下ろし、伊達政宗《だてまさむね》の廟《びょう》に参詣し、宿に帰る。三日は宿を引き上げ、南山閣の槐園と夜を更かし、久々の歌談俳談に花を咲かせた。

五日に仙台を発ち、出羽に向かう。広瀬村の橋畔にて午飯をとり、野川橋を渡った。六日はつづら折りの隧道《すいどう》を抜けて羽前国《うぜんのくに》(現山形県)に入り、昼食をとる。大滝の松が根で休憩。天童楯岡《てんどうたておか》の追分を過ぎ、観音寺、白水、万善寺、白河沿いに東根を通り、夕方に羽州街道《うしゅうかいどう》に出て楯岡《たておか》に一泊する。七日は、疲れが激しく、歩行困難になるが、三里ほど歩いて大石田《おおいしだ》で泊まった。八日には舟で最上川を下り烏川《からすがわ》へ。本合海《もとあいかい》、八向山《やむきさん》を経て、日暮れに古口《ふるくち》に着いたが、下流に難所がある。夜の舟は危ないというので古口に泊まった。九日は最上川の舟下りである。「久米の仙人」の話で舟中が盛り上がった。清川《きよかわ》にて舟を下り、滑川《なめがわ》より歩き、夜に市街を散歩して翠松館などを見る。

十日、子規は下駄から草鞋《わらじ》に替えた。荒瀬、遊佐《ゆざ》を過ぎて海岸に至り、大須郷《おおすごう》のきたない宿に泊

引き汐や岩あらはれて蠣の殻　明治28年

まった。宿の料理は期待してなかったが、出てきた夏牡蠣《かき》の美味しさに驚いた。

　この味は子規の心にずっと留まっていた。『仰臥漫録』に「奥羽行脚のとき……怪しい一軒屋に飛び込んだ。……連日の旅にからだは弱っているし今日は殊《こと》に路端《みちばた》へ倒れる程に疲れているのであるから夕飯だけは少しうまいものが食いたいという注文がある……膳が来た。驚いた。酢牡蠣がある。椀の蓋を取るとこれも牡蠣だ。うまいうまい。非常にうまい。新しい牡蠣だ。実に思いがけない一軒家の御馳走であった。歓迎せられない旅にも這種《このしゅ》の興味はある（九月十九日）」と書いている。

　子規が食べたのは「岩牡蠣」である。「真牡蠣」と異なり、「岩牡蠣」の旬は夏である。「岩牡蠣」はじっくり時間をかけて産卵するため、水温が高い夏の間でも味わいが落ちることがない。また「岩牡蠣」は時間をかけて成長するため、殻と身が非常に大きく育つ。冷蔵技術の発達していない明治時代では、この地方でしか流通しない珍品であったのだろう。

仙台停車場

仙台青葉城

松島

瑞巌寺

瑞巌寺

五大堂

五大堂

最上川

最上川

【はてしらずの記2】牛の気配を感じながらむさぼり食った木いちご

明治二十六（一八九三）年八月十一日、子規は大須郷の宿から塩越、象潟《きさかた》、金浦《このうら》、平沢を過ぎ本《ほん》庄《じょう》をめざす。歩き疲れると路傍の社殿に仮眠し、夜九時過ぎにようやく本庄に入った。しかし、自由党懇親会のため、この地域の宿屋はすべて満員で、警察に頼んでようやく宿を借ることができた。

十二日、宿を出ると朝市が開かれている。炎天下、六里を歩く。ようよう道川《みちかわ》に辿り着き、日はまだ高いが宿に入った。十三日、馬車で秋田に着き、人力車で大久保に至る。車を降り、八郎潟《はちろうがた》を見ていると、虹が太陽にかかった。「ハロ（日暈《にちうん》）」と呼ばれるものか。日が暮れ、一日市《ひといち》に泊まる。魚は新鮮ではないが、もてなしがうれしい。十四日、庭に大きな蕗《ふき》の葉がある。北へ十三里、盲鼻《めくらばな》から八郎湖を見る。引き返して秋田の宿に泊まった。十五日、秋田を出て御所野《ごしょの》で休憩する。戸嶋から人力車で大曲《おおまがり》に達し、宿に入った。

十六日、六郷《ろくごう》から岩手へ向かう。平和街道へ出る近道ができたというので、この道を行くことにした。大曲を発し六郷より新道に入る。六郷東板で午飯。山腹を行くと、覆盆子《いちご》が道端に実っている。湯田《ゆだ》で投宿し、温泉に浸かる。宿を断わられるが、台所の片隅に畳を敷いて泊まる。

この新道で、子規は一面の覆盆子林を見つけた。

「突然左り側の崖の上に木いちごの林を見つけ出したのである。あるもあるも四、五間の間は透《すき》間《ま》もなきいちごの茂りで、しかも猿が馬場で見たような瘠《やせ》いちごではなかった。嬉しさはいうまでもないので、餓鬼《がき》のように食うた。食うても食うても尽きる事ではない。時々後ろの方から牛が襲うて来やしまいかと恐れて、後振り向いて見てはまた一散に食い入った。もとより厭《あ》くことを知らぬ余であるけれども、日の暮れかかったのに驚いていちご林を見棄てた。大急ぎに山を下りながら、

古塚に覆盆子はみ居る野馬哉　明治27年

遥かの木の間を見下すと、麓の村に夕日の残っておるのが画の如く見えた。あそこいらまではまだなかなか遠い事であろうと思われて心細かった。(『くだもの』)」とある。

十七日は人力車で和賀川《わがかわ》に沿って下り、黒沢尻《くろさわじり》に着く。十八日は風雨が激しく、そのまま宿に留まった。十九日、電信為替が着いて、ようやく帰途の準備が整った。午後三時の汽車に乗る。水沢に汽車で下り、水沢公園、駒形《こまがた》神社に行き、藤樹楼で晩餐をとった。夜汽車で水沢を発し、二十日の正午、上野に着いた。

この年は松尾芭蕉《ばしょう》の二百回忌に当たる。芭蕉の足跡を辿った一カ月の旅は、子規に芭蕉の信仰的な崇拝と宗匠制度に、疑問を感じさせた。この旅は、俳句革新のための通過儀礼ではなかったかと思う。

『はてしらずの記』は「人生はもとよりはてしらずなる世の中に、はてしらずの記を作りて、今はそのはてを告ぐ。……誰れか、我が旅の果てを知る者あらんや」で結ばれている。

▲日暈（ハロ）

太陽に薄い雲がかかった際、太陽の周辺に光の輪が現れる現象をいう。古代中国では、太陽を貫くことは、兵乱の兆しとされる。

『はてしらずの記』の行程（1893）

月日	行き先・紀行	食べもの
7月19日	上野 -（汽車）- 宇都宮	佃一予に宿を頼む
20日	宇都宮 -（汽車・那須野）- 白河 - 小峰城 - 白河	
21日	天満宮 - 白河 - 須賀川 - 郡山	
22日	郡山 - 浅香沼 - 郡山 -（汽車）- 本宮 - 南杉田	南杉田の遠藤菓翁宅に泊まる
23日	南杉田 - 阿武隈川 - 黒塚 - 満福寺	阿武隈川の橋そばの茶屋で休憩。満福寺泊
24日	満福寺 - 二本松 -（汽車）- 福島 -［信夫山そばの公園］	小川太甫宅の宿
25日	福島 - 惹摺の石 - 福島 -（人力車）- 飯塚温泉	和田屋に泊まる
26日	飯塚温泉 - 十綱の橋 - 宿 - 市街散歩 - 宿	
27日	飯塚温泉 -（人力車・葛の松原）- 桑折 -（汽車）- 岩沼 - 道祖神の社 - 中将の墓 - 塩手 - 増田 -（汽車）- 仙台 -（人力車）- 宿	昼食も食べたくない
28日	宿 - 甫山竹窓両氏 - 宿	
29日	宿 - 躑躅岡 - 仙台 -（汽車）- 塩釜 - 塩釜神社 - 塩釜 -（船）- 松島 - 観月楼 - 観瀾亭 - 瑞巌寺 - 五大堂 - 観月楼	氷水を喫す。海老屋昼食、観月楼に泊まる
30日	観月楼 - 雄島 -（舟・楯が崎）- 手樽 - 富山 - 紫雲閣 - 塩釜 - 多賀城址 - 岩切 -（汽車）- 仙台 - 針久旅館	針久旅館に泊まる 南山閣に泊まる
31日	針久旅館 - 青葉城 - 広瀬川 - 南山閣	針久旅館に泊まる
8月1日	針久旅館	針久旅館に泊まる
2日	針久旅館 - 宮沢渡 - 愛宕神社 - 茶店 - 伊達政宗の廟 - 針久旅館	
3日	南山閣	南山閣に泊まる
4日	南山閣 - 市街散策	南山閣に泊まる
5日	仙台 - 野川橋 - 出羽	広瀬村橋畔にて午飯
6日	作並温泉 - 隧道 - 羽前 - 大滝の松が根 - 追分 - 観音寺 - 白水 - 万善寺 - 東根 - 羽州街道 - 楯岡 楯岡 - 大石田	
7日	大石田 -（舟・最上川）- 烏川 - 八向山 - 古口	
8日	古口 -（舟・最上川）- 清川 - 滑川 - 酒田 - 市街	
9日	散歩	
10日	酒田 - 荒瀬 - 遊佐 - 大須郷	大須郷に泊まる。牡蠣が美味しい
11日	大須郷 - 塩越村 - 象潟 - 金浦 - 平沢 - 本庄 - 宿	自由党大会のため宿が満席。午後11時頃宿
12日	宿 - 朝市 - 由利橋 - 道川	某屋にて昼食
13日	道川 -（馬車）- 秋田 - 土崎 - 相染新田 -（人力車）- 大久保 - 八郎潟 - 下虻川 -（鉄道馬車）- 秋田 - 秋田の宿	下虻川で昼食
14日	秋田の宿 - 北の三倉鼻 - 八郎湖 - 秋田の宿	覆盆子を食べる。昼食
15日	秋田の宿 - 御所野 - 戸嶋 -（人力車・和田境・苅和野・神宮寺）- 大曲 - 大曲の宿	
16日	大曲の宿 - 六郷 - 岩手 - 六郷 - 新道 - 湯田温泉	六郷東板で午餐。菓子など買い覆盆子を食べる
17日	湯田温泉 -（人力車）- 黒沢尻	
18日	黒沢尻	
19日	黒沢尻 -（汽車）- 水沢 - 水沢公園 - 駒形神社 - 水沢駅 -（夜汽車）-	藤樹楼に上り晩餐
20日	- 上野	豊国で昼食

文明開化はじめて物語

開国以後に栽培された西洋野菜

日本が開国すると、横浜に外国人居住地が設けられ、家庭菜園で西洋野菜が栽培されるようになった。文久二（一八六二）年には英国初代駐日総領事・オールコックがレタスやキャベツ、パセリ、芽キャベツなどを栽培し、友人が大規模菜園をつくった。（※オールコック著『大君の都』）

翌年には、神奈川奉行所が外国人に指導を受けて、吉田新田の畑地を西洋野菜の試作地に指定して栽培を始めた。栽培されたのは、オランダイチゴ、荔枝《れいし》（ライチ）、落花生《らっかせい》、サヤエンドウ、タマネギ、セロリ、キャベツ、ラディッシュ、西洋ニンジン、ジャガイモ、南瓜《かぼちゃ》、芽キャベツ、トマトなどで、外国人が監督し、日本人農家たちが働いた。しかし言葉が通じないので、すべて手真似や動作で栽培方法を伝えた。外国人たちは西洋野菜のタネを自分たちだけのものと考えていて、皮革張りのトランクに鍵をかけて大事に保管し、日本人に盗まれないようにしていたという。

横浜では、これ以降、西洋野菜の栽培が盛んになった。根岸村《ねぎしむら》ではキャベツ、子安《こやす》地方ではセロリやカリフラワーなどがつくられた。

明治政府が誕生すると、四百石弱のタネと五十二万本の苗木が欧米から輸入された。野菜に限ると、六十種類、二百六十六品種のタネや苗が導入され、東京の新宿《しんじゅく》試験場と三田《みた》育種場で試作された。北海道開拓使の農園には、北海道に七重官園《ななえかんえん》や札幌《さっぽろ》官園、根室《ねむろ》官園などがあった。また、技術面での習熟を図り、増殖して北海道に送るための東京官園などでも、さまざまな農作物栽培が試みられている。

明治四（一八七一）年には、「田畑勝手作り」が許可され、希望の作物を栽培できるようになった。政府は西洋野菜の栽培を奨励し、外国から輸入した農作物やそのタネを積極的に農家へ分配した。

▲『舶来果樹要覧』
（提供：国立国会図書館）

文明開化はじめて物語

駅弁の起源は塩むすびだった

明治二（一八六九）年、明治政府は官営による鉄道建設を決め、明治五（一八七二）年九月十二日、東京の新橋《しんばし》駅と横浜《よこはま》駅の間にイギリスの技術を導入した鉄道が開業した。開通以来、乗降客や見送り客は日を追って増加し、鉄道で生じるさまざまな要望に応えた店が駅構内につくられた。開通の年には、新橋駅に西洋料理店が開業され、翌年には雑貨販売が始まっている。

駅弁は、明治十八（一八八五）年七月十六日、日本鉄道株式会社が大宮《おおみや》と宇都宮《うつのみや》間に新線を開通させたとき、宇都宮駅で弁当を販売したのが嚆矢《こうし》とされている。旅館「白木屋」を営んでいた斎藤嘉平《さいとうかへい》が鉄道会社に頼まれて始めた梅干しの入ったおにぎり二個とタクワンを竹の皮に包んだ駅弁である。

ただし、駅弁の起源には諸説あり、明治十（一八七七）年の大阪梅田《うめだ》駅、兵庫神戸《こうべ》駅、明治十六（一八八三）年の熊谷《くまがや》駅、上野《うえの》駅、明治十七（一八八四）年の福井の敦賀《つるが》駅、群馬の高《たか》崎《さき》駅と、さまざまな場所が我こそが日本初と元祖駅弁を主張している。

日本初の車窓販売は、明治二十一（一八八八）年の神奈川国府津《こうづ》駅で行われた。「鯛めし弁当」で知られる「東華軒《とうかけん》」の社史によれば、明治初年より蚕の種紙を輸出していた社長の早野友輔《はやのともすけ》が、取引先のイタリアで車窓販売を見て帰り、帰国後立売りを始めたという。

幕の内弁当が始まったのは、明治二十一年（※明治二十二年とも）の姫路《ひめじ》駅で、山陽本線が姫路まで開通した時、姫路の「まねき食品」が経木《きょうぎ》の折箱に入った幕内の駅弁を発売した。鯛の塩焼き、伊達《だて》巻き、かまぼこ、栗きんとん、野菜の煮物などに奈良漬けと梅干しなどが添えられた豪華版の弁当である。

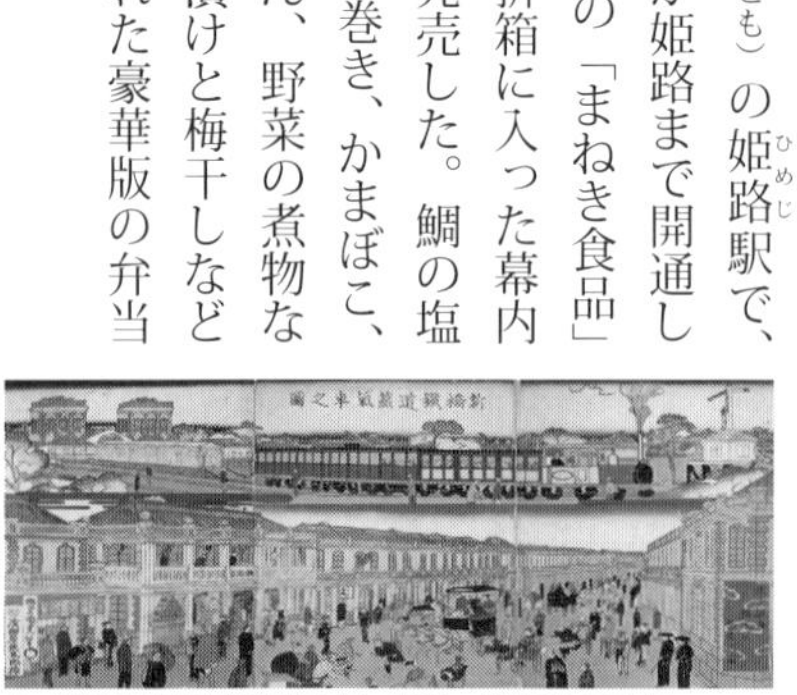

▲「東京銀座煉瓦石繁栄之図・新橋　鉄道蒸気車之図」
四代歌川国政

第三章　門人・知人と食べもの

【夏目漱石1】倫敦の焼き芋はおいしいかと尋ねる子規

明治三十四（一九〇一）年十一月六日、子規は倫敦《ロンドン》の漱石へ宛て、手紙を出した。

「僕はもーだめになってしまった、毎日訳もなく号泣しているような次第だ、それだから新聞雑誌へも少しも書かぬ。手紙は一切廃止。それだから御無沙汰してすまぬ。今夜はふと思いついて特別に手紙にかく」という前置きだ。

そして、唐突に「倫敦の焼き芋の味はどんなか聞きたい」と質問を投げかける。

続いて「僕はとても君に再会することはできぬと思う。万一できたとしてもその時は話もできなくなってるであろー。実は僕は生きているのが苦しいのだ。……書きたいことは多いが苦しいから許してくれ玉《たま》へ」と書かれている。

子規は、親しい人であればあるほど、愚痴をこぼす。漱石宛ての手紙には、その場限りと注文をつけながらも愚痴がいっぱい溢れてくる。

この手紙を紹介した『吾輩は猫である　中篇自序』に、「憐れなる子規は余が通信を待ち暮らしつつ、待ち暮らした甲斐もなく呼吸を引き取ったのである」とあるが、それは作家の嘘である。漱石は十二月十八日に手紙を返している。当時の郵便事情では、日本とイギリスの間で三十日以上もかかったというので、すぐに返事の手紙を書いたと思われる。

だが、「倫敦の焼き芋」については何も書かれておらず、セント・ジェームス・ホールで行われた日本の柔術使と西洋の相撲取の勝負と引越について記すばかりであった。

漱石は、こう続ける。「子規はにくい男である。……漱石は倫敦の片田舎の下宿に燻《くすぶ》って、婆さんからいじめられていると云う様な事をかいた。こんな事をかくときは、にくい男だが、書きたいことは多いが、苦しいから許してくれ玉へ抔《など》と云われると気の毒で堪らない。余は子規に対してこの気の毒を晴らさないうちに、とうとう彼を殺して仕舞った」と後悔している。

　この時代の漱石は、倫敦の下宿にひきこもり、『文学論』の研究に没頭している。そのなかで神経を病み、悪戦苦闘の日々を過ごしていた。

　悩みを延々と語り、唐突に倫敦の焼き芋の味を聞いてくる子規のとんちんかんぶりに、漱石はかつての子規との交友を思い出したことだろう。

　だが、「倫敦の焼き芋の味」に答えるのは、少し難しい。なぜならば、倫敦のサツマイモは、日本のものと味も風味も大きく違うのである。

　倫敦で流通しているサツマイモはエリザベス朝時代（一五五八〜一六〇三）に中南米からもたらされたが、寒いイギリスでは栽培が難しく、ほとんどが輸入品だ。なかがオレンジ色をしたボーレガード種やジュエル種なので、焼き芋にしても美味しくない。それで、スープの具にしたり、砂糖を足してスイーツにする。また、イギリスでは温州みかんをSATSUMAという。

四畳半の席のお菓子にも恥《はずか》しからぬ製《のり》し、然《しか》も価《あたい》は五里五里《ごりごり》美味いと悪口される十里焼芋などより一倍安く捌《さば》くので朝第五時を期となし……。

梅亭金鵞『寄笑新聞』

ばいてい・きんが（一八二一〜一八九三）江戸生まれ。若い頃は、江戸における若手剣客のひとりといわれたが、戯作者の道を選び、滑稽本『七偏人』で名を挙げる。維新後、開化の世相を風刺した『寄笑新聞』の縁で「団団珍聞（まるまるちんぶん）」の主筆となる。

▲イギリスのサツマ

　イギリスでは温州みかんを「サツマ」と呼ぶ。文久3（1863）年におこった生麦事件を発端に薩摩とイギリスが戦ったが、もちろん、イギリスの勝利に終わり、薩英同盟が結ばれた。そのとき、薩摩藩から英国に温州みかんの苗が贈られたことから「サツマ」と呼ばれるようになったという。

【夏目漱石2】漱石から送られた夏橙は腐っていた

明治三十三（一九〇〇）年六月二十日の夏目漱石に宛てた手紙によると、子規に熊本の夏橙《だいだい》が送られた。「夏橙壱函《ひとはこ》只今山川氏から受取ありがたく御礼申上候……風もらぬ釘つけ箱に入れて来し夏だいだいはくさりてありけり（みなにあらず）」とあり、密閉に近い状態で送ったため、子規のもとに届いたときには夏橙がほとんど腐っていたというのである。

そのあとに「小生たとい五年十年生きのびたりとも霊魂は最早《もはや》半死のさまなれば全滅も遠からずと推量被致候《いたされそうろう》」とあり、自分の命があとわずかしかないことを子規は悟っていたようだ。腐っていた夏橙に我身を重ねたのだろうか。

子規は漱石の手紙に「**年を経て君し帰らば山陰のわがおくつきに草むしをらん**」という、イギリスに留学する漱石が子規と再び巡り会えるかどうかわからないという内容の短歌を添えた。

この年の夏、子規は「**病牀に夏橙を分ちけり**」という句を詠んだ。詞書《ことばがき》には、（梅沢）墨水《ぼくすい》が子規庵を訪れ、一緒に食べたとあるが、これは漱石が送ってきた夏橙かもしれない。

清国から帰国する船で吐血し、神戸病院で療養していた明治二十八（一八九五）年五月二十八日のこと、子規は午後四時頃に橙一袋、そのあと散薬一袋を飲み、また橙一袋を食べたところ、咳が出て血と橙を吐き出したことがある。三十日にも、「日本」新聞社員の井上藁村《こうそん》から邸内でとれた夏橙が届けられたが、この日も子規は喀血した。しかし、子規は夏橙を食べるのを止めようとしない。『病床日記』によると六月四日、六月十日にも夏橙を食べている。

明治三十四（一九〇一）年三月二十日の「ホトトギス」に発表された子規の随筆『くだもの』には「その内でも酸味の多いものは最も厭《あ》きにくく

薔薇咲いて夏橙を貰ひけり　明治31年

て余計にくうが、これは熱のある故でもあろう。夏蜜柑などはあまり酸味が多いので普通の人は食わぬけれど、熱のある時には非常に旨く感じる」と書いており、火照った身体が、酸味の強い夏橙を求めていたのだと思われる。

また、『松蘿玉液』には「夏橙、ザボンの類《たぐ》いには、俗っぽさがなく涼しい気分を与えてくれる。そんなに好きではないのだが、病気でご飯を食べたくない折には格別のものだと感じる」とあり、病床で夏橙を欲しがる気持ちが綴られている。

夏橙は、宝永元（一七〇四）年に長門の海岸に漂着した果実を西本於長《おちょう》という女性がみつけ、その種子を青海島《おうみじま》の大日比《おおひび》に播いたのが起源である。その後、小倉県令の小幡高政《おばたたかまさ》が一八八六年に帰郷した際、困窮した武士を救うため苗木を配って萩の特産物とした。「夏代々《だいだい》」の「代々」は「ヨヨ」とも読めるので、中風の別称「よいよい」を連想させ、大阪市場に出荷する際に「夏みかん」に名称を改めたという。

子規はどこからか夏蜜柑を買うてきて、これを一つ食えと云って余に渡した。余は夏蜜柑の皮を剥いて、一房ごとに裂いては噛み、裂いては噛んで、あてどもなくさまようていると、いつの間にやら……小路に出た。

夏目漱石『京に着ける夕』

なつめ・そうせき④
明治四十（一九〇七）年に書かれた夏目漱石の『京に着ける夕』は、明治二十五（一八九二）年七月に、正岡子規と一緒に京都や大阪を旅行した時の思い出が綴られている。
「ああ子規は死んでしまった。糸瓜のごとく干枯びて死んでしまった」という文が印象的だ。

▲子規と柑橘
『病牀六尺』によると、明治35年の8月6日に、子規は初めて鳴門蜜柑を食べている。「液多くして夏橙よりも甘し」という感想だ。淡路島が原産地で、江戸時代に蜂須賀藩士の陶山が、唐橙の種を播いた中から育ったという。最近では栽培する人が少なくなっている。

【夏目漱石3】漱石作品に登場する店を子規は知っていたか？

ロンドンから帰国した漱石が、最初に居を構えたのが千駄木《せんだぎ》である。この家が『吾輩は猫である』の舞台になった。『三四郎』は青春小説であるが、熊本から上京した三四郎が本郷や上野界隈を歩き回るので、東京のあちこちの店が登場する。

『吾輩は猫である』の「空也餅《くうやもち》」は明治十七（一八八四）年の創業で、自家製の粒餡《つぶあん》を餅米で包んだ生菓子である。今では「空也もなか」の方が有名で「空也餅」は冬に時々つくる程度で、なかなか入手しづらい。子規の「ココア持てこい」の詩に空也の名前が出てくる。

「藤むら」は寛永三（一六二六）年創業の羊羹《ようかん》の名店だ。漱石は『草枕』で「余は凡《すべ》ての菓子のうちで尤《もっと》も羊羹が好きだ」と書いているから、この店が出てくるのも当然ともいえる。子規は羊羹が余り好きではない。『明治卅三年十月十五日記事』には「羊羹のためにや口の中苦し」とある。

「竹葉亭《ちくようてい》」は、幕府の講武所の隣で帯刀預かり所だったが、明治九（一八七六）年の廃刀令で酒店となり、二代目が鰻を焼き始めている。明治三十（一八九七）年に銀座へも店を出した。鰻好きの子規だが「竹葉亭」の記載はなく、「神田川」の名が『仰臥漫録』に出てくる。

『三四郎』の「淀見軒」「青木堂」は現在廃業している。どちらも本郷にあり、「淀見軒」は学生向けの食堂、「青木堂」は洋菓子やお酒、煙草などを売っていた。日本橋の「平の家」は、当時の『東京百事便』に記載がない。「ここの女はみんな京都弁を使う」とあることから、京都の老舗「平野屋」をイメージしたものだろうか。

『吾輩は猫である』に登場する「羽二重団子」は本書43・82～83P、「雁鍋」は35Pにある。『三四郎』の「精養軒」は36P、「岡野」は23・90Pにあるのでご参照を。

裏店にあり来りたる柳哉 明治31年

『吾輩は猫である』に登場する東京の飲食店

店名	章	内容
空也餅	2	主人はまたやられたと思いながら何も云わずに空也餅を頬張ほおばって口をもごもご云わしている。「こりゃ面白い」と迷亭も空也餅を頬張る。「みんな去年の暮は暗合で妙ですな」と寒月が笑う。欠けた前歯のうちに空也餅が着いている。「ええその欠けたところに空也餅がくっ付いていましてね」
	3	「椎茸で歯がかけるくらいじゃ、よほど歯の性が悪いと思われますが、いかがなものでしょう」……今だに空也餅引掛所になってるなあ奇観だぜ」
藤村の羊羹	4	……この菓子はいつもより上等じゃないか」と藤むらの羊羹を無雑作に頬張る
羽二重団子	5	……芋坂へ行って団子を食いましょうか。先生あすこの団子を食った事がありますか。奥さん一返行って食って御覧。柔らかくて安いです。酒も飲ませます」
雁鍋	8	迷亭に雁が食いたい、雁鍋へ行って誂えて来いと云うと、蕪の香の物と、塩煎餅といっしょに召し上がりますと雁の味が致しますと……山下の雁鍋は廃業致しましたが……
竹葉亭	9	久し振りで東京の鰻でも食っちゃあ。竹葉でも奢りましょう。

『三四郎』に登場する東京の飲食店

店名	章	内容
淀見軒	3	本郷の通りの淀見軒という所に引っ張って行って、ライスカレーを食わした。淀見軒という所は店で果物を売っている。新しい普請であった。
	6	「ぼくはいつか、あの人に淀見軒でライスカレーをごちそうになった。まるで知らないのに、突然来て、君淀見軒へ行こうって、とうとう引っ張っていって……」　学生はハハハと笑った。三四郎は、淀見軒で与次郎からライスカレーをごちそうになったものは自分ばかりではないんだなと悟った。
青木堂	3	帰り道に青木堂も教わった。やはり大学生のよく行く所だそうである。
平の家	3	大通りから細い横町へ曲がって、平の家という看板のある料理屋へ上がって、晩飯を食って酒を飲んだ。そこの下女はみんな京都弁を使う。
精養軒	8	「たぶん上野の精養軒になるだろう」「ぼくはあんな所へ、はいったことがない。高い会費を取るんだろう」……この奥の別室にね。深見さんの遺画があるから、それだけ見て、帰りに精養軒へいらっしゃい。先へ行って待っていますから」「精養軒へ行きますか」美禰子は答えなかった。
	9	与次郎が勧めるので、三四郎はとうとう精養軒の会へ出た。
岡野	8	帰りに岡野へ寄って、与次郎は栗饅頭をたくさん買った。これを先生にみやげに持って行くんだと言って、袋をかかえて帰っていった。

▲空也餅

▲藤むらの羊羹

▲竹葉亭の鰻

【河東可全】下戸の子規には無用の長物だった酒

河東可全《かわひがしかぜん》は、子規の同級生であった竹村黄塔(鍜《きたう》)の弟、碧梧桐《へきごとう》の兄である。常盤会寄宿舎時代、子規とともに俳句を詠み、日清戦争のときに読売新聞の従軍記者となったのち、旧松山藩主・久松家の家扶《かふ》を務めた。

明治三十一(一八九八)年六月三十日の朝、可全がシャンパンを持って子規宅を訪ねてきた。可全が帰ると、入れ違いに柳原極堂《やなぎはらきょくどう》がやってくる。夕食のとき、子規はシャンパンを極堂に勧めた。

松風会の面々が子規の思い出を顕彰した『子規を語る』に、極堂がこのときの様子を語っている。「子規が母堂に向かって『例のがあるだろう、柳原にも一杯飲ましておやりや』というと、母堂はやがて瓶に入った西洋の酒を持ち出し、針金でまいたのをといて、それをついで下さった。『これは何ぞな』というと『シャーンパンだよ』といった、『日本酒とどちらがええかな』というから『日本酒の方がええな』というと『柳原の口には合わないそうだ、それは向《むか》いの車屋に持たしてやっておくれ、柳原には日本酒の方を出しておやりよ』といって実はもう一杯飲むつもりであったのに母堂がそのまま、持って行ってしまわれた」とある。

もっとシャンパンを飲みたかったと、極堂は悔しがっているのである。

では、下戸の子規はどうだったかというと、七月一日の高浜虚子宛ての手紙に「昨日朝、河東可全来りシャンパン一瓶を恵まる。シャンパンは見るも始めてなり。可全と引きちがえに極堂来る。今帰京して御舎兄《ごしゃけい》の内へ荷を卸したまま直《じか》にかけ来《きた》り候由《そうろうよし》晩餐の節シャンパンを抜く。獺祭書屋《だっさいしょおく》にあるまじき御馳走なり。小《ちい》さきコップに極堂漸《ようや》く五六杯を傾く。小生四杯を尽《つく》す。極堂曰《いわ》く酒は日本酒より旨きはなしと。小瓶僅《わずか》に十の一を減ずるのみ、残余を陸《くが》の車夫に遣《や》る」と書いている。

尋常に水祝はれん酒の酔　明治32年

七月十三日の河東可全宛には「シャンパンと扇ありがとー。シャンパンはあの日柳原が来て飲ましたのに、えお飲みいでな（飲むことができなかった）」という礼状を送った。もちろん、隣の車夫にあげたことは黙っていた。

『病牀六尺』に「日本酒を嘗《な》めて見る機会は可なり多かったに拘らず、どうしてもその味が辛いような酸ぱいようなヘンナ味がして今にうまく飲むことが出来ぬ。これに反して西洋酒はシャンパンは言うまでもなく葡萄酒でもビールでもブランデーでも幾らか飲みやすい所があって、日本酒のやうに変テコな味がしない（明治三十五年八月十一日）」とあるのは、この時の経験が活きているのかもしれない。

可全宛ての手紙には、シャンパンのお礼のあとに自分の墓碑銘のことが書かれている。この時期、「ホトトギス」の東京出版を考えていた子規は、自分の死後を、はっきりさせておきたいと考えたのかもしれない。

下僕《しもべ》を呼び式の如く給仕させせんとその呼《よび》鈴《りん》を推鳴《おしなら》すに給仕はそれと悟りしかシャンパンの瓶を携《さ》げて徐々《しずしず》と入来り無言の儘《まま》にて硝盃《コップ》に注ぎ黙礼なして退きたり。

黒岩涙香『片手美人』

くろいわ・るいこう（一八六二〜一九二〇）土佐生まれ。
土佐藩郷士の家に生まれ、十六歳で中之島専門学校（大阪英語学校）に学び、英語を身につける。上京して新聞記者になり、翻案小説を連載。のち「万朝報（よろずちょうほう）」を創刊し、『鉄仮面』『巌窟王』などの翻案小説とスキャンダラスな記事で、発行部数を伸ばした。

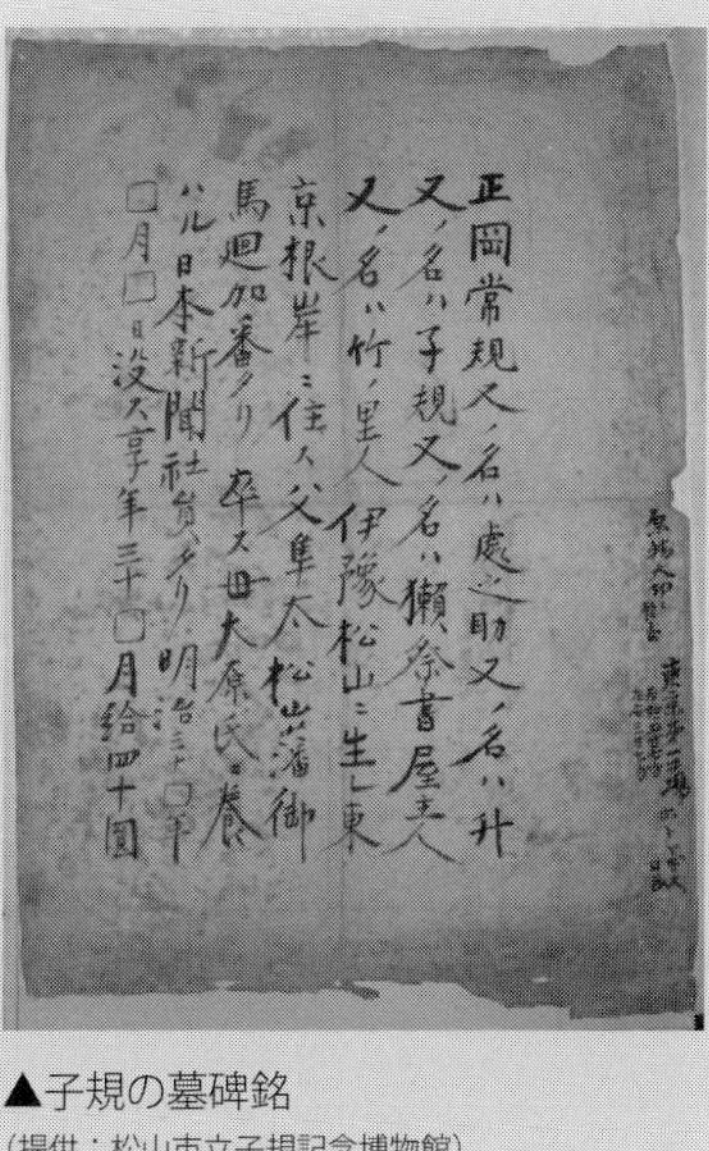
正岡常規又ノ名ハ處之助又ノ名ハ升
又ノ名ハ子規又ノ名ハ獺祭書屋主人
又ノ名ハ竹ノ里人伊豫松山ニ生レ東
京根岸ニ住ス父隼太松山藩御
馬廻加番タリ卒ス母大原氏ニ養
ハル日本新聞社員タリ明治三□年
□月□日没ス享年三十□月給四十圓

▲子規の墓碑銘
（提供：松山市立子規記念博物館）

【井林博政】七変人のひとりから送られてきた箱詰めのリンゴ

明治三十一（一八九八）年十一月、井林博政《いばやしひろまさ》から子規のもとにリンゴ一箱が送られてきた。井林は大洲出身で、大学予備門に子規とともに学んだ人物である。

井林は、秋山真之、清水則遠らとともに、子規は「七変人」のひとりに挙げている。高浜虚子が子規の部屋の反古《ほご》のなかに見つけた「七変人評論」によれば、人を評するに「賎《いやし》む多し」、人に対して「義気あり交わる事比々ならず」とあり、勇気と才力は九十点、色欲と負け惜しみが八十点、勉強が二十点となっている。

井林はのちに北海道に渡り、水産団体「北水協会」に所属して、小樽水産高校の前身・北海道庁立水産学校の創立に関わった。

その年の九月十七日、井林は病床の子規を訪ね、りんご二籠を届けた。その折、子規は「**鵙《もず》鳴て北海の林檎《りんご》到来す**」の句を詠んでいる。

かつての学友が病床に伏せていることを目の当たりにした井林は、病床に届けたリンゴを喜んでいる子規を見て、札幌に帰ってからリンゴの美味しい頃にリンゴ一箱を子規に送ったものだろう。子規は、井林に来年までリンゴを「貯蓄」のように保存しようと思うが、たとえ一箱あろうとも、リンゴ好きの子規なら来年を待たずに平らげてしまうだろうと、家族や門人に冷やかされたと、お礼の手紙に綴っている。

のちに少年小説の第一人者となった門人・佐藤紅緑《こうろく》の実家はリンゴを栽培していた。父親の弥六《やろく》は、慶応義塾で学び、帰郷してふるさとの産業育成に尽力した人物であり、その著書に『林檎図解』などがある。紅緑は、実家からリンゴが届くと、それを子規の病床に供した。

日本におけるリンゴ栽培は、慶応二（一八六六）年、越前藩主松平候の巣鴨《すがも》別邸に米国種のリンゴ

林檎くふて牡丹の前に死なん哉　明治32年

苗を植えたことを嚆矢《こうし》とする。

明治四（一八七一）年からリンゴが積極的に導入されるが、北海道開拓使次官の黒田清隆《きよたか》はこの年に渡米し、当時の米国農務長官ホーレス・ケプロンを開拓使顧問として招聘《しょうへい》した。ケプロンは、日本の気候風土がリンゴの栽培に適していると考えていた。開拓使は米国からリンゴを含む果樹を導入し、東京官園（のち東京農業試験場に改称）で盛んに苗木の増殖を行っている。

リンゴ苗木は明治七（一八七四）～九（一八七六）年に青森、山形、長野、新潟、東京、京都などの全国各地に無料配布され、岩手県で明治八年、青森県で明治十（一八七七）年に見事結実を果たす。北海道では、余市《よいち》と札幌で明治十二（一八七九）年に初の結実となったが、余市で結実したリンゴ果実が翌年の札幌で開かれた「農業仮博覧会」に参考品として出品されて好評を博し、高値で売れたので、北海道や東北の農家たちの関心が一挙に高まっていった。

「珍しいな」という折柄、小間使が敷居の彼方に手を支えた。「ラムネと林檎でも持って来い。伊予《いよ》は未《ま》だ帰らんか」「はい、もうお帰り遊ばすで御座いましょう」

川上眉山『観音岩』

かわかみ・びざん（一八六九～一九〇八）大阪生まれ。

大学予備門で山田美妙、尾崎紅葉と知り合い、硯友社創立に参加。帝国大学文化大学を中退し、文学の路を歩み、『薄墨桜』で注目される。のち『書記官』『うらおもて』など、社会の矛盾を題材にした小説で、人気作家となった。

明治四十一（一九〇八）年、文学的行き詰まりから命を絶った。

▲『菓物帖』に描かれた「りんご」の画（提供：国立国会図書館）

西洋リンゴと日本リンゴの大きさの差がよくわかる。また、西洋リンゴは、大きさだけでなく、食味のよさも評価された。そのため、西洋リンゴは「苹果」、従来の日本リンゴは「林檎」と書いて区別した。しかし、この名前は普及せず、一般に「西洋リンゴ」と呼ばれた。

【陸羯南】隣の陸家と正岡家でのおはぎのやりとり

明治三十四年九月二十四日、子規宅に隣の陸家《くが》から「おはぎ」が届いた。

お彼岸のときには、春に「牡丹餅《ぼたもち》」、秋に「お萩」を仏壇に供える。もちろん死者への供物《くもつ》である。先祖に手向《たむ》けたあと、それを近所に配り、近隣との親睦を図るのは、古来からの風習である。

『仰臥漫録』には「陸より自製の牡丹餅をもらう。この方よりは菓子屋に誂《あつら》えし牡丹餅をやる。菓子屋に誂えるは宜《よろ》しからぬことなり。されど衛生的にいわば病人の内《うち》で拵《こしら》たるより誂える方宜しきか。何にせよ牡丹餅をやりて牡丹餅をもらう。彼岸のとりやり《ママ》は馬鹿なこと也」と書き、「**お萩くばる彼岸の使行き逢ひぬ**」「**梨腹も牡丹餅腹も彼岸かな**」「**餅の名や秋の彼岸は萩にこそ**」の三句を詠んでいる。

陸羯南《くがかつなん》は、安政四年（一八五七）に、陸奥国《むつのくに》（現青森県）弘前《ひろさき》で生まれた。上京して司法省法学校に学び、加藤拓川《たくせん》、原敬《はらたかし》らと親交を重ねたが、「賄征伐《まかない》」で放校になった。明治十六（一八八三）年に太政官御用掛かりとなり、のちに内閣官報局の編輯《へんしゅう》課長を任ぜられるが、明治二十一（一八八八）年に退職し、「日本」新聞を創刊する。

明治二十五（一八九二）年二月、子規は根岸の里に住んだ陸羯南の西隣に居を移す。そして、その年の十一月には家族を東京に呼び寄せた。明治二十七年二月に移転したが、陸家の東に移転しただけで、隣付き合いはずっと続いた。

「牡丹餅」は、春の彼岸の頃に咲く牡丹の花に似ていることから付いた名前である。「お萩」も秋の彼岸の頃に咲く萩の花から付いた名で、春に作るものを「ぼたもち」、秋に作るものを「おはぎ」と呼び分ける地域もある。夏は「夜船」、冬は「北窓」という。牡丹餅は、杵を使って餅を搗《つ》かないので音がしない。そのため、いつ搗いたかわからない

牡丹餅ノ使行キ逢フ彼岸カナ　明治35年

ことから「搗き知らず」といい、船がいつ着いたかわからない夏の夜を「着き知らず」と掛けて「夜船」といった。冬の寒い北向きの窓からは月が見えないので「月知らず」と掛けて「北窓」という。

大きさによって、「おはぎ」と「ぼたもち」を呼び分ける地域もある。それぞれの花の大きさから、おはぎは小さめにつくり、ぼたもちは大きめにする。粒あんを「おはぎ」、漉しあんを「ぼたもち」と呼び分ける地域もある。これは、収穫シーズンとなる秋の小豆は、皮までやわらかいことから、秋の「おはぎ」には粒あんを使い、春の小豆は冬を越して皮が硬くなっているため、春の「ぼたもち」には漉しあんを使うといわれる。

牡丹餅に使われる小豆は、赤い色をしていることから邪気《じゃき》を払うといわれ、神社への供物や先祖供養、四十九日の忌明《いみあ》け、小正月の小豆粥《あずきがゆ》などに使われる。また、餅をあんで包む手つきが柏手《かしわで》に似ていることから、節句の菓子として食べられるようになったともいわれている。

ハテさて人間の生涯は耳朶《みみたぶ》次第、げにや牡丹餅《ぼたもち》は棚にあり成敗《かちまけ》は運にあり、阿呆《あほう》は働け果報は寝て待てと云うがそうかも知れぬ、コリャ理屈通《どおり》には参らぬぞ。

福地桜痴『もしや草紙』

ふくち・おうち（一八四一～一九〇六）長崎生まれ。
儒医の息子として生まれ、漢学や蘭学を学び、上京して英語を学んだのち、翻訳の仕事に従事する。幕末には、通訳としてヨーロッパに赴き、西洋世界を視察した。維新後は、大蔵省に入り、海外渡航をしたのちにジャーナリスト、政治家となるが、志を果たせず、欧米の演劇を基にした戯曲や、さまざまなジャンルの小説を書いた。歌舞伎座の座付作者になったこともある。

▲お萩と牡丹餅

「お萩」「牡丹餅」は、もともと「かい餅」といい、柔らかい餅の「粥餅」が「かい餅」に転訛したものだ。鎌倉時代の『宇治拾遺物語』には、かい餅づくりの手伝いを嫌った子どもが、狸寝入りをしていた。声を掛けられたが、ズルがわかるとまずいと思い、寝ていると誰も声をかけてこない。それで自分から「はい！」といったので、嘘がばれたという話がある。

【加藤拓川】ベルギー特命公使就任の祝いに贈った名店の豆腐

明治三十五（一九〇二）年五月、子規は特命全権公使としてベルギーへ渡航する叔父・加藤拓川《たくせん》に「笹乃雪一折」を送り「欧羅巴《ヨーロッパ》へ赴かるるを送りたてまつりて」の詞書《ことばがき》のあとに「**春惜む宿や日本の豆腐汁**」の句を添えた。

拓川の好物は豆腐である。日本を離れる前に、心置きなく豆腐汁をお召し上がれという句に、子規の拓川に対する惜別の思いが溢れている。

明治十六（一八八三）年、旧松山藩主の系である久松定謨《さだこと》に従ってフランスに遊学することに決まった。そのため、待ちぼうけをくわされていた子規の上京が早く進んだのである。

明治十九（一八八六）年、拓川はパリ留学中に原敬の斡旋《あっせん》で外務省交際官試補となり、明治三十（一八九七）年には外務大臣秘書官として働いた。明治三十九（一九〇六）年の万国赤十字条約改正会議に全権委員として出席するが、調印の方法を巡って伊藤博文の怒りに触れ、翌年、依願退職する。その後は松山市選出の衆議院議員となり、パリ講和会議やシベリア派遣大使として活躍した。

晩年は松山市長となるが、このとき既に健康を害しており、市長の激務はますます病状を悪化させた。陸軍省から城山公園を払い下げて市民に開放し、北予中学校の運営や松山高等商業学校（現・松山大学）の創立など松山のために貢献したが、食道ガンで逝去している。

『仰臥漫録』には「繃帯《ほうたい》取換後、四谷加藤へ行く。加藤転居後始めて行く也。お土産は例の笹乃雪（九月十七日）」「鼠骨《そこつ》来る。加藤叔父来らる。午飯三人共に食ふ、さしみ、豆腐汁……（十月二十日）」とあり、拓川宅への御土産は「笹乃雪」の豆腐、来訪時の食事は豆腐汁と決まっていたようだ。

岡麓の『正岡子規』には「先生がおいで下された日のお土産は『笹乃雪』であった。へぎ板の折

豆腐屋の根岸にかゝる春日哉　明治26年

づめ、きぬごしの豆腐である。先生の戯歌《ざれうた》に『根岸名物芋坂団子売切申候の笹の雪』というのがこれである。手土産を御持参になるにも、わざわざ買いにやられるのである。朝のうちでも売切れてない時が多い。いただいて置いてかきもらした。相済まん気がする」と書かれている。子規も、「笹乃雪」の豆腐は気に入っていたようで、御土産によく使っていた。

元禄年間（一六八八〜一七〇四）創業の「笹乃雪」は、今も根岸で営業を続けている。幸堂得知《こうどうとくち》は『上野下一巡記』で「ここは文化初年頃の開店にて、元は三河島より市場へ野菜を出す者、朝飯を立寄りて食し行くために出来たる店ゆえ、朝は未明に門を開き、正午には売切るというが定めなり」と書いている。当時の文豪で根岸に住んでいた饗庭篁村《あえばこうそん》は『今年竹』に「笹乃雪」を登場させている。

「笹乃雪」の、ふっくらとした絹ごし豆腐のあんかけが、当時の文人たちに愛されていたことがわかる。

何しろ、御院殿の方へ眞直《まっすぐ》だ、とのん気に歩《ある》行き出す。笹の雪の前を通返《とおりかえ》して、この微酔《ほろよい》の心持。八杯と腹に積ったその笹の雪も、颯《さっ》と溶けて、胸に聊《いささ》かの滞《とどこおり》もない。

泉鏡花『松の葉』

いずみ・きょうか（一八七三〜一九三九）石川生まれ。

象眼細工の職人の家に生まれる。尾崎紅葉の『色懺悔』を読んで感動し、明治二十四（一八九一）年に紅葉の家に押し掛け、書生となる。

幻想的な作風で流行作家となり、漱石もその作品を絶賛した。代表作に『高野聖』『婦系図』『歌行燈』などがある。

▲笹乃雪

近藤碌山人が、「江戸っ子式の食道楽」に「笹乃雪」のことを書いている。「笹乃雪といえば、御行《おぎょう》の松と共に、根岸の名物である。家は狭くて、あまり綺麗ではないが、何となく古雅で、市井の店という感じがしない。……少し大形の茶呑茶碗に、一片の餡掛豆腐を入れて出す。山葵卸しが添えてあって、口に含むと、春の泡雪が溶けるような気がする。それで代は一銭である」

【高浜虚子1】虚子の家で食べた神戸病院以来の味

高浜虚子は、明治七（一八七四）年、松山の子規の家近く長町《ながまち》（現湊町）に生まれた。松山藩士・池内政忠《いけのうちまさただ》の五男で、九歳の時に祖母の実家、高浜家を継いだ。松山中学生から第三高等学校（現京大）、仙台の第二高等学校（現東北大）へと進むが中退。子規と虚子の交流は、河東碧梧桐に紹介され、子規と文通を通じて深まった。明治二十四（一八九一）年が初めての対面で、夏期休暇で帰省した子規が、虚子の家を訪ねた。

明治二十七（一八九四）年、子規が従軍生活で喀血したとき、京都から駆けつけ、親身になって看病に努めた。

明治二十九（一八九六）年に虚子と河東碧梧桐は、神田淡路町の高田屋という下宿に同宿する。長女が台所を扱い、次女の大畠いと（糸子）が下宿生の世話をした。いとは碧梧桐の婚約者であった（諸説あり）。翌年、碧梧桐が軽い天然痘に罹《かか》って入院をしている間、虚子はいとと親密になって結婚してしまった。

ばつの悪かった虚子は、子規に半年近くも結婚を報告しなかったため、子規は快く思わず、疎遠になっていた。ふたりの関係を正常に戻したのが、虚子の長女・真砂子《まさこ》（マーチャン）の誕生である。

明治三十二（一八九九）年八月二十三日、朝から体調の良かった子規は、人力車で神田猿楽《さるがく》町の高浜虚子宅に向かった。

虚子は、長女の真砂子とともに写真を取りに行ったというので家で待っていると、二人が帰ってきた。妻が氷はどうかと声を掛けると、虚子が身体に良くないと断ったので、アイスクリームを子規に薦める。これも虚子が心配したが、子規は「食べたい」と遠慮なく答えた。根岸では、アイスクリームはなかなか手に入らないので、どうしても食べたかったのである。子規は、一杯を平らげた。

一匙のアイスクリムや蘇る　明治32年

実に五、六年ぶりの味であるという。

おそらく、日清戦争取材の帰途、船で喀血して入院した神戸須磨の県立神戸病院で食べたものだろう。その時の記録『病牀日誌』によれば明治二十八（一八九五）年六月二十日にアイスクリームを食べている。

帰宅した子規は、その日のうちにお礼の手紙をマーチャンに託して書いた。西洋料理のお礼とともに、「昼飯を早く食べていたので、アイスクリームは二皿しか食べられなかった。昼飯を二度に分けて食べていたら四皿は食べられたかもしれない。昨年に比べて身体が衰弱しているようだ」と子規は記している。

子規は、佐伯政直宛ての手紙で「昨日はうれしき事ありて朝来気分うきたち候故、急に思ひつきて三時頃より猿楽町に高浜を訪い申候。アイスクリームとか西洋料理とか、根岸にては喰えぬ物を御馳走になりて、夜帰り申候」と報告している。

この時代、アイスクリームは「高利貸」の意味もあった。「氷菓子《こおりがし》」だからである。

やりくりにて兎《と》も角《かく》も送れる人の妻の、アイスクリームというは、ただ高利貸の異名とのみおぼえ下りぬ。知合のもとに行きたる折、夏は馳走もなし、アイスクリームなりともと言われたるにハタと憤《いきどお》りて、あなた、嘲弄《ちょうろう》なすってはいけません。

斉藤緑雨『あられ酒』

さいとう・りょくう（一八六七～一九〇四）伊勢生まれ。

医者の家に生まれ、十歳で上京し、明治法律学校（現明治大学）に進むが中退。仮名垣魯文に師事し、小説や評論を書いた。よく知られるのは樋口一葉との関係である。半井桃水を一方的に好いた一葉を、密かに愛した。一葉と同じ肺結核に罹り、三十六歳で天に召された。

▲アイスクリームの広告

日本人で初めてアイスクリームを食べたのは、万延元（1860）年にアメリカへ渡った遣米使節団の一行である。使節団のひとり・柳川当清は航海日記に「氷を色々に染め、物の形を作り、これを出す。味は至って甘く、口中に入るに忽《たちま》ち解けて、誠に美味なり」と書いている。

【高浜虚子2】高浜虚子に願ったふるさとの素麺

明治三十一（一八九八）年七月一日、子規は松山の高浜虚子に長い手紙を送った。虚子は、母親の病気のために松山に帰っていたのである。

柳原極堂は、松山で出していた「ほとゝぎす」の経費と編集時間の不足により、廃刊を望んでいた。子規は、そのために「ほとゝぎす」を虚子に任せ、東京から出版することを決意する。虚子の性格を見抜き、「貴兄はたやすく決心する人でなかなか実行せぬ人じゃ。……今度雑誌を出したら貴兄は必死にならるるであろう」と東京での「ほとゝぎす」発刊を願った。

七月二十一日には「ほとゝぎす」引き継ぎの負債について相談の手紙を送った。しかし、虚子はなかなか東京に帰って来ない。今度は、子供が病気に罹《かか》り、京都で足止めを余儀なくされた。東京での「ほとゝぎす」創刊はこの年の十月十日と決めているという返事である。子規は焦った。

八月六日、「御母堂追々後御快気にて御帰京之運びにいたり候由奉賀候《がしたてまつりそうろう》」で始まる手紙を送り、表紙絵の画家をだれにするか、定価をどうするかなどの具体的な課題を提案したあとに、「貴兄御上京之節、御荷物の都合にて索麺《そうめん》（三番町の）一箱か二箱願われまじくや」と添えた。索麺は「五色そうめん」である。

八月下旬、虚子はようやく東京に帰ってきた。「ほとゝぎす」を東京で発刊するにしても、子規には金がない。虚子がふるさとの兄から三百円を借りることで話はついた。

「五色そうめん」は、享保七（一七二二）年、八代目長門屋市左衛門の娘が、家内安全と商売繁昌を願って椿神社に詣でたとき、境内で五色の糸が下駄に絡まった。これを神の啓示と受け取り、五色の素麺づくりをはじめたという。長門屋は、寛永十二（一六三五）年に伊勢桑名藩から松山藩

文月のものよ五色の絲素麺　明治26年

へ移封となった松山初代藩主・松平定行《まつだいらさだゆき》に随行して来た多くの商工業者のうちの一軒であった。

市左衛門は、緑（青）の麺にはくちなしと高菜を組み合わせ、赤い素麺には紅花、黄色い麺にはくちなし、濃紺（黒）の麺には高菜を使い、白とあわせて美しい五色の素麺を生みだした。

八代将軍・徳川吉宗《とくがわよしむね》は、松山五代藩主・松平定英《さだひで》から「五色そうめん」の献上を受け、「美麗五色は唐糸《からいと》の如し」と讃えた。近松門左衛門《ちかまつもんざえもん》は、松山市北松前町の酒造業・豊前屋後藤小左衛門から「五色そうめん」が贈られた際の礼状に「五色そうめんは食べるより、まず美しさを楽しんでいる。冬日に映える遊糸のようで、まだ食べていない。朝晩近くにおいて、眺めるばかり。よほどの珍客がこなければ、食べるわけにはいかず、食べる時をずっと待っている」と記している。

五色の色というめでたい「五色そうめん」のおかげか、「ホトトギス」は当初の千五百部（一説には千部）はすぐに売り切れ、五百部を追加印刷した。

吉原堤《つつみ》にかかりますと、土手際に素麺屋《そうめんや》があって、一面に掛け連ねた索麺が布晒《さら》しのように風に靡《なび》いているのを珍しく思いました。

小金井喜美子『鷗外の思い出』

こがねい・きみこ（一八七〇〜一九五六）島根生まれ。

津和野藩医の家に生まれる。兄は森鷗外。東京女子師範学校（現お茶の水女子大学）附属高等女学校を卒業後、鷗外の先輩・小金井良精（よしきよ）と結婚する。

鷗外が帰国し、文芸活動を始めると、喜美子も参加し、近代詩の形成に多大な影響を与えた訳詩集『於母影（おもかげ）』や短歌など、女性文学者として名を馳せた。

『鷗外の思い出』は、鷗外研究に欠かせない資料となっている。

▲五色そうめん
（提供：五色そうめん株式会社森川）

素麺の原型は、奈良時代に中国から伝わった「麦縄」である。米粉と小麦粉を打ち粉にして手延べし、2本を索状によりあわせて油で揚げた「索《さく》餅《べい》」に近いものであった。それが鎌倉末期に、油をぬって手延べする「索麺」が主流になる。

【河東碧梧桐1】碧梧桐のバナナ論評に異を唱えた子規

子規は、新物食いである。

子規が初めてバナナを食べたのは、神戸病院だと思われる。子規の病状や食事を高浜虚子《きょし》や河東碧梧桐《へきごとう》らが書き留めた『病床日誌』明治二十八（一八九五）年七月二日には「パインアップル、バナナ、桃、枇杷《びわ》等を喫す」とあるが、食べた感想は残念ながら残されていない。

明治三十二（一八九九）年七月三日の竹村黄塔（鍛）宛ての手紙には、「鳳梨《パインアップル》とバナナの生を得て本望を達し候」とある。バナナを手にしたことが、自慢したいほど嬉しかったのだろう。

子規は、明治三十四（一九〇一）年三月二十日発表の「ホトトギス」の「くだもの」のなかで「台湾以南の熱帯地方では椰子《やし》とかバナナとかパインアップルとかいうような、まるで種類も味も違った菓物《くだもの》がある」「熱帯の菓物は熱帯臭くて、寒国の菓物は冷たい匂いがする」「菓物は淡泊なものであるから普通に嫌いという人は少ないが、日本人ではバナナのような熱帯臭いものは得食わぬ（食べられない）人も沢山ある」「しかしながら自分には殆《ほとん》ど嫌いじゃという菓物はない。バナナも旨い。パインアップルも旨い」と記している。

河東碧梧桐の『子規の回想』には「バナナが始めて我々の口にはいるようになった時、香気と言い甘味と言い、剥《む》くに手のかからない点、歯ざわりのいい具合、潤《うるお》いのある色など、これこそ理想的果物でないか、と私が讃嘆したのに対して、さほどでもない、軽く否定しつつ、私の新物喰いを笑ったことがある」とある。

当時、バナナは高嶺の花の果物だった。というのは、バナナは正式に輸入されておらず、外国航路の船員が持ち込んだバナナが日本の果物業者に買い取られて販売されていたのである。正式にバナナが輸入されるようになったのは明治三十六

相別れてバナヽ熟する事三度　明治35年

（一九〇二）年四月十日で、台湾バナナが神戸港に陸揚げされたのを嚆矢《こうし》とする。

河東碧梧桐は、明治六年、松山千船《ちふね》町（現千舟町）に生まれた。父は子規が学んだ儒学者の河東静渓《せいけい》で、兄の可全《かぜん》は子規の同級生になる。碧梧桐は松山中学から第三高等学校（現京大）、仙台の第二高等学校（現東北大）へ進み、中退した。

子規と碧梧桐の交流の始まりは、ベースボールである。兄の可全が、ベースボールのルールのコーチをしてもらうよう、子規に頼んだ。碧梧桐は、俳句にも興味を持ち、明治二十三（一八九〇）年、碧梧桐が十八歳のときに初めての俳句集をつくり、子規から添削を受けている。

明治二十八（一八九五）年、碧梧桐は本郷で虚子とともに下宿し、「日本」新聞にも入社したが、すぐに退社する。翌年、子規は碧梧桐と虚子を日本派俳句の双璧とした。しかし、子規の虚子後継者指名や、虚子の碧梧桐の婚約者強奪、「ホトトギス」出版、俳句への考え方などにより、碧梧桐は虚子と異なる道を歩むようになるのである。

私が階梯《はしご》に音を立てて上って行くと、女は卓の上で、椅子に腰をかけて書《ほん》など読んでいた。林檎やバナナやオレンヂなどがその上に転がっていた。

田山花袋『楽園』

たやま・かたい（一八七一～一九三〇）栃木生まれ。

幼少の頃は丁稚奉公をしていたが、帰郷して漢学を習う。兄とともに上京し、尾崎紅葉の門人となる。国木田独歩や島崎藤村と知り合ったのち、博文館に勤めた。

博文館から「文章世界」が創刊されると編集主任となり、この本は自然主義文学の拠点となった。代表作に『蒲団』『田舎教師』などがある。

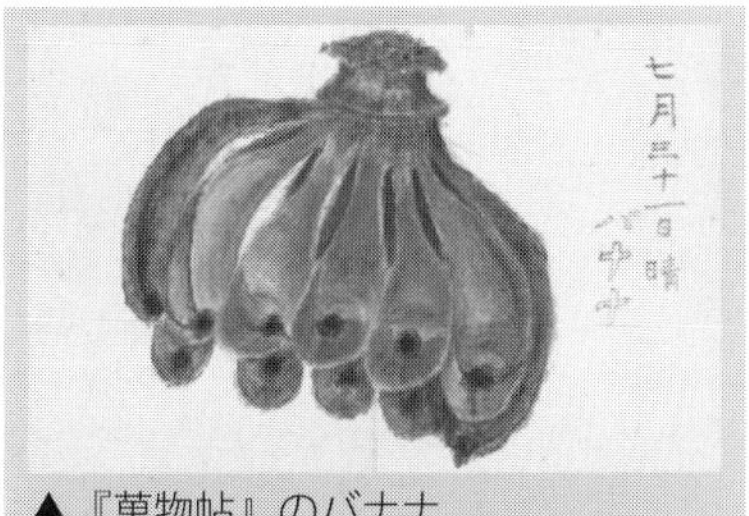

▲『菓物帖』のバナナ
（提供：国立国会図書館）

バナナは寒さに弱く、すぐに皮が黒くなる。子規の句「**初冬の黒き皮剥ぐバナヽかな**」はその様子を詠んだものである。

子規の門人の渡辺香墨は、明治33年に台湾に赴任している。どうもこの香墨が子規のところにバナナを送っていたようだ。子規の描いたバナナの画は、台湾バナナのようだ。

【河東碧梧桐2】碧梧桐が買ってきたリンゴで病床の品評会

明治三十二（一八九九）年八月、医者の宮本仲《ちゅう》から果物ばかり食べていることを注意された子規は、「菓物くわぬ程ならば生きて居る甲斐はあらじ、年々歳々寐てばかり居て肉体上の快楽は食物より外には何も無之《これなく》、食物の内にては菓物ばかり病を慰むる者はあらず、それをやめるなら何一つ楽があるべきや」と訴えると、宮本は同情したのか、何も言わなくなった。そして、「梨はよからず。僕の内に林檎《りんご》のもらいものあれば進《おく》らすべし。医者が病人に菓物を贈るとはあるまじき事なれども」と笑い、家に届いていたリンゴをくれたという。八月二十三日、叔父の佐伯政直に宛てた手紙には、「菓物を貰うこと夥《いちじる》しくほとんど自分の内では買わでも済む」と綴り、食べる量は「一日四個（梨、林檎など）位《くらい》を規則と致し居り候えども余所より貰いしものは六個にも八個にもなり候」と続く。注意を受けるはずである。

子規は『くだもの』という随筆で、独特のリンゴの食べ方を記している。皮に近い部分が一番美味しいので、皮を厚く剥《む》いてその裏を吸うのが常であった。

明治三十四（一九〇一）年十月十日、子規は河東碧梧桐《へきごとう》の持ってきたさまざまな種類のリンゴに直接名前を書かせた。碧梧桐は、かつて子規がリンゴの名前を知りたいといっていたので、水菓子屋（果物屋）からそれぞれのリンゴの名前を聞いてきたのである。

病床には、「満紅《まんこう》」「大和錦」「吾妻錦《あずまにしき》」「松井」「岡本」「紅しぼり」「ほうらん」といったリンゴが並んだ。『仰臥漫録』には、「満紅」が最もうまきもの、「松井」が最大なるもの、「ほうらん」が黄という感想が綴られている。

「満紅」は、津軽で「千成《せんなり》」と呼ばれた現在の「紅玉《こうぎょく》」である。「大和錦」は長野では「善光寺リ

札貼りし品評會の林檎かな　明治33年

ンゴ」という。「吾妻錦」は、品種不明。「松井」は「緋《ひ》の衣《ころも》」ともいう。「岡本」は「君が袖」と呼ばれる。「紅しぼり」は「水引」「晩紅絞」「雪光」「玉簪《たまかんざし》」などの名前がある。「ほうらん」は「鳳凰卵《ほうおうらん》」のことだ。

りんごは、産地ごとに異なった名前がつけられていたため、混乱をきたすことがあった。明治二十七（一八九四）年に仙台でリンゴの名称選定会が開催され、統一名がつけられることになった。しかし、それぞれの産地の主張が強く、明治三十三（一九〇〇）年の第六回大会で、洋種果樹の普及に努めた前田正名《まさな》を中心に据え、全国統一名を定めた。新しくつけられた名前にめでたいものが多いのは、皇太子（後の大正天皇）ご成婚にあやかったためだという。

斉藤康司著『りんごを拓いた人々』によれば「前田はこの祝い事のような名称を俳人子規の門弟寒川鼠骨《そこつ》の協力で創った」とある。子規は、このことを知って病床での品評会を開いたのだろうか？

「何だか苹果《りんご》の匂《におい》がする。僕いま苹果のことを考えたためだろうか」カムパネルラが不思議そうにあたりを見まわしました。「ほんとうに苹果の匂だよ。それから野茨《のいばら》の匂もする」

宮沢賢治『銀河鉄道の夜』

みやざわ・けんじ（一八九六〜一九三三）岩手生まれ。

賢治の誕生した頃には、三陸地震や陸羽地震が重なり、東北は大変な事態に陥っていた。このことが「雨にもまけず風にもまけず」の詩の精神に色濃く漂っている。詩人で童話作家のほかに、農業指導者や地質学者、音楽家といった顔も持っている。代表作に『銀河鉄道の夜』『風の又三郎』などがあるが、ほとんどは賢治の死後に話題になったものである。

▲『舶来果樹要覧』に掲載されている「りんご」のイラスト

（提供：国立国会図書館）

リンゴ栽培に尽力したのが前田正名（1850～1921）である。パリ留学後、三田育種場で洋種果樹の普及に努めた。官僚として農務畑を歩み、退官後は元老院や貴族院の議員を務め、男爵の爵位を得ている。

【天田愚庵】愚庵が心配した釣鐘柿のお礼の遅さ

天田愚庵《あまだぐあん》はユニークな人物である。

安政元（一八五四）年、磐城平《いわきだいら》藩士の家に生まれた。幼い身ながら戊辰《ぼしん》戦争で戦い、落城したので敗走したが、許されて藩校に学んだ。上京してニコライ神学校に学ぶと、ひょんなことから山岡鉄舟《てっしゅう》の門に入り、国学を学んで東海道・中国・九州を歴訪。佐賀の乱の際には、反乱分子と間違われて投獄されたこともある。北海道で肺を病んで帰郷療養中に、のちの「日本」新聞代表の陸羯南、子規の叔父・加藤拓川と知り合った。

明治十一（一八七八）年、愚庵は山岡鉄舟の紹介で清水港の侠客《きょうかく》・次郎長こと山本長五郎に身を預けた。のちに次郎長の養子になり、次郎長一家誕生から荒神山《こうじんやま》の喧嘩までの話を本にまとめ、明治十七（一八八四）年に『東海遊侠伝』として刊行するが、なぜか養子を解消。明治二十（一八八七）年に得度して鉄眼《てつげん》と称した。このころより羯南との交際を深め、子規を知る。愚庵の号は、京都産寧坂《さんねいざか》に開いた庵《いおり》の名からとっている。

明治二十五（一八九二）年十一月、子規が母と妹を東京に引き取るために神戸まで出向いた折、京都に立ち寄り、その月の十五日に寺町で買い求めた柚味噌を土産に愚庵を訪ねた。

明治三十（一八九七）年五月十八日、子規の柿好きを知る愚庵は「園中の柿秋になり候ば一筐《はこ》差上可申《もうすべき》と今より待居候《まちおりそうろう》」と手紙を送った。

十月十日、愚庵は庵に仮寓していた桂湖村《こそん》に頼んで、柿十五個とマツタケを届けてきた。「釣鐘」という名の大きな柿である。子規は早速三個食べ、その夜に十個を食べた。

当時、子規は小説『曼珠沙華《まんじゅしゃげ》』を書いていて忙しく、愚庵への礼状を出すのが遅れていた。十月二十八日に「多年の思い今日に果たし候」という愚庵への礼状を出すと、その翌朝に湖村が子規を

柿熟す愚庵に猿も弟子もなし　明治30年

訪ねてきた。湖村へのハガキには六首の短歌が記され、そのなかに「**正岡はまさきくてあるか柿の実のあまきともいわずしぶきともいわず**」とある。

愚庵は心配している。しかも、礼状はまだ愚庵のもとに届いてない。そう考えた子規は、再び詫びの手紙を送る。「**柿の実のあまきもありぬかきのみの渋きもありぬしぶきぞうまき**」という短歌は、愚庵のハガキの歌への返歌でもあった。

翌年の柿の季節には、当時大阪朝日新聞京都支社の記者をしていた寒川鼠骨《さむかわそこつ》の提案で、愚庵の柿を枝ごと折り、夜汽車に飛び乗って東京の子規の家までそれを届けた。

今回の子規は、前回の愚を繰り返さないよう、愚庵宛ての礼状をすぐさま送った。

だが、柿を届けた鼠骨に、思わぬことが起こる。日頃から鼠骨を快く思わぬ同僚が、仕事の途中で上京した鼠骨を非難する。たまたま京都に来ていた陸羯南に相談して、鼠骨は辞表を会社に提出した。愚庵の釣鐘柿には、厄介ごとの種が潜んでいるようにも思える。

その串柿を外して散々いぶして復《ま》たそっと掛けて置いた。柿はそれから蔕《へた》が離れて一つ落ち二つ落ちて今年の柿はどうかしたというちに満足に乾き上ったものはなくなった。

長塚節『芋掘り』

ながつか・たかし（一八七九〜一九一五）茨城生まれ。

大地主の家に生まれた。身体が弱く、療養しながら読書生活を続け、短歌に関心を持つ。子規門下となり、「アララギ」の創刊に携わる。子規が提唱した写生主義を継承し、写生文をはじめ、小説を「ホトトギス」に発表。代表作の『土』は、当時の農村を写実的に描写している。

子規から指示された農村の発展に努めたが、喉頭結核で没した。

▲天田愚庵（1854 ～ 1904）

生き別れた親を捜すため、写真師となって台湾までわたったり、岩倉具視の暗殺を謀ったりと、その行動力と思想の過激さは凄まじい。

和歌に通じ、ありのままの心を歌う万葉調を正しいとする考えは、子規にも影響を与えた。

【古島一念】ザボンを送った一念と子規の果物不食宣言

明治三十一（一八九八）年、日本新聞の主筆であった古島一念は福岡にいた。明治二十年創刊の「福陵新報《ふくりょうしんぽう》」が「九州日報」へと名前を改めるにあたり、主筆として招かれたのである。

一念は、慶応元（一八六五）年、但馬国《たじまのくに》豊岡（現兵庫県豊岡市）の代々勘定奉行を務める藩士の家に生まれた。明治二十一年には、雑誌「日本人」の記者となり、「九州日報」を経て「万朝報《よろずちょうほう》」に移った。明治四十四（一九一一）年の衆議院補欠選挙で立憲国民党から出馬して見事当選。以後当選六回を数え、昭和七（一九三二）年には貴族院議員に勅撰され、戦後も貴族院が廃止されるまで議員を続けた。日本自由党の鳩山一郎が公職追放となった際、吉田茂《よしだしげる》を推薦。吉田茂の相談役となり、昭和二十七（一九五二）年に逝去した。

一念は、果物好きの子規のために、ジャボン（ザボン）を送った。この年の五月二十一日に出されたザボンのお礼には「君はジャボンを見ると鬼の首取ったようにいわるれど四国に生れた者にはジャボンはそれ程珍らしゅうない。何か外に珍菓がありそうなものじゃ」とあり、続いて「僕の内《うち》は今月初より非常の御倹約で日課の菓物を廃した。決心しはじめは甚《はなは》だ覚束《おぼつか》なき感じがして、とても と思うたが、そこは男だ、無理に我慢をしたが（もっとも菓物なければ仕事は少しも出来不申《できもうさず》）、人から夏蜜柑を十余り貰って先日中四五日は先ずありついたと思うたがもう無くなった、ポカン」と書いている。宮武外骨《みやたけがいこつ》著『明治奇聞』によれば、「ポカン」というのは人を呼んで返事をするときの相づちで、「明治大正年間にも間歇《かんけつ》的に流行した」とある。ポンカンと掛けているのかもしれない。

子規は、経済的な事情から果物を止めようと考えたようだが、結局、果物を食べ続けた。

明治三十二（一八九九）年五月十二日、大原恒《つね》

林檎無き國をあはれむジャボン哉　明治32年

徳《のり》への手紙には「一切の食物はやめにして牛乳と菓物ばかりに御坐候」とある。父方の従兄で、当時五十二銀行今治支店長をしていた佐伯政直への子規の手紙（明治三十二年八月二十三日）には「この頃でも相変らず毎日の菓物はやみ不申《もうさず》飯くわぬ日はあれど菓物くわぬ日は無御坐候《なきにござそうろう》」とある。

翌年の三月二十一日の恒徳宛て手紙には「不相変《あいかわらず》菓物はよくくい申候。腹をいため候えども今日では最早《もはや》到底やめ難く候」と書き、果物を控えるのは難しいと悟ったようだ。

だが、「余がくだものを好むのは病気のためであるか、他に原因があるか一向にわからん、子供の頃はいうまでもなく書生時代になっても菓物は好きであったから、二ヶ月の学費が手に入って牛肉を食いに行たあとでは、いつでも菓物を買うて来て食うのが例であって。大きな梨ならば六つか七つ、樽柿ならば七つか八つ、蜜柑ならば十五か二十位食うのが常習であった（『くだもの』）」という子規である。果物の魔力に負けて、結局は果物を食べ続けてしまった。

台湾では文旦《ぶんたん》という形の尖ったうちむらさきや普通の丸いざぼんや、ぽんかん、すいかん（ネーブル）等を籠に入れて毎日の様……売りにきた。

杉田久女『朱欒《ザボン》の花のさく頃』

すぎた・ひさじょ（一八九〇～一九四六）鹿児島生まれ。父の転勤に伴い、沖縄、台湾で過ごし、十八歳で東京女子師範付属高等女学校（現お茶の水女子大付属高等学校）を卒業し、画家の杉田宇内と結婚した。高浜虚子に師事して「ホトトギス」同人となる。近代俳句における最初期の女性俳人のひとり。

▲古島一念
（提供：松山市立子規記念博物館）

古島一念が政界入りしたきっかけは、明治44（1911）年に起こった辛亥革命である。辛亥革命のすぐあとに衆議院議員補欠選挙があり、犬養毅の支持で選出されてしまった。中国事情に詳しく、清潔な人柄の政治家が求められており、選挙には圧倒的強さで当選を果たしている。

【石井露月】日本新聞を辞する石井露月に送った渋柿の句

明治二十九（一八九六）年十月二十六日、目黒不動尊前の茶亭「福島屋」において句会が催された。この句会は、子規の門人の石井露月《ろげつ》が医術前期学科試験に合格して、故郷秋田に帰る送別会でもあった。

露月は、子規門下で高浜虚子《きょし》・河東碧梧桐《へきごとう》・佐藤紅緑《こうろく》とともに、子規門四天王と称されていた才能の持ち主である。日本新聞連載の「明治二十九年の俳句界」では、子規は露月が河東碧梧桐、高浜虚子に続く異才であると書き、「警抜《けいばつ》」と評している。「警抜」とは、着想などが抜きん出てすぐれていることをいう。

露月は、農家の二男坊として秋田の女米木《めめき》村に生まれた。河北《かほく》中学に入学するが脚気《かっけ》を患って退学し、療養に努めた。二十歳のときに上京して浅草三筋町の医院の薬局生となるが、文学の道をあきらめきれず、坪内逍遥《しょうよう》の書生となるべく働きかけたが断られる。逍遥は、文学で身を立てるには天分と資本の両方が必要であることを説いた。露月は、自分に資本が欠けていることを自覚した。

逍遥の書生になることを断られ、ふさぎ込んでいた時、知り合いの藤野古白から子規を紹介された。露月は、子規が編集長をしていた「小日本」で仕事につき、「小日本」廃刊のあとは「日本」新聞社で記者をした。しかし、再び脚気になって明治二十七（一八九四）年に帰郷したのである。

秋田の地で医者をめざして勉強し、二十九年の九月に上京して試験を受けると、見事合格した。

露月は、子規に医者になりたいと相談したところ、子規は「しばらく憮然として言葉なく、顔には不平の色が現れた」と『吾家の子規居士（回想の子規）』に書いている。

露月は、後期の試験勉強のため、秋田に帰ろうとする前にこの句会へ出席した。子規はこの句会

樽柿の少し澁きをすてかねし　明治30年

で露月に対し「**渋柿は馬鹿の薬になるまいか**」という句を詠んだ。

子規は、露月が医学の道を進むことに対して、その文才を惜しんだ。自分の側にいてほしいという気持ちと、露月の心が変わらぬかと願う気持ちを、「**渋柿は馬鹿の薬になるまいか**」という句で表現したのである。これに対し、露月は「**渋柿を喰ってしまへば帰るなり**」と返した。

露月は、その後、医術後期試験の学科と実技に合格し、明治三十二（一八九九）年に帰郷して、女米木村と隣の種平村の村医を務め、その翌年に島田五空《ごくう》、佐々木北涯《ほくがい》らと「俳星」を刊行する。この「俳星」は、のちに秋田を代表する俳誌となる。子規との親交は露月の帰郷後も続き、地域の発展に寄与し、俳壇においても後進の指導に努めて大きな影響を残した。

渋のよく利いた「俳句」という柿は、どうやら馬鹿の薬になったようである。

病人や死亡者を出した流行病の煩《わずら》いから、みんなようやく一息ついたところだ。その年の渋柿の出来のうわさは出ても、京都と江戸の激しい争いなぞはどこにあるか…

島崎藤村『夜明け前』

しまざき・とうそん②

自然主義文学の金字塔といわれる『夜明け前』は、藤村の父・島崎正樹をモデルにしている。平田篤胤を信奉する国学者で、島崎家は代々本陣や庄屋を務めた家柄だ。明治維新で幕府に裏切られ、座敷牢に閉じ込められて狂死したのはほぼ事実である。初期の藤村の詩のみずみずしさとは異なる苦みが、小説にはある。

▲干柿

渋柿の渋を抜くのは、渋味の原因であるタンニンを舌で感じさせなくすること。干柿にしてタンニンを溶けにくくさせるのが一般的だが、アルコールや炭酸ガスでタンニンをアセトアルデヒドにくっつけ、渋味を感じなくさせる。昔は、風呂の残り湯に一晩つけおいたりした。

【寒川鼠骨】出獄してきた寒川鼠骨を祝う鮓

足尾鉱毒事件を取材し、「日本」紙上で時の総理大臣・山県有朋《やまがたありとも》を批判した寒川鼠骨《さんがわそこつ》は、明治三十三（一九〇〇）年三月二十七日に官吏侮辱《かんりぶじょく》罪で投獄されてしまった。

子規は、鼠骨が監獄未決監に入獄したとき「獄中の鼠骨を憶う」の詞書《ことばがき》で「**天地《あまつち》に恥ぢせぬ罪を犯したる君麻縄《あさなわ》につながれにけり**」「**人屋《ひとや》なる君を思へば真昼餉《まひるげ》の肴《さかな》の上に涙落ちけり**」など八首の歌を詠んでいる。

鼠骨出獄のときには、河東碧梧桐宛てに「飄亭《ひょうてい》と鼠骨と虚子と君と我と鄙鮓《ひなずし》くはん　十四日夕」と同郷の門人に呼びかけた。子規は「鼠骨の出獄を祝す」の詞書で「**くろがねの人屋をいでし君のために筍鮓《たけのこずし》をつけてうたげす**」という歌を詠んだ。

鼠骨は、入獄していた十五日間の獄中記「新囚人」を「ホトトギス」に掲載したが、この文は、優れた写生文として話題になった。

鼠骨は、松山三番町に生まれ、松山中学から河東碧梧桐と同時に第三高等学校に入学。高浜虚子《きょし》、碧梧桐と同じ下宿に住んだ。翌年、学制改革で三高が解散となったが、鼠骨はそのまま京都に残り、日の出新聞、大阪朝日新聞京都支社に勤めた。しかし、天田愚庵《あまだぐあん》の柿を子規宅に運んだことから朝日新聞を辞めることになり、上京したのである。

他の新聞社からも声をかけられていた鼠骨は、子規に相談した。鼠骨の『随攷《ずいこう》子規居士』には、「私の話すのを黙って聞いていた子規居士は私の言葉が終わるのを待ちかねたように『そりゃア日本さ』と、やや急き込んだ調子で言い放たれた。……人間は最も少ない報酬で最も多く働くほどエライ人ぞな。一の報酬で十の働きをする人は百の報酬で百の働きをする人よりエライのぞな。……人は友を撰《えら》ばんといかん。『日本』には正しくて学問の出来た人が多い……マア辛抱おしや……途切れ途

筍や鮓の五月となりにけり　明治29年

切れに忠告されるのであった」とある。結局、鼠骨は、朝日新聞の議会係で二十五円、京華日報の社会部で十八円という月給を蹴って、「日本」新聞の校正係十二円の生活を選んだ。

鼠骨は、子規没後も子規の家族に愛され、晩年は子規庵の保存に努めている。

『随攷子規居士』には「居士の郷里松山の人は皆鮓を賞味する。正月の重箱にも鮓、氏神祭礼にも鮓、遊学子の送別にも鮓、料理屋へ行っても必ず一皿の鮓は欠かさず膳に乗っている。勿論鯛鮓だが、その他の材料によるものでも鮓なら何でも賞味する。およそ宴会に鮓はかくべからざるものとしているくらいだ。居士もそうした風俗に育って来たため、鮓は好きであった。……精進鮓の材料としては筍、凍豆腐《こおりどうふ》、凍蒟蒻《こんにゃく》、松茸、蓮根《れんこん》などに、青味として春ならば蕗《ふき》、莢豌豆《さやえんどう》、秋ならばいんげん豆、藤豆、紅味としては必ず人参が必要なのだ」と書いてある。鼠骨も松山生まれなので、鮓は好物のはずである。出獄の日の「筍鮓」の味は、涙の味がしたのだろうか。

茶を入れ更えて薦めるところへ、重に詰めた鮓が出る。「サア貴方の好物だ、昔ながらの翁ずしですよ。お邦さんはお馴みだったっけ」

柳川春葉『錦木』

やながわ・しゅんよう（一八七七～一九一八）東京生まれ。尾崎紅葉のもとを訪れ、玄関番にしてもらう。紅葉のもとで小説や詩作に励み紅葉が補筆した短編小説『白すみれ』が出世作となった。結婚後、作品は「家庭小説」と呼ばれるようになる。

▲寒川鼠骨（提供：松山市立子規記念博物館）

子規は、鼠骨を好んだ。「余の内へ来る人にて病気の介抱は鼠骨一番上手也。鼠骨と話し居れば不快のときも遂にうかされて一つ笑うようになること常也。彼は話上手にて談緒多き上に調子の上に一種の滑稽あればつまらぬことも面白く聞かさるること多し」と語っている。

【伊藤左千夫】牛飼いの歌人・伊藤左千夫に聞いた牛乳の魅力

伊藤左千夫は、元治元（一八六四）年八月に、上総国《かずさのくに》武射《むさ》郡（現千葉県山武《さんむ》市）で生まれた。子規の三歳年上になる。十八歳の春、勉学のために上京し、明治法律学校（現明治大学）に籍を置いたが、目の病気で退学した。二十二歳の時、近眼のため兵役免除となったのを機に再度上京し、東京の牧場で働いた。明治二十二（一八八九）年、茅場《かやば》町で牛乳搾取業を始めると、新興産業のため利益が多く、しかも左千夫は勤勉でもあり、経済的余裕もできた。そうしたなかで、短歌や茶道に興味を持ったのである。

明治三十一（一八九八）年の二月から三月にかけて「日本」紙上に連載された『歌よみに与ふる書』は大きな反響を得た。議論好きで投書魔だった伊藤左千夫は、反論を書いて「日本」に送った。

俳句は短歌の下にあるとする左千夫に、文学に階級はないと子規はたしなめた。「調」を重視する左千夫に対して、子規は「想い」を主張した。古今集のように技術のみに頼るのではなく、素直に想いを詠み込むことこそが歌の本質であると論じたのである。

明治三十三（一九〇〇）年一月二日、左千夫の短歌が「日本」紙上の「竹の里人選歌」に選ばれたのをきっかけに子規宅を訪問した。左千夫は、子規の知識と人柄に触れて虜《とりこ》になる。「天質において偉人たりし子規子は人格においても偉人なり、そは子規子生涯を通じて一貫せる態度の絶対的になりしにあり」と『絶対的人格（※回想の子規）』で書き、左千夫は終生、子規を師と仰いだ。

書生気分の抜けない者が多い子規門の中で、生活に根ざした左千夫は異風を放った。自らを牛飼《うしかい》と称し、傍若無人《ぼうじゃくぶじん》な物言いは問題となったが、次第に歌会で認められるようになった。

明治三十三（一九〇〇）年四月一日の根岸庵歌

牛飼はどこに眠りて春の草　明治29年

会で、和田不可得《ふかとく》の「**病みこやすあが枕辺のつくり鳥鳴くと思えば夢さめにけり**」の「こやす（横になる）」の使い方が問題になった。左千夫は「こやる」と改めると一同が笑った。「こやす」は「こやる」の尊敬語になると左千夫が主張するので、子規が出版社の冨山房《ふざんぼう》で芳賀矢一らと辞書の編集に従事している竹村黄塔に問い合わせると、それが正しいとわかる。このことで、左千夫を「牛飼」と馬鹿にする声は小さくなっていった。

代表作「**牛飼が歌よむ時に世の中の新《あらた》しき歌大いにおこる**」の歌通り、左千夫は四十八歳で亡くなるまで搾乳業を続けた。

牛乳が飲まれるようになるのは、西洋文化を積極的に取り入れた明治時代になってからである。はじめは政府高官や外国公使館員などの飲用であったが、まもなく、牛肉以上に栄養のある万病の薬として多くの人々が飲むようになり、牛乳搾取業は繁昌した。左千夫の時代を見る目は確かだったのである。

消毒無菌牛乳販売所と記して、その店先にお約束の花瓶、椅子も数十脚を並べてあるのに、毎朝通ってくるのは多くお店者の衛生家、大方は新聞を読むのが目的……。

山岸荷葉『紺暖簾』

やまぎし・かよう（一八七六〜一九四五）東京生まれ。小間物問屋の次男として生まれ、義姉の従兄弟にあたる尾崎紅葉門下に入り、硯友社同人となった。小説のみならず、戯曲にも力を発揮し、川上音二郎一座が上演した「ハムレット」の翻訳にも力を尽くした。

▲子規が描いた伊藤左千夫

（提供：松山市立子規記念博物館）

伊藤左千夫は明治39（1906）年、「ホトトギス」に発表された小説『野菊の墓』で有名になる。夏目漱石は「野菊の花は名品です。自然で、淡泊で、可哀想で、美しくて、野趣があつて結構です。あんな小説なら何百篇よんでもよろしい」と絶賛した手紙を送った。

【長塚節1】長塚節の愛にあふれた栗の贈物

小説『土』や短歌で知られる長塚節《ながつかたかし》は、子規の門人である。

「貫之は下手な歌詠みにて古今集はくだらぬ集に有之候《これありそうろう》」で始まる『歌よみに与ふる書』に共鳴した節は、明治三十三（一九〇〇）年三月二十七日、子規庵を訪れるが、門前に人力車があり、来客の邪魔をしてはならないとそのまま帰り、三十日の午前中、客の来ないうちに再び子規を訪ねた。

子規は、節が持参した季節はずれの丹波栗二升の土産に、「どのように保存するのか」と聞いたと『竹の里人』に描写されている。節がこの日に詠んだ歌は、四月二日の「日本」紙上に登場した。節は、出来の悪さを恥じつつも喜んだ。

長塚節の実家は下総国《しもうさのくに》岡田郡（現茨城県結城郡）国生村《こっしょう》で田畑二十七町、山林四十町歩という大地主で、栗の季節になると子規に栗を送った。

この年の九月二十七日、子規は長塚節宛てに「君がくれた栗だと思うとうまいよ」という礼状を送っている。『仰臥漫録』には「長塚の使、栗を持ち来る。手紙にいう、今年の栗は虫つきて出来わろし。俚諺《りげん》に栗わろければその年は豊作なりと。果して然り云々。栗の袋の中より将棋の駒一ツ出ず（明治三十四年九月九日）」とある。

子規に届いた栗は、その日の朝に栗小豆飯三椀、昼は栗飯の粥四椀、夕は煮栗となり、子規は一日中栗を食べている。そして、「**栗飯や糸瓜《へちま》の花の黄なるあり**」「**主病む糸瓜の宿や栗の飯**」「**栗飯の四椀と書きし日記かな**」「**栗出来ぬ年は五穀豊穣なりとかや**」「**真心の虫喰ひ栗をもらひけり**」の句を詠んだ。

節は、明治三十四年一月に雉《きじ》、二月と九月に田雀、四月に木の芽、五月に茱萸《ぐみ》、八月に梅羊羹、九月に栗と鴫《しぎ》、十二月に蜂屋柿、菓子、三十五年二月に兎、三月に金山寺味噌、四月に兎や醤《ひしお》など、

かち栗もごまめも君を祝ひけり　明治34年

六月に桑の実、七月にやまべと茱萸、八月に大和芋と、さまざまな山と里の幸を子規に送っている。

子規と節の親密さを見ていた伊藤左千夫は、『正岡子規君（※回想の子規）』で「先生には一人の愛子《まなご》がいた。……その関係というものが、その交りの親密さというのがどうしても親子としか思われない点から、予は理想的に先生の愛子じゃと云うた訳である。……先生と長塚との間柄は親子としては余りに理想的で、師弟としては余りに情的である」と記している。

子規が死を迎えた日、節は子規に栗を送ろうとしていた。「九月十九日、正岡先生の訃《しらせ》いたる、この日栗拾ひなどしてありければ」との詞書きで「**ささぐべき栗のここだも掻きあつめ吾はせしかど人ぞいまさぬ**」を含む三首を詠んでいる。例年のように、栗を子規に送ろうと山に入って急いでかき集めたのだが、子規はもうこの世の人ではなくなってしまった。節は、やり場のない切なさを栗の歌に託したのである。

長き夜の徒然《つれづれ》を慰めて囲い栗の、皮剥《むい》てやる一顆《いっか》のなさけ、嬉《うれ》しげに賞翫《しょうがん》しながら彼も剥きたるを我に呉るるおかしさ。

幸田露伴『風流仏』

こうだ・ろはん（一八六七〜一九四七）江戸生れ。
幕臣の家に生まれ、東京英学校（現青山学院大学）に進むが中退。坪内逍遥の小説に感化され、『露団々』を発表すると山田美妙が絶賛し、『風流仏』『五重塔』『運命』などの文語体作品で文壇での地位を確立した。子規は露伴が好きで、自分の小説を批評してもらったこともある。

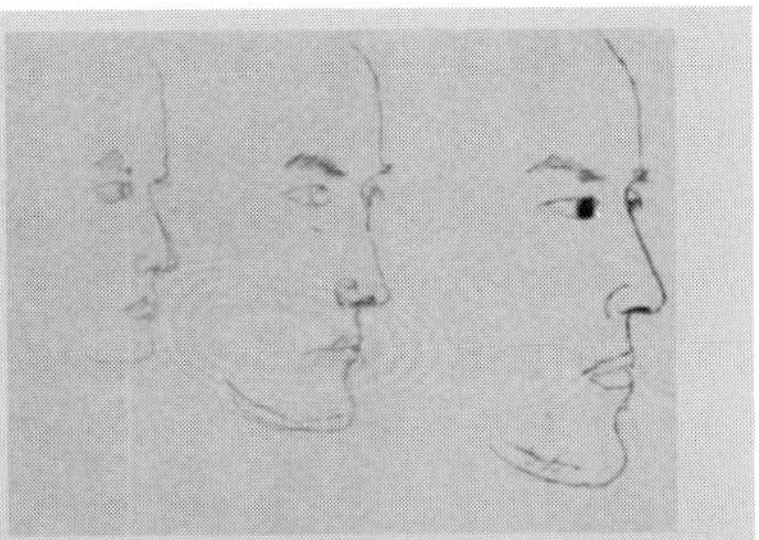

▲長塚節（「歌仲間の図」部分）
（提供：松山市立子規記念博物館）

子規は、長塚節に宛てた明治35年8月19日の手紙で、「君は自ら率先して君の村を開かねばならぬ」と書いた。学校建設や農談会などを開いて、地域の人々に教育を施し、地域振興に尽力するように伝えたのである。節は、子規没後、青年会の会長を務めるなど、子規の指示に従った。

【長塚節2】子規を健康にしたいと兎を送った長塚節

明治三十五（一九〇二）年二月十一日、下総国《しもうさのくに》（現茨城県）の長塚節《たかし》から一羽の兎が子規のもとに贈られてきた。さっそく伊藤左千夫が庖丁の音をカツカツと鳴らしてさばき、河東碧梧桐《へきごとう》と寒川鼠骨《そこつ》らと食べた。子規は、炙《あぶ》った背中の肉を食べ、旨いと呟いた。残りを秀真《ほつま》に食べさせてやりたいが、家が遠いので呼ぶことができない。赤木格堂《かくどう》も岡麓《ふもと》も、この至福にありつけないのが可哀想だと子規は思った。

この時のようすを詠《うた》ったのが「下総の節《たかし》のもとゆ　贈り来し柔毛《にこげ》兎を　厨刀音《くりやかたな》かつかつと　牛かひの左千夫がほふり　ふた股の太けきを煮て　桐の舎（碧梧桐）と陽光《あきみつ》（鼠骨）ぞ食《お》す　あなうまそびらの肉の　炙《あぶ》れるを病む我取らん　残れるを秀真もがもな　家遠み呼ぶすべをなみ　もみぢ葉の赤木も岡も　あはれ幸なし」という長歌「煮兎憶諸友《うさぎをにてしよゆうをおもう》」で、三月二十四日付の「日本」新聞に掲載された。

節は、前年一月に雉《きじ》、二月と九月に田雀、九月に鴫《しぎ》といった鳥獣を送っている。

明治以前、こうした野鳥や兎は、肉食の範疇《はんちゅう》に入らなかった。牛、馬、豚、鶏といった獣肉食は禁忌の対象だったが、野鳥は普通に食べられていた。兎はよく跳ねるために鳥と同列だと考えられたのか、これも禁忌の対象ではない。たとえ禁忌であっても、江戸時代には「ももんじ屋」で「薬喰い」と称し、獣の肉を食べていた。名目は滋養のための食事だが、なかには牛や馬の肉のおいしさに魅了された人々もいたようだ。

子規の身体を健康にするために、節が考えたのが、こうしたジビエ食を送ることだったのだろう。子規は、牛鍋やビフテキも好んで食べたが、鄙《ひな》に住む節には、最適の贈り物だったのだろう。

明治三十一（一八九八）年二月十二日に「日本」

明月や山かけのぼる白うさぎ　明治25年

新聞に発表した「歌よみに与ふる書」により、子規は歌壇のほぼ全体を敵に回していた。

俳句で松尾芭蕉《ばしょう》を攻撃し、与謝野蕪村《よさのぶそん》を持ち上げたように、子規は短歌の世界でも『古今集』を攻撃し、『万葉集』の率直な描写こそが真実の歌であることを説いた。このことに、伝統的な日本人の心情を旨とする旧派歌人から非難の声が上がったのである。

「日本」新聞の陸羯南《くがかつなん》も、子規の短歌に対する考えには同調しない。万葉集に戻ることを提唱した京都の天田愚庵《ぐあん》でさえも、論調の過激さを案ずる手紙をよこした。子規は、短歌の世界で四面楚歌の状態だったのである。

明治三十二（一八九九）年二月、短歌を志す香取秀真と岡麓が子規を訪ねてきた。この年の秋には赤木格堂が子規宅を訪れた。翌年には伊藤左千夫と長塚節が子規門に加わり、子規の短歌革新運動は活気づいてくる。こうした根岸における短歌の活動が、のちの「馬酔木《あしび》」「アララギ」へと展開されていった。

吾輩幼時和歌山で小児を睡《ねむ》らせる唄にかちかち山の兎は笹の葉を食う故《ゆえ》耳が長いというたが、まんざら舎々迦《ささか》という梵語《ぼんご》に拠って作ったのであるまい。兎を野猫児とはこれを啖肉獣たる野猫の児分《こぶん》と見立てたのか。

南方熊楠『十二支考』

みなかた・くまぐす（一八六七～一九四一）紀伊生まれ。
日本の博物学者、生物学者、民俗学者。代表作に『十二支考』『南方随筆』などがある。共立学校、大学予備門で子規の同級。「ネイチャー」に掲載された論文は約五十で、日本人として最高記録となっている。

▲歌川広重「名所江戸百景・びくにはし雪中」

広重の浮世絵に大きく「山くじら」と書かれているが、これは「獣店《けものだな》」といい、獣の肉を売っていた。

【岡麓1】岡麓が届けた鶏肉のタタキは子規の気に入らなかった

明治三十二（一八九九）年二月初旬、子規宅に岡麓《おかふもと》と香取秀真《かとりほつま》が訪ねてきた。子規は、ふたりと短歌の「調」について話した。帰り際、ほととぎす発行所から一月二十日に刊行されたばかりの『俳諧大要』を手渡している。

岡麓は、明治十（一八七八）年三月三日に東京で生まれた。本名は三郎である。正岡子規に入門し、子規没後「馬酔木《あしび》」編集同人となる。歌から遠ざかった時期もあったが、大正五（一九一六）年より、アララギ同人となった。書家としても知られる。

岡麓は、子規宅訪問以来、尊敬する子規に対して手厚く世話をし、さまざまな食べ物も届けた。

岡麓が著した単行本『正岡子規』のなかの「食物」には「先生が御病体だから、なるべく消化のよいようにと、鶏肉のたたきをつくらせて持参した。鶏肉と鶏卵とをたたき合せてつくったものだ。晩の食事にそれをあがったが、食後にいわれるには『君はやわらかい鶏を食べた事があるかね。連雀町《れんじゃくちょう》（日本新聞社の近く）のぼたん（鶏や）へ行って食ってみたまえ。一円ありゃアたりる』と、どうも不機嫌で、歯がゆさ、もどかしさがことばの調子にもわかった。やむを得ず、無言でうなずいていた。またその後東京一（魚河岸の蒲鉾や）のかん茂のはんぺんを注文しておいたのだ。自分が好物であるので、うっかり持参した。はんぺんというのは魚肉を叩いてすりこなしたのを、蒸しかためたもの。かん茂のは自然薯《じねんじょ》をすり込んであるので煮ても焼いてもよく、汁に入れると一層ふくらみ美味なのである。その日は早くおいとましたようだ。次の時話のついでに『君、やわらかいものだの、味のうすいものばかり食べるから、都会の人間は女のようになる』といわれた。当時の私はからだが弱く、のべつに風邪をひいては熱を

鶏ないて蓬莱の山明けんとす　明治29年

出した。それのみではなく、学校の教育を受けず、運動などはまるで知らず、若い人との交際もなかったし、たしかに女のようにぐずついていたのだ。だから先生は癪《しゃく》にさわってならないのに、時折のおみやげがこれだ。それでかん茂もなにもあった物ではなく、骨つきの魚なんか食わないのだろう、どうもいかんと思われたのだ」とある。歯が悪い子規のために届けた柔らかい食べものは、子規の気に入らなかったようだ。

もうひとつ、子規の食べものに関する面白いエピソードがこの本に載っていた。「梅雨季のある曇日私は先生をおたずねするのに、手土産がなかったので、……一鉢豆林檎《りんご》が五ツ六ツなっていたのを買って持参した。……先生はじっと鉢を見ておられたが、何等の興もなかったらしかったが《ママ》、畳の上にころがった一ツを手をのばして拾われ、硯《すずり》箱のナイフを反古《ほご》紙でぬぐわれて、皮をむぎ口にされたが、すぐはき出されたきり何ともいわなかった」という。子規の食意地が、そのままに描写されている。

鶏を食い鶩《かも》を食う。また曰《いわ》く、恐る可《べ》し。蓋《けだ》し妓にして鳥肉を食う者百に一二、若し食えば焉《いずくんぞ》則ち衆目して饕餮《あくじき》となす。噫《ああ》また怪《あやし》なりや。

成島柳北『鴨東新誌』

なるしま・りゅうほく（一八三七～一八八四）江戸生まれ。

儒家の家に生まれ、幕末に将軍侍講を勤める。維新後、欧州随行の旅に誘われ、岩倉具視や木戸孝允の知遇を得る。のちに「朝野新聞」や文芸誌「花月新誌」を創刊。

新政府から出仕を勧められたとき「天地間無用の人」と自らを規定し、「無用の道」である文学・報道を選定。維新への風刺と批判の精神を培ったのは、この人に負うところが大きい。

▲岡麓

子規のところに浜焼きの鯛が届いたことがあった。送ってきてから日数が経っていたので、蛆《うじ》がわいていた。子規はそれをとりのけて、一箸か二箸、麓に出してくれた。麓は、これを「せっかくの厚意を無にされない心持ち」だと感じ入っている。

【岡麓2】岡麓にねだった西洋菓子と子規の好物

明治三十三（一九〇〇）年十一月三十日、子規は伊藤左千夫と岡麓を自宅に招いた。自宅の煖炉《だんろ》の据え付け祝いを催行した。十三日に行った据え付け工事の労をねぎらうためである。

その前日、岡麓に子規から手紙が届いた。祝いの念押しと「甚だ失礼なれども青木堂の西洋菓子三四十許《ばかり》御買求御持参被下《くだされ》まじくや」と、西洋菓子購入を頼んできた。

岡麓は、子規の注文に応えて帝国大学の脇にある青木堂に寄って洋菓子を買い求めた。麓は、洋菓子屋に寄るのは初めての経験であった。

子規宅に届けると、子規は待ちかねたように箱を探った。そして「シュークリームがないなあ」と独り言を呟いた。子規は、昨年の同時期に坂本四方太が届けてくれたシュークリームの味が忘れられなかったようなのである。

昨年は、四方太に「シューだとかフランスパンとか花火の音見たような名を聞きながら喰うたのもうれしかった（明治三十二年十一月二十九日書簡）」というお礼を告げている。

その日の会が終わり、子規から麓のもとへ早速の手紙が届いた。

洋菓子の件が書かれているかと思ったが「今夜の御馳走は如何にも辛い御馳走にて咽喉《のど》かわきて堪えられず、蜜柑《みかん》ほしくてほしくてせん方なけれど、最早買いに行くべき店もなしとて内の者にもことわられ、不得已《やむをえず》塩湯を呑み紅茶の出流れの渋きを砂糖なしに飲み、遂に冷水を飲み候えども、胸なお焼申候《やけもうし》」とある。今日食べた料理が塩辛いので喉が渇いた。みかんが欲しいという願いを込めた手紙であった。麓は、次の届け物はみかんにしようと思っただろうか。

西洋料理店などで、西洋菓子を食べることはあったが、それを販売したのは、明治十（一八七七）

菓子箱をさし出したる火鉢哉　明治33年

年、両国若松町にあった米津風月堂であった。この年の八月から十月までの期間、上野公園で「内国勧業博覧会」が開かれたが、風月堂は鳳紋賞の栄冠を得た。翌年夏にはアイスクリームを販売し、年末にチョコレート、明治十三年（一八八〇）には英国から輸入した機械でビスケットがつくられた。明治十七（一八八四）年に、米津風月堂の米津松造の息子・米津恒次郎がアメリカに留学。恒次郎は三年のアメリカ修行ののち、ヨーロッパに渡ってロンドンやパリに学び、明治二十三（一八九〇）年に帰国した。

米津風月堂の品目は、明治二十五（一八九二）年の「東京朝日新聞」に「キャンデー、ボンボン、リキュール、シュークリーム、プロムケーキ、マカロン、ビスケュイ、アイスクリームなど（『近代日本食文化年表』）」と載っている。子規垂涎《ずいえん》のシュークリームは、のちに各地にできた西洋菓子店で入手できるようになる。明治三十七（一九〇四）年刊行の『食道楽（村井弦斎著）』には、シュークリームのつくり方も掲載されている。

○シューの皮を刃物で切りて後中身の柔らかき肉を括《くく》りて抜き出し置きその中へクリームを詰めるなり○シューの皮を引筒より押出したる時上部の尖りを牛乳或は水にて夷《なら》すべし

村井弦斎『食道楽』

むらい・げんさい（一八六三〜一九二七）三河生まれ。三河の儒者の家に生まれるが、明治維新後、一家で上京した。東京外国語学校（現東京外語大学）に進むが健康を害して中退。毎日新聞の論文募集で入選しアメリカ旅行を得る。帰国後、「郵便報知新聞」の客員となって著述に励んだ。代表作は『食道楽』で、小説でありながら食材や料理が盛り込まれ、人気になった。

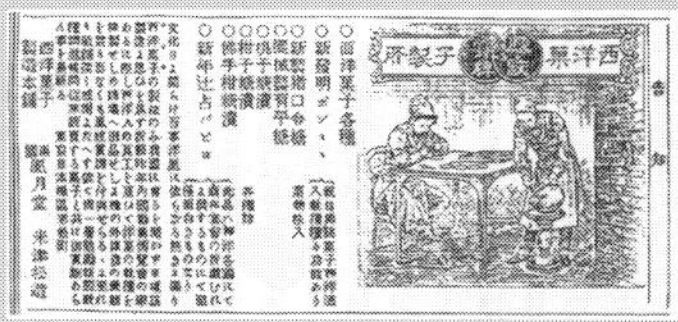

▲洋菓子店の広告

吉田菊次郎著『西洋菓子彷徨始末』に、シュークリームが日本にいつ頃登場したかという考察がある。米津風月堂の二代目職長が入店した明治29年には、シュークリームとエクレアをつくっていたといい、明治20年代半ばに、シュークリームが登場したと綴っている。

【中村不折】写生論の基礎をつくった画家との友情と自炊の思い出

子規は、中村不折《ふせつ》のフランスへの洋行にあたり、明治三十四年六月二十五日から二十九日にかけ、『墨汁一滴』で不折と出会った当時のことを回顧している。

明治二十七（一八九四）年三月、子規は神田淡路町《かんだあわじちょう》の日本新聞社の楼上（屋上）で不折とはじめて対面した。「小日本」の編集責任者であった子規は、同紙に描いてくれる画家を探していたため、日本新聞社の社長・陸羯南と交流のあった洋画家・浅井忠の紹介で不折と話したのである。

不折はつぶらな目をしていたが顔は険《けわ》しく、書生よりもはるかにきたない服を着ている。しかも耳が遠い。しかし、子規は不折に画才を感じ、採用を決めた。子規は仕事を通じて不折と親しくなり、芸術論を戦わせるために互いの家を通い合う間柄になった。

子規と出合う前、不折は不忍池《しのばずのいけ》の畔《ほとり》に一間《ひとま》の部屋を借りて自炊しながら勉強していたが、生活はとても貧しかった。一粒の米、一銭の貯えもなく、飲まず食わずで一日を送ったことも何度かある。服装のきたなさと耳の遠さのために嫌われることもあったが、画の技倆が知られると、みんなは不折を認めるようになった。

明治十六（一八八三）年六月のころ、上京したばかりの子規も、自炊生活を余儀なくされていた。子規は浜町《はまちょう》の旧藩主久松家屋敷の横にあった書生小屋に住むようになるが、ここでは当番制で自炊をする決まりになっていた。新入りの子規は、薪《まき》のない汚い台所で米を炊き、切れない庖丁《ほうちょう》を使っておかずをつくり、沢庵《たくわん》を切った。知らず知らずのうちに涙が流れてきた（『筆まかせ』「自炊」）。

不折との交友は、子規に写生説を結実させるきっかけになった。西洋絵画の理論を移入し、実物・実景をありのままに具象的に写し取ることを俳句

西行の自炊の跡や春の山　明治35年

に取り入れたのである。子規は『病牀六尺（明治三十五年六月二十六日）』に「写生ということは、天然を写すのであるから、天然の趣味が変化しているだけそれだけ、写生文写生画の趣味も変化しうるのである。……写生は平淡である代りに、さる仕《し》損《そこ》ないはないのである」だと記している。

不折は「日本」新聞の挿画《そうが》をきっかけとして大きく羽ばたいた。島崎藤村《しまざきとうそん》著『若菜集』や夏目漱石著『吾輩は猫である』などの挿画を担当し、森鷗外《おうがい》が逝去《せいきょ》したときは墓碑銘《ぼひめい》を揮毫《きごう》している。

不折は、酒も飲まず煙草《たばこ》も吸わず、粗衣粗食《そいそしょく》に耐えた。質素を旨《むね》として臨時の収入があればそれを貯蓄し、赤貧《せきひん》洗うが如しの境遇から子規宅の近くにアトリエ兼住居を構え、自費での洋行を思い立ったのである。

五日にわたって不折のことを書いた子規の文は「西洋へ往《い》きて勉強せずとも見物してくれば沢山なり。その上に御馳走を食うて肥えて戻ればそれに上こす土産《みやげ》はなかるべし。あまり齷齪《あくせく》と勉強して上手になり過ぎたもうな」で結ばれている。

お君さんのいる二階には、造花の百合《ゆり》や、「藤村《とうそん》詩集」や、ラファエルのマドンナの写真のほかにも、自炊生活に必要な、台所道具が並んでいる。

芥川龍之介『葱《ねぎ》』

あくたがわ・りゅうのすけ②
芥川龍之介は、神経衰弱、狭心症、胃酸過多、胃アトニー、痔などさまざまな病気を抱えていた。これらの病気は精神性のものが多かった。龍之介は、発狂した母フクと同じ病気になるのではないかと怖れていたのである。病気に対する被害妄想が、龍之介の健康を害していったようだ。

▲中村不折（提供：台東区立書道博物館）

洋画家、書家。江戸京橋《きょうばし》に生まれ、青春期を父母の生地である長野県高遠町《たかとおまち》で過ごし、23歳の時、上京して絵を学んだ。

子規と出会い、新聞挿絵を担当し、31歳で日本新聞社に入社。渡仏後は歴史画や書の分野で活躍、中国の書の収集家としても知られる。根岸《ねぎし》の旧邸跡は書道博物館になっている。

【原千代女】神戸土産のカステラと送り主を詠んだ短歌

明治三十三（一九〇〇）年五月九日、子規の病床に原千代女（千代子）がカステラを土産に訪ねてきた。そのときの様子を子規は「**原千代子きのふ来りてくさぐさの話ききたりカステラ食いつつ**」という短歌にしたためた。

千代女は神戸元町《こうべもとまち》の貿易商「大島屋」の長女で、筋向かいに今も続く神戸風月堂があった。神戸風月堂は、東京の風月堂に弟子入りしていた初代吉川市三が明治三十（一八九七）年に創業している。子規の家に持参したカステラは神戸風月堂のもので、千代女が帰省の際に求めたものだろう。帰省の旅の出来事や神戸の様子などの話が大いに盛り上がったと、短歌から想像される。

子規がカステラを食べるのは、これが初めてではない。記録を辿ると明治二十八（一八九五）年五月二十七日、神戸病院で牛乳、スープとともに食べている。残念ながら、子規が神戸病院にいた頃、神戸風月堂が誕生していないため、千代女持参のカステラはそのときのものではない。だが、そのカステラは神戸病院での懐かしい思い出を運んできてくれたことだろう。

カステラは、室町時代の末に、ポルトガルの宣教師によって平戸や長崎に伝えられた南蛮菓子《なんばんがし》のひとつで、小麦粉、砂糖、卵などの簡単な材料でつくることができる。当時の日本人が苦手だった乳製品を用いないため、すんなりと受け入れられ、江戸時代には最も人気の高い南蛮菓子になった。カステラの名の由来には、カスティーリャ地方のお菓子、焼くときに「城のように高くなれ」という言葉の「城＝カストロ」からなどの説がある。

享保三（一七一八）年に刊行された日本初の菓子製法書『古今名物御前菓子秘伝抄《こきんめいぶつごぜんがしひでんしょう》』にも登場し、蓋をした銅の平鍋で焼き上げる調理を紹介している。日本にはオーブンがなかったため、さまざま

原千代子きのふ来りてくさぐさの話ききたりカステラ食いつつ　明治33年

な工夫が加えられ、「引き釜」という日本独自の装置も考案された。

子規の親友・夏目漱石は、カステラを自身の小説に登場させている。『吾輩は猫である』には水島寒月《かんげつ》の友人・越智東風《おちとうふう》のつまみ食いのシーン、『こころ』には、チョコレートでコーティングされた「鳶《とび》色のカステラ」、『虞美人草《ぐびじんそう》』には「卵糖《カステラ》を口いっぱいに頬張る」とあり、カステラに「卵糖」という字を当てている。

原千代女は明治十一（一八七八）年、神戸の大島家に生まれ、京都府立高等女学校から東京の女子美術学校に進み、父方の祖父に当たる「原」の姓を継いだ。子規からは俳句を、落合直文《おちあいなおふみ》からは短歌と国文学を学び、明治四十（一九〇七）年に鋳金家の川崎安民《かわさきやすたみ》と結婚し、養子に迎えた。安民は、香取秀真《かとりほつま》や画家の横山大観《よこやまたいかん》、下村観山《しもむらかんざん》らと同窓で、岡倉天心《おかくらてんしん》を師と仰ぎ、のちに天心が創刊した「日本美術」の編集をまかされて、日本美術社社主となる。安民は六十歳、千代女は八十六歳で天寿を全《まっと》うした。

カステラの縁の渋さよな。
褐色《かばいろ》の渋さよな。
粉のこぼれが眼について、
ほろほろとほろほろとたよりない眼が泣かるる。
北原白秋『カステラ』

きたはら・はくしゅう（一八八五～一九四二）福岡生まれ。日本の詩人、童謡作家、歌人。本名は北原隆吉。早稲田大学に入学し、学業の傍ら詩作に励んで処女詩集「邪宗門」を発表し、文壇の注目を得る。「とんぼの眼玉」「雨ふり」「待ちぼうけ」「からたちの花」などの童謡でも広く知られている。

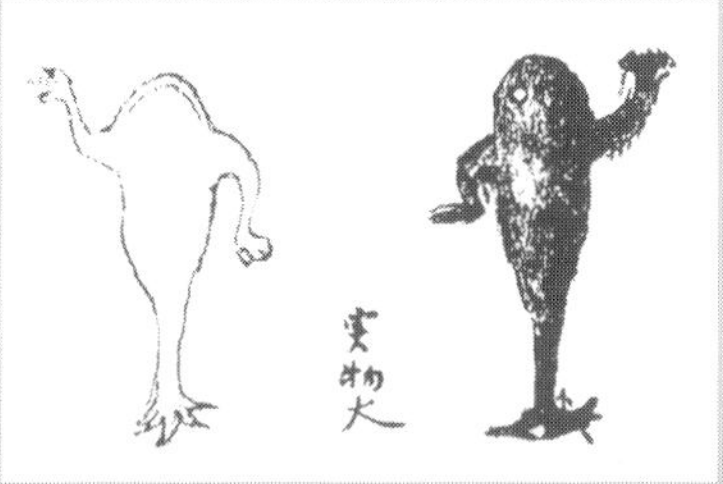

▲川崎安民がつくった蛙の画（複製）
（提供：松山市立子規記念博物館）

原千代女の夫になる川崎安民は、子規とも親交があり、子規のレリーフをつくったほか、鋳物の蛙《かわず》も送っているが、それは『仰臥漫録』9月10日に登場する。「この蛙の置物は前日安民のくれたるものにて安民自らが鋳たるなり」と添えられている。

【落合直文】ビフテキに例えられた落合直文の歌と、思案のリンゴ

正岡子規は、『墨汁一滴』で「明星」に掲載された落合直文の短歌「**わづらへる鶴の鳥屋みてわれ立てば小雨ふりきぬ梅かをる朝**」を評した。

「一番旨い皿を初めに出しては、後々に出る物がまずく感じられるために肉汁を最初に、フライまたはオムレツを次にし、ビステキを最後に出す。しかし濃厚なビステキで打ち切っては、却って物足りない。そこで付け足しに趣味の変ったサラダか珈琲、菓物の類を出す（明治三十四年三月二十八日）」と子規らしく食べものに例え、メインである「病鶴」が最初に出て、軽みのある「梅かおる」を最後に置くのはいかがなものかと問いかけている。

以後、二十九日には「**いざや子ら東鑑《あずまかがみ》にのせてある道はこの道はるのわか草**」「**亀の背に歌かきつけてなき乳母のはなちし池よふか沢の池**」、三十日には「**簪《かざし》もて深さはかりし少女子《おとめご》のたもとにつきぬ春のあわ雪**」と続いて俎上《そじょう》に載せ、四月三日の「**まどへりとみづから知りて神垣にのろひの釘をすててかへりぬ**」で終わった。直文の歌は「変な歌」「わかりにくい歌」で、言葉や順序を変えるとよくなるという内容だったのである。

『紙人形』に面白いエピソード（※回想の子規）が載っている。歌人・落合直文はリンゴを子規の見舞いに届けようとしたが、ちょうど子規が『墨汁一滴』で自分の歌を批評している。批評に手心を加えてもらおうと考えられてはたまらないと、送るのを躊躇《ちゅうちょ》しているうちにリンゴが腐ってしまったという。

「ビフテキ」を、明治時代は「ビステキ」と呼んでいた。子規も「ビステキ」派で、明治三十四年一月三十日、雉を送ってもらった長塚節《たかし》宛ての手紙で「ビステキのやうに焼てたべ候」と書いている。「いかめしき文学士」である夏目漱石も『倫敦消息』のなかで「ただ十年前大学の寄宿舎で雪

薔薇咲いて夏橙を貰ひけり　明治31年

駄のカカトのような『ビステキ』を食った昔《むか》しを考えてはそれよりも少しは結構?」とあり、「ビステキ」が広く使われていたことがわかる。

明治十七（一八八四）年に西洋料理法を紹介した『東洋学芸雑誌』の「素徒西洋料理法」には、マヨネーズやサラダドレッシング、魚や鳩の腹詰、牛舌シチューなどの紹介や用語、材料の入手法を説明したなかに「ビステキ」と書かれている。

落合直文は、文久元（一八六一）年、陸奥国本《むつのくにもと》吉《よし》（現宮城県気仙沼市）に生まれ、東京大学文化大学古典講習科に学び、国文学者として教鞭をとる傍ら、歌集、文学全書の刊行など多彩な文筆活動を展開した。短歌の改革に努め、与謝野鉄幹《よさのてっかん》や尾上柴舟《おのえさいしゅう》らが門人となり、浪漫的近代短歌の源流となった人物である。

志《こころざし》を同じとする直文に、批判を加えるのも子規らしいが、短歌革新の先鋒を走る直文の歌を批判するのに「ビステキ」を例えに出すのも子規らしい。直文は、この批評に怒りもせず、穏やかにしていたという。

「だってねエ、理想は喰べられませんものを！」と言った上村の顔は兎のようであった。

「ハハハハハビフテキじゃアあるまいし！」と竹内は大口を開けて笑った。

国木田独歩『牛肉と馬鈴薯』

くにきだ・どっぽ（一八七一～一九〇八）

千葉生まれ。銚子沖で難破して千葉に住んでいた旧龍野藩士の家に生まれ、東京専門学校（現早稲田大学）に進み、徳富蘇峰と知り合う。徳富蘇峰の「国民新聞」の記者になり、日清戦争の従軍記事で人気を得る。代表作に『武蔵野』『牛肉と馬鈴薯』など。

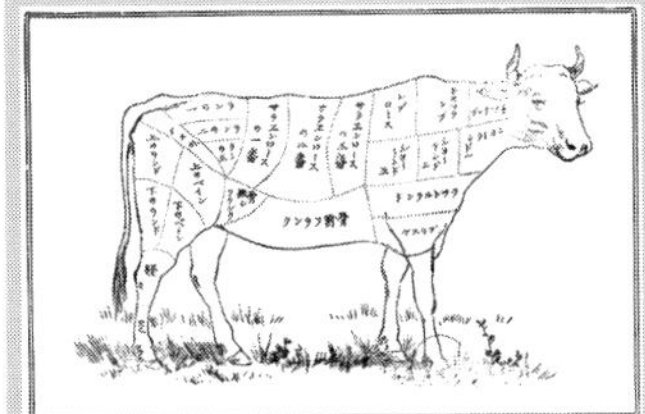

▲『食道楽』より

前坊洋著『明治西洋料理起原』に、「松の家」という西洋料理店の献立表が掲載されている。「ビーフ」の項をみると「ヒフテキ」「ヒーレビーフ」「グレルビーフ」「コールタン」「コールビーフ」「デイブルビフ」「ハヤシビフ」「ビーフチモレツ」など多彩な名前が載っている。

【蕨真】蕨真《けつしん》の送った鯷漬《ひしこづけ》とくさり鮓

明治三十二（一九〇〇）年十月八日、子規宅で開かれた句会で、子規は「**善き酒を吝《おし》む主《あるじ》やひしこ漬**」と詠んだ。鯷漬は、小鰯《いわし》である鯷を塩漬けしたものだ。『和漢三才図会《わかんさんさいずえ》』には「一二寸ばかりの小鰯で醢《ひしお》（塩辛）に為《な》す」とある。

鯷漬は全国でつくられており、『本朝食鑑』によれば、桑名産が美味しく、松浦・五島産（現長崎県）のものは、茄子《なす》、生姜《しょうが》、生蓼《なまたで》、山椒《さんしょう》、蕃椒《とうがらし》、蒜《にんにく》などと一緒に漬けた、最も賞するに足るものだと書かれている。

明治三十四年の冬、寒川鼠骨《そこつ》は子規宅に招かれて蕨真より送られた鯷漬を御馳走になった。

鼠骨の『正岡子規の世界』には、「黄色な柚子《ゆず》のきざみ込まれた間に、緑の深い柚子の葉が敷かれ、その葉がくれに小さな背の黒い鰯の腹が淡白く光っている」鯷漬を前にして、子規は「如何にも面白いのは配合だよ、つまり取合わせだな。鰯と酢とで漬ければそれで事足りるのだが、それをこうして、鰯の黒い背と白い腹のとの色に配するのに柚子の黄皮を加え、黄に対し青葉を添え、深紅の唐辛子を散点させている……文学はすべて配合次第のものぞな」と語ったと書いている。

鯷漬を例にあげ、どんなものにも文学の種が潜んでいることを、子規は鼠骨に語ったのである。

子規は「小さいながらも樽へ漬け込んで来たのが、漬物らしくて名に負かぬこと」「蕨氏の地方でも、一斗樽、時としては四斗樽にも漬け込むことがあるということ」「柚子の葉は以前は用いられなかったが、蕨真君の母堂が、初めて考案されたのであること」なども語った。

『仰臥漫録』に「伊藤左千夫、蕨真、二人来る。左千夫紅梅の盆栽をくれ、蕨真鰯の鮓をくれる（明治三十五年三月十日）」とあり、「くさり鮓という由《よし》」という書きこみがある。

善き酒を吝む主やひしこ漬　明治32年

「くさり鮓」は九十九里地方の郷土料理で、日常食のほか、正月料理としても食べられている。背開きにして内臓を取り、よく水洗いした鰯を、塩に漬けて一晩置く。鰯の腹に、きざみ生姜《しょうが》を入れたすし飯を詰め込み、すし桶にこれらを並べ、落とし蓋と重石《おもし》を置く。二週間程で飯粒が溶けはじめると食べごろになる。

蕨真のふるさと・千葉では、秋から冬にかけて行われるイワシ漁の最盛期に、海の幸を少しでも美味しく保存しようと考えられた料理だ。

「鯷漬」も「くさり鮓」も、どちらも酒の肴にぴったりで、下戸《げこ》の子規には向きそうにない食べものだとも思えるが、発酵食品は病床の子規の健康を支えるには最適の食べものである。そこに、蕨真の真心が見える。

蕨真は、明治九（一八七六）年、上総国《かずさのくに》武射《むさ》郡（現千葉県山武市《さんむし》）に生まれた。本名は蕨真一郎《わらびしんいちろう》という。子規没後は「馬酔木《あしび》」の編集委員となった。「馬酔木」はのちに「アララギ」と改名している。

露地の幅だけに明るく見えて、そこにはいろいろの秋の姿をした人が廻り燈籠のように通った。鯷《ひしこ》を売る声もきこえた。赤とんぼを追いまわる子供の黐竿《もちざお》も見えた。

岡本綺堂『両国の秋』

おかもと・きどう（一八七二〜一九三九）東京生まれ。

元御家人の家に生まれ、中学校在学中から劇作家をめざした。新聞記者をしながら小説『高松城』や歌舞伎の脚本を発表。明治以後に生まれた「新歌舞伎」を代表する劇作家となった。「半七捕物帳」などの探偵小説や、ミステリー・怪奇小説も書いている。

▲くさり鮓

九十九里地方の「くさり鮓」は、黒潮に乗って来訪した紀州の人々が、このつくり方を教えたという伝承があり、この地方には熊野信仰などが盛んであるという。ただ、鮓をつける桶のなかに生姜や柚子、小口にした赤唐辛子などが入り、とてもカラフルだという。

【新海非風・中村楽天】西瓜に対する怒りと和み

子規は幼い頃から西瓜《すいか》好きだった。『松蘿玉液《しょうらぎょくえき》』の「菓物《くだもの》」には「甜瓜《まくわうり》や西瓜《すいか》は田舎びているが、誠意を感じるので捨てがたい。特に西瓜の色は浮きうきした様子もあり旅をする女性が恋したようで、傾城《けいせい》（遊女）のような嘘つきには似ても似つかない（明治二十九年十二月二十八日）」と記している。

子規の門人・知人で、西瓜に関する対照的なエピソードを残しているふたりの人物がいる。

一人は新海非風《にいのみひふう》だ。非風は、明治三（一八七〇）年に松山末広町で生まれ、子規に常盤会寄宿舎で出逢うと子規の見識に惚れ込んだ。頼み込んで子規と同室にしてもらい、俳句や小説にのめり込んだ。子規と一緒に小説『山吹の一枝』を連作したこともある。

非風は、俳句の優れた天分を持っているのだが、その反面エキセントリックなところがあり、子規は『筆まかせ』の「悟り」で「神経過敏にして輒《たや》すく事物に刺激せらるるの性なれば……その挙動半狂の人に似たり」と評している。軍人志望で陸軍士官学校に入学したが、肺病を患って退学したことで自暴自棄となる。放蕩《ほうとう》の果てに家の財産を食いつぶした。のちに日本銀行に入ったが健康面で激務に堪えきれず、不養生から子規より一年早く鬼籍に入っている。高浜虚子《きょし》の小説『俳諧師』の主人公は、非風をモデルにしたものだ。

河東碧梧桐《へきごとう》は『子規を語る』で「非風が途中で西瓜を買った。……のぼさんも一所《いっしょ》に、石手川の川原まで引張って行った。そこらの石に西瓜をぶっつけて、手づかみで貪《むさぼ》り食いながら、今夜は大いに振ったな、と大恐悦《きょうえつ》（大喜び）だった」と非風の行動を書いた。

これは明治二十四（一八九一）年の夏、子規が松山に帰省したときの出来事である。割れた西瓜の血のように、非風の狂気が赤い色で浮かびあが

ものものいはで喰ひついたる西瓜哉　明治31年

ってくる。

もう一人は中村楽天である。楽天は、播磨《はりま》国（現兵庫県）出身の俳人、ジャーナリストで、「ホトトギス」同人。「二六新報」で、紀行文や記事に辣腕《らつわん》を振《ふる》った。

子規は、明治三十五（一九〇二）年七月九日に刊行された『徒歩旅行』に序文を書いている。「楽天の紀行は、毎日必ず面白い処が一、二個処《かしょ》は存じて居る。これが始めに徒歩旅行を見た時に余が驚嘆して措《お》かなかった所以《ゆえん》である。つまり徒歩旅行は必要と面白味を兼ね備えたもので、新聞記者の紀行としては理想と極点に達したというても善い位あると思う」と手放しで誉め、「毎日西瓜何銭という記事があるのを見て、この記者の西瓜好きなるに驚いたというよりも、寧《むし》ろ西瓜好きなる余自身は三尺の垂涎《すいぜん》を禁ずる事が出来なかった」とある。

西瓜を割って食べる非風と、毎日西瓜の値段を書いてしまう楽天。子規は果たして、どちらの人物を好んだのだろう。

桐「おれは西瓜を一つ買うて来たがなァ。切るもんがなくて困っておるがなァ。小刀《ナイフ》があるなら桃と一所に持て来いヨ」
須「西瓜か。そいつはえいワイ。今直《すぐ》に行《いく》ぞ。まてまて」

坪内逍遥『当世書生気質』

つぼうち・しょうよう②
子規は書生時代、逍遥のファンであった。『筆まかせ』の「春廼舎氏（逍遥のペンネーム）」では『当世書生気質』や『松の内』『妹と世鏡』を批評している。『当世書生気質』を「理くつも何もなく只心中に面白しと思えり」と書いている。

▶西瓜『和漢三才図会より』（提供：国立国会図書館）
スイカの原産地はアフリカである。それが四千年前にエジプトに伝わり、シルクロードと西回りの二手に分かれて世界中に伝わった。日本へは戦国時代の頃に伝わったという説や、もっと以前の平安時代で、『鳥獣戯画』に、西瓜らしきものが描かれているともいわれる。だが、当時の西瓜は甘くなかったというのは共通している。

【門人たち1】門人たちを食べものに例えると

「発句経譬喩品《ひゆぼん》」は、子規が門人たちを野菜や果物に例えてユーモラスに批評したものだ。夏目漱石は子規の好きな「柿」で「うまみ沢山、まだ渋のぬけぬものもまじれり」とあり、「愚陀仏庵《ぐだぶつあん》」に住んだ頃から俳句を始めた漱石を有望視している。また、高浜虚子《きょし》を「さつまいも」とし、「甘味十分なり、屁を慎むべし」の評は、胃弱の虚子を揶揄《やゆ》したものである。虚子本人も、『屁』という文で、眠れない夜に、屁を十発したら眠れるかもしれないと思いつき、あれこれ試して挙句に九発の屁で疲れ果てて寝た、と書いている。

子規は若い頃から無類の分類好きで、『筆まかせ』には共立学校の寄宿舎の同級生たちの「点数表」「芝居役割」「忠臣蔵役割」、友人たちを「○友」とつけた「交際」、東京と松山の比較表をつくった「松山会」などがあり、これがのちの『俳句分類』に昇華した。

和田茂樹著『子規の素顔』によると、『発句経譬喩品』がいつつくられたかはっきりしない。

梅沢墨水《ぼくすい》は、「確か、明治二十九年の十二月であったとおもう、例の蕪村忌《ぶそんき》を子規庵で営んだ時、余興として庵主の考案になる、同人の作句振りを八百屋物に譬《たと》えて、諧謔《かいぎゃく》なる批評を下した」と雑誌『俳星』の百号記念の文で紹介している。

大谷繞石《じょうせき》は、『正岡さん（※回想の子規）』で「この年の蕪村忌の折であったと思うが、行って見るというと、床の上に色んな八百物が陳列してあって、それに一々付紙《つけがみ》がしてあった。蕪の下には鳴雪と記《し》るしてある、胡蘿蔔《にんじん》の下には墨水とあるの類《たぐい》で、それに一々註《ちゅう》が施してある。例えば山の芋の付紙には『四方太、つくね芋に似て長し』で、慈姑《くわい》の付紙には『繞石、旨けれども少しえぐい処あり』の類であった。そしてそれが大抵あたって居るように思った」と書いている。

柿喰の俳句好みしと傳ふべし　明治30年

坂本四方太は『思ひ出づるまゝ（※回想の子規）』で「子規子は何事にも趣向を凝らす人であった事などは何人も知る所で、……何か特別の催しのある時には必ず一趣向ずつ附けてある。或《あるい》は御馳走を持寄るとか、或は題を課して福引をするとかいう様な類、何年の蕪村忌であったか床の間に八百屋物を夥《おびただ》しく陳列して、鳴雪は蕪だとか碧梧桐はつくね芋だとかいうので、僕は山の芋に擬せられて碧梧桐に似て長しという註であった事を覚えて居る。年中寐ていて考えるとはいうものの元来生まれつきでなくてはとても出来ないことだ」と記している。

　これらのことを総合すると、蕪村忌が始まったのは明治三十年なので、この辺りの余興で行われたことに違いはないだろう。

　『発句経譬喩品』は大正十四（一九二五）年暮れ、大阪の天青堂から出版され、その記念に内藤鳴雪が「**草も木も生い立ちて君が庭涼し**」の句を寄せている。

『発句経譬喩品』による門人の評価

人　名	食材	評　　価
内藤鳴雪	卵	滋養あり小供にも好かれる
河東碧梧桐	つくねいも	見事にくっつきおうたり今少しはなれたる処もほし
高浜虚子	さつまいも	甘み十分なり屁を慎むべし
坂本四方太	山ノ芋	つくねいもに似て長し
五百木瓢亭	大根	大きい大きい。すがなければよいが
夏目漱石	柿	うまみ沢山まだ渋のぬけぬものもまじれり
石井露月	百合根	花の如し花にはあらず
下村牛伴	ほうれん草	やわらかに手際よし但ししたしものに限る
福田把栗	柚	ひねくりて雅なり柚味噌にせねばくわれず
村上霽月	蕪	丈夫なる処あり時々肥臭き処もあり
大谷繞石	くわい	甘き方なり少しえぐい処あり
佐藤肋骨	橙	堅くして腐らず甘みは足らず
折井愚哉	うど	淡泊なるは雅なり長大なるは無能に近し
左衛門君	葱	根長く白く見事也形の上より言えば葉も少しつけおきたし
梅沢墨水	にんじん	色うつくしく甘し女のすくものなり
柳原極堂	干柿	渋は抜けたり水気少し
小林李坪	小松菜	形きようなし（ママ）味少し足らず
野間叟柳	芋	旨しといえば旨しつまらぬといえばつまらぬ但し飽きて捨てらるる事もなし
佐藤紅緑	ふきのとう	雅にして苦味あり世につれぬは面白し
中野其村	牛蒡	黒く長く直し旨からず渋からず酸からず
河東可全	昆布	幅広しお平（平椀）の底に残る事多し
歌原蒼苔	とうがらし	辛し美しし舌を刺し唇寒し
天歩君	蓮根	伸すぎたりがしがしと堅し
桜井梅室	椎茸	噛みしめれば旨みあり使いようによりては味なし
子丑君	干瓢	只長きばかりなり調和によりてはうまきものとなる
錦浦君	金柑	やさしうまみ少し

【門人たち2】門人たちから毎年送られてくる柿

明治三十三（一九〇〇）年十一月十日から十六日を記録した『病牀読書日記』には、この季節の果物・柿の記述が並んでいる。十三日には蜂屋柿二個、十四日はきざ柿三個と蜂屋柿一個、十五日には樽柿三個、十六日には、樽柿一個、蜂屋柿一個を食べている。

夏目漱石の小説『三四郎』で、汽車で上京する三四郎を前にして広田先生が「子規は果物が大変好きだった。……ある時大きな樽柿を十六食ったことがある」と子規の柿好きを語る場面がある。このように柿好きで大食らいの子規のために、門人たちは柿を送った。

明治三十二（一八九九）年、柿を食べすぎた子規は腹をこわし、医者から柿を食うことを禁じられてしまった。子規はそのことを、「**柿あまたくひけるよりの病哉**」「**我好の柿をくはれぬ病哉**」「**胃を病んで柿をくはれぬいさめ哉**」「**癒えんとして柿くはれぬぞ小淋しき**」と句に詠んだ。

だが、柿を食べるのを止めたことを知らぬ人から柿が届く。病床の近くで客や家族が柿を食うのを子規は恨んだ。「**柿くはぬ病に柿をもらひけり**」「**側に柿くふ人を恨みけり**」と詠んだ。

この年の秋、栃木の小林臍斎《せいさい》が新聞「日本」の記者浅水南八に「きざ柿」をことづけた。この時期としては珍しい柿である。「きざ柿」とは、不完全甘柿が木になったまま甘くなった柿で、「木《き》醂《ざわし》」「木淡《きざわし》」「木晒《きざらし》」とも書く。それで、子規は十二月一日、「**風呂敷をほどけば柿のころげゝり**」「**停車場にかき売る柿の名処哉**」「**初なりの柿を仏にそなへけり**」「**しぶ柿の木蔭に遊ぶ童哉**」の句を送った。つまり、子規は柿を食べてしまった。

翌年の十二月六日、臍斎に送った「**柿をもらひ柿の一句を報いけり**」は、「きざ柿」のお礼の句である。死期の迫った明治三十四（一九〇一）年

干柿の次の便や春半　明治32年

十一月の礼状には「**柿くふも今年ばかりと思ひけり**」とあった。

子規にとって最後の柿の年になる明治三十四年、全国の門人からの柿が届いた。十月九日に鈴木氏、二十日に伊予小松の森田義郎《ぎろう》、二十三日に香取秀真《ほつま》より柿二種、二十四日に中村不折《ふせつ》の妻、二十五日に加賀の北川洗耳《せんじ》より大和柿、十二月に茨城の長塚節《たかし》から蜂屋柿四十個、明治三十五年に山口花笠《かりゅう》から干柿が届いている。

富山の花笠は、明治三十二年から子規宛てに毎年干柿を送っている。彼の『子規先生追懐記（※回想の子規）』には、子規から貸してくれと頼まれていた俳書『淡路島』を送ったついでに干柿を送っていて、礼状には「**干柿の次の便りや春半**」という句が添えられていた。翌年には「**ころ柿も一年ぶりや淡路島**」の句が送られ、明治三十五年（一九〇二）には「当年のは柔かくて殊に美味を覚え候」と美味しかったことを伝えた。

この年の生柿の季節、子規はもう鬼籍の人となっていた。

通り過ぐる村々には柿の木が如何にも多かった。柿には丸いのも長いのも、御所も蜂屋もある。赤く熟したのも、まだ半ば青いのも交じっていた。

河東碧梧桐『続三千里』

かわひがし・へきごとう（一八七三～一九三七）愛媛生まれ。子規没後、碧梧桐は五七五にとらわれない自由律俳句を提唱したが、虚子は伝統的な五七五を主張し、激しく対立した。碧梧桐が亡くなったとき、虚子は「たとふれば独楽のはぢける如くなり」の句を詠んでいる。

▲元禄10（1697）年刊行の日本最古の農業書『農業全書』（宮崎安貞著）の柿（提供：国立国会図書館）

「美味にして種類多し。東南肥良の地殊に山下赤土に宜し。北方海辺沙地（砂地）など悪し」と書かれている。

【門人たち3】温州みかんを中国産と勘違いした子規

明治三十五（一九〇二）年一月二十九日、子規は鎌倉の松本翠濤《すいとう》宛ての手紙に、「温州《うんしゅう》名物の蜜柑御贈《おおくり》被下《くだされ》殊《こと》の外の珍味難有御礼申上候」とお礼を述べ、「**珍らしきみかんや母に参らする**」「**蜜柑得てうれしき支那のたより哉**」「**正月の末にとどきぬ支那みかん**」の三句を添えている。

「支那のたより」という言葉から、子規は温州みかんを中国の果物と考えていたようだ。

「温州」は中国の地名にちなむが、このみかんは、浙江《せっこう》省にある温州で生まれたのではなく、日本の不知火海《しらぬいかい》沿岸（鹿児島県）が原産とされている。宋《そう》の韓彦直が著した『橘録《きつろく》』に、温州のみかんを褒《ほ》める記述にちなんで名がつけられた。

『松蘿玉液《しょうらぎょくえき》』の「菓物」には「蜜柑は浮気にして誰れにも好かれ俗世の儀式などにも用いらるやや厭《いと》うべし」とみんなに好かれる果物であるところが少し厭《いや》だと思うと書き、明治三十四年三月二十日の「ホトトギス」に発表された『くだもの』には「蜜柑ならば十五か二十位食うのが常習であった」と大食漢ぶりを披露している。これを裏付けるのが『病牀日記』明治三十五年一月二十二日で、午後七時にお見舞いに行ったところ、子規は食事のすんだあとであったが、「蜜柑の四つばかり已《すで》に平《たいら》げ給《たま》えるが今一ツ一ツとて遂に七ツばかり食われける」と子規がみかんをよく食べていることを描写している。「**冬待ちつゝや黄ばむ庭の蜜柑哉**」「**蜜柑を好む故に小春を好むかな**」「**旅に病んで春の蜜柑を求めけり**」「**飯くはで蜜柑を好む病哉**」などの句は、みかん好きな子規の実感が溢れている。

「**蜜柑剥《む》く爪先黄なり冬籠**」の句は、みかんどころに住んでいる人ならよく理解できる。爪先を黄色く染めた手は、みかん好きの証明である。

『墨汁一滴』明治三十四（一九〇二）年四月

正月の末にとゞきぬ支那みかん　明治35年

十六日、子規は「毎日の発熱毎日の蜜柑この頃の蜜柑はやや腐りたるが旨《うま》き」の詞書《ことばがき》を添えて「**春深く腐りし蜜柑好みけり**」と詠んだ。この句から、子規は冬の間、ずっとみかんを食べていたことが想像される。

青木月斗《げっと》の『根岸庵の一夜（※回想の子規）』には、山のように盆に盛られたみかんと煎餅《せんべい》が置かれた子規の病床を描写している。子規は横向きになりながら、みかんをむいてはたべたべ見る見る七つ八つを平らげる。そして煎餅も親指と人さし指とで軽くつまんではポリポリと噛む。子規は食べながら御馳走論を話す。「僕の御馳走論と云うのは冬に筍《たけのこ》を食ったり、夏に松茸《まつたけ》を食ったり、どこぞこの鰻、どこそこの味噌汁と料理屋の皮肉な料理を風がって賞味するのではない。一口に食うと滋養摂取する。好きなものをウンと食えと云うのだ。牛肉だとか新らしい野菜果実をウンと食えと云うのだ」とベチャベチャみかんを噛んで話す。病床にあっても子規は健啖だ。まるで餓鬼のように、みかんと煎餅を食い尽くすのである。

そのうち富子は棚の上から籠を卸して、蜜柑を半紙でむいて白い筋を取って居た。大野はその手を見てこう云った。「お嬢様の手と云うものは綺麗なものだね。なぜ半紙でむくのだい」

森しげ『波瀾』

もり・しげ（一八八〇～一九三六）東京生まれ。

大審院判事の娘として生まれ、学習院女子部を卒業後、海産問屋の跡取り息子と結婚するが、すぐに別れた。のち、森鷗外の後妻となり、夫の勧めで小説を書き、「青鞜」「スバル」などに寄稿を続けた。

美人だが、悪妻として世間に知られている。

▲温州みかん

柑橘の歴史は、奈良時代、垂《すい》仁《にん》天皇の命を受けた田道間守《たじまのもり》が常世《とこよ》の国から非時香菓《ときじくのかぐのこのみ》を持ち帰ったことに始まる。田道間守が帰国したとき、すでに天皇は亡くなっていて、半分を皇后に渡し、半分を御陵に埋めたという。田道間守は、のち神になり、中嶋神社に祀られている。

【門人たち4】石巻から送られてきた鯛の顛末

明治三十五（一九〇三）年六月九日、陸前石巻《いしのまき》から送られた三尺ほどの大鯛三枚が氷づめで子規宅に届いた。

この日に出した大原恒徳《つねのり》宛ての手紙には「今日は陸前石の巻より三尺程の大鯛三枚氷づめにて送りくれ候に付珍らしく松山鮓をつけんとて朝よりさわぎ候程の事に御座候」とある。大きな鯛を松山鮓《すし》にしようと家族が騒いでいる様子が眼に浮かんでくる。

そのうちの二尾を、子規は伊藤左千夫と岡麓《ふもと》におすそ分けした。麓宛ての手紙には「奥州からもらいし鯛、岡様へあげんと内《うち》の者は申候。何の面白味もない贈物、わざわざ君の内へ持て行くにも及ばずと申候へど内の者きかず依《より》て別封の如し。麓様　規イヤイヤ書」とあり、「**三尺乃鯛や蠅飛ぶ台所**」の句が添えられている。贈り物に趣向をこらす子規であるから、鯛そのままを渡すことに気が引けたのかもしれない。「規イヤイヤ書」のところに、子規の気分が現れている。

子規は、このときのことを「**三尺の鯛生きてあり夏氷**」と詠んでいる。この鯛を誰が送ったかが、はっきりしない。歌人の落合直文や弟の鮎貝槐園《あゆかいかいえん》は宮城生まれで、子規もよく知っている人物だが、気仙沼《けせんぬま》育ちだ。

石巻といえば、『仰臥漫録』に「石巻の野老《やろう》という人より小包にて梨十ばかりよこす、長十郎という梨ぞ（明治三十四年九月十六日）」と書かれている佐藤野老から送られたものだろうか。

子規は『墨汁一滴』の最終回に「余の郷里にて小鯛、鰺《あじ》、鯔《ぼら》など海魚を用いるは海国の故なり、これらは一夜圧して置けばなるるにより一夜鮓ともいうべくや。……今の普通の握り鮓ちらし鮓などはまことは雑なるべし（明治三十四年七月二日）」と書いている。「松山鮓」を食べたことで、ふるさ

病人に鯛の見舞や五月雨　明治34年

とを思い出したのかもしれない。

鯛は、なぜ「タイ」という名前になったのだろう。日本最古の書物といわれる『古事記』や『日本書紀』に「タヒ」「アカメ」の名で登場するが、その語源が何であるかは、はっきりしない。平安時代中期に編纂された『延喜式』には鯛の別名として「ヒラウオ」と記載され、平たい形状を意味する「タイラウオ」が省略され「タイ」になったという説。中国後漢時代『説文』に記述された「鯛を大位、鯉を小位とする」という説。朝鮮語「タウミ」「タウビ」という説などがあるが、どれも決定的な語源とはいえないようだ。

鯛がめでたい魚の代表とされているのは、堂々とした美しい姿のみならず、その赤い色に負うところが大きい。古来、日本では赤は邪気を払う色とされてきた。神社の赤い鳥居や赤飯、赤鍾馗《しょうき》、紅白餅、日の丸など、めでたい色として使われているものは枚挙にいとまがない。鯛もその例に漏れず、赤い魚だからこそ「鯛は魚の王者」の地位を確立したともいえる。

皆鮮魚を味わうがためなり。魚は則ち鯛、蝦魴《かほう》その他また蛤蜊《ごうり》の炙尤《あぶりもっと》も美味と称せられる。

中江兆民『一年有半』

なかえ・ちょうみん（一八四七～一九〇一）土佐生まれ。
フランスに留学後、帰国して仏学塾を開く。子規の叔父・加藤拓川はここでフランス語を学んでいる。
その後、「東洋自由新聞」の主筆を務め、ルソーの『民約訳解』を翻訳、自由民権運動に人民主権の理論を与え、「東洋のルソー」と呼ばれる。主な著書に『三酔人経綸問答』『一年有半』がある。
子規は兆民の『一年有半』に対し、つまらぬ本だと書いている。病の先輩としての自負があったのかもしれない。

▲鯛

鯛がめでたい魚の代表格になったのは、江戸時代からという説が主流だ。武士階級の台頭で、身体に鎧をまとい、見栄えのする姿が定着するのは、武家社会が安定したためだともいえる。江戸時代の末に刊行された『鯛百珍』という料理本のなかに「伊予干焼鯛」という和気の名物料理が登場している。

文明開化はじめて物語

牛肉が入手できるようになるまで

　幕末期、日本を訪れた外国人たちは牛肉が入手できないことに悩んでいた。慶応元（一八六五）年、幕府は彼らの要望に応えて、横浜小湊《こみなと》の海岸に牛肉処理場をつくった。当初、アメリカや中国から牛を輸入したが、手間がかかりすぎるため、国内から調達をしなければならない。彦根《ひこね》藩は、寛政年間（一七八九～一八〇一）以降、彦根の赤斑牛《あかぶちうし》は、食べても身が穢《けが》れることはないという自分勝手な理屈をつけ、将軍や御三家に「牛肉の味噌漬け」を献上してきた。そのため、彦根をはじめとする近江《おうみ》地方や丹波《たんば》・丹後《たんご》・但馬《たじま》の三丹地区で飼育された牛を入手した。特に美味しかったのは「神戸牛」で、牛肉の王者と称されるのは、このことがきっかけとなっている。

　慶応三（一八六七）年には、中川嘉兵衛が処理場を開設し、高輪《たかなわ》の英国公使館の横で牛肉の販売を始めた。公使館の納入業者になっていた嘉兵衛は、牛肉納入の命を受けて横浜のアメリカ人が経営する「八十五番館」で牛肉を購入するが、横浜から高輪まで往復六十キロもある。鉄道は通っておらず、自転車やリヤカーといった運搬道具もない。そこで、親戚の名主《なぬし》・堀越《ほりこし》藤吉《とうきち》に相談し、荏原《えばら》（現白金台二丁目）の土地を借りて、牛の処理を行うことにした。

　また藤吉はこの年（※明治元年の説あり）、芝露月町に東京で初めての牛鍋「中川屋」を開店した。嘉兵衛は製氷業に専念するため、藤吉に牛肉販売の権利を引き継ぎ、牛鍋屋には「中川」の名前を残した。嘉兵衛は、うまくいかない氷の商売のため、身を隠さねばならなかった。

　明治七（一八七四）年刊行の服部撫松《はっとりぶしょう》著『東京新繁昌記』には「牛肉の人におけるや、開化の薬舗にして、文明の薬剤なり」と記されている。穢れの象徴は、文明開化のシンボルになったのである。

▲『西洋料理通』の「綿羊の屠所の図」
（提供：国立国会図書館）

文明開化はじめて物語

七度目の正直となった氷製造

夏に氷があるということは、夢のまた夢であった。幕末期、その夢の氷が、アメリカのボストンからアフリカを経由して横浜に到着する。出発から半年以上も経過しているのに溶けていない氷は、みかん箱ほどで三両もした。

この氷に着目したのが中川嘉兵衛である。嘉兵衛は、文化十四（一八一七）年、三河国額田《みかわのくにぬかた》郡（現愛知県岡崎市）に生まれた。四十二歳のとき、開港の知らせを聞いて横浜に移住して英国公使・オールコックのもとでコックとして働き、西洋の食文化を肌で知ることができた。習った技術と知識をもとに牛肉や牛乳を扱う店を開業するが、鮮度保持には氷が欠かせない。

嘉兵衛は、日本在留の医師・ヘボンからも医療での氷の必要性を知らされ製氷の事業化を図る。文久元（一八六一）年から、嘉兵衛は各地で天然氷づくりを試みる。富士山麓、信濃国《しなののくに》諏訪湖《すわこ》、陸中国釜石《りくちゅうのくにかまいし》、青森、秋田などで採氷を試みるが、すべては失敗に終わってしまう。

しかし、嘉兵衛は諦めなかった。全財産をつぎ込んで北海道に渡ると、五稜郭《ごりょうかく》の堀にできる氷が良質であるとわかる。明治二（一八六九）年の函館《はこだて》戦争終結から一年後、嘉兵衛は北海道開拓使・黒田清隆《くろだきよたか》と五稜郭における七年間の採氷専取権を結んだ。翌四（一八七一）年、天然氷六百トンあまりを採氷し、東京へと輸送する。嘉兵衛は七度目の事業で、成功を手中に収めることができた。この氷は「函館氷」と呼ばれた。ボストンからの氷よりも品質面、価格面で優れていることから外国企業との競争を勝ち抜き、宮内庁御用達《ごようたし》にもなっている。

明治十（一八七七）年に行われた内国勧業博覧会で、嘉兵衛が「函館氷」を出品すると、一等賞の栄冠に輝く。その賞牌《しょうはい》に龍が描かれていたことから「龍紋氷」と名前を改め、人気を博した。

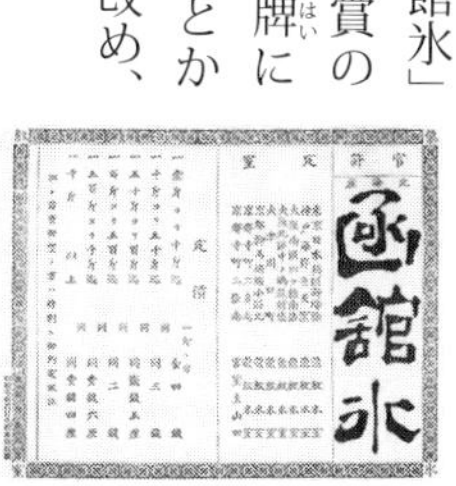

▲「函館氷」の広告

文明開化はじめて物語

明治の初めは紅茶不毛の時代

紅茶を初めて飲んだ日本人は、井上靖《いのうえやすし》の小説『おろしや国酔夢譚《すいむたん》』で知られる大黒屋光太夫《だいこくやこうだゆう》だといわれている。伊勢亀山藩《いせかめやまはん》の船宿を営む家に生まれた光太夫は、嵐のために船が難破してアリューシャン列島のアムチトカ島に漂着し、九年半をロシアで過ごした。光太夫のロシアでの生活を聞き書きした桂川甫周《かつらがわほしゅう》の『北槎聞略《ほくさぶんりゃく》』には「熱湯をさし泡茶《だしちゃ》にして飲む。これも多く砂糖、牛乳を加えるなり」と書かれている。

安政三（一八五六）年には、アメリカの使者が手土産に米国産茶を持参したこともあった。

明治政府は貿易の拡大をもくろみ、シカゴやセントルイス、パリなどで開催される「万国博覧会」で、緑茶喫茶店を開いて宣伝に努めたものの、紅茶を愛用する外国人から興味を寄せられず、売れ行きは芳しくなかった。横浜や神戸に居留する外国人たちは、緑茶を買い込んで焦がすばかりに焙って母国に送り、それを仕上げて紅茶にする者もいたという。

というのは、明治中期まで日本では、美味しい紅茶がなかなか手に入らなかったのである。イギリス領のインドやセイロンで産する良質の紅茶は、ほとんどがイギリスに運ばれてしまうので、日本には下等の粉茶しか入ってこなかった。有名ブランドであるリプトン紅茶が初めて輸入されたのは、明治三十九（一九〇六）年のことである。

明治政府は、明治八（一八七四）年から勧業寮に紅茶掛《かかり》を設け、全国の府県に紅茶づくりを勧奨した。翌年には紅茶用茶樹のタネを入手し、鹿児島、福岡、静岡、東京に紅茶伝習所を設けた。その甲斐もあり、明治十二（一八七八）年のシドニー万国博覧会では優秀賞を獲得している。しかし、他国産の製品に押されて日本産の紅茶は衰退していった。

▲『西洋料理通』（国立国会図書館）

文明開化はじめて物語

コーヒー人気は開化の風潮

元禄二（一六八九）年、俳人の大淀三千風《おおよどみちかぜ》が『日本行脚文集』のなかで長崎見物を書いた「皐蘆《こうろ》（南蛮茶）」と記しているものが日本の文献に初めて登場したコーヒーである。天明二（一七八二）年に蘭学者・志筑忠雄《しづきただお》が訳した『万国管窺《ばんこくかんき》』には「阿蘭陀《オランダ》の常に服するコッヒーというものは形豆の如くなれどもじつは木の実なり」とあり、翌年刊行の吉尾某が著した『紅毛本草《こうもうほんぞう》』に、古闘比似《コーヒー》は胃によく感情を抑え、動悸《どうき》を鎮《しず》めるなどの効果があることが記述されている。また、出島のオランダ商館の医者を務めたドイツ人・シーボルトは「日本人があまりコーヒーを飲まないのは、すすめ方が悪い。コーヒーが身体に良いことを説明すれば、もっと飲むようになるだろう」と語っている。

　コーヒーを最初に飲んだ日本人は狂歌師の太《おお》田南畝《たなんぽ》で、文永二（一八〇四）年に長崎に遊学した際の見聞録『瓊浦又綴《けいほゆうてつ》』に「紅毛船にてカウヒイというものを飲む。豆を黒く炒りて粉にし、白糖を和《わ》したものなり。焦《こ》げ臭くて味うるに堪えず」とある。

　日本人の嗜好に馴染まなかったコーヒーだが、明治時代を迎えると、文明開化の風潮に乗り、西洋料理店のメニューに加えられた。明治十一（一八七八）年には、勧農局がインドやジャワから取り寄せたコーヒー苗を、小笠原諸島や四国、九州に植えている。

　明治二十一（一八八八）年四月十三日、東京・下谷黒門町《したやくろもんちょう》に「可否茶館《かひさかん》」という日本初の本格的喫茶店が開店する。オーナーは長崎の唐通詞《とうつうじ》（通訳）の家に生まれ、アメリカのエール大学に学んだ鄭永慶《ていえいけい》で、自分の家を洋館に改造し、コーヒーを一銭五厘、牛乳入りコーヒーを二銭で売り出した。「可否茶館」は残念ながら三年足らずで閉鎖している。

▲『西洋料理通』（国立国会図書館）

子規年表

年号	日本の動き・松山の動き	子規（正岡家）の動き
慶応3	藩主松平定昭、老中となるもすぐ辞職 大政奉還、王政復古の大号令	正岡常規、常尚の二男として 藤原新町に生まれる
慶応4 明治元	鳥羽・伏見の戦い 朝廷、土佐藩などに松山藩の追討命令 五箇条の御誓文 ９月８日、明治と改元	常尚、御馬廻番入り 住吉表の警護を仰せつかる
明治2	版籍奉還、東京遷都 松山藩主・久松勝成が藩知事に任命	常尚、松山帰郷し、干城隊 湊町新町に転居した自宅を焼失
明治3	政府、平民に名字使用を許可 松山藩、明教館の学制を改革	妹・律が誕生
明治4	廃藩置県の断行で松山県誕生 旧藩主の東京移住決まる	常尚、隼太の名を常尚に改める 藤野潔（古白）誕生
明治5	松山県を石鉄県と改める 太陽暦の採用	常規を正岡家の嫡子とする 常尚、40 歳で病没
明治6	石鉄県・神山県を併せて愛媛県となる 地租改正条例布告	末広学校に入学 （翌年智環学校と改称）
明治7	郡区の新編成が行われる 愛媛県権令に岩村高俊がなる	
明治8	第１回地方官会議開催 県立英学所長に草間時福が就任	勝山学校に通学、大原観山逝去 家禄奉還、一時金下賜
明治9	香川県が愛媛県に合併	
明治 10	第１回愛媛県会が開会 西南戦争起こる	三国志や軍談に興味を持つ
明治 11	松山城で県下初の全国物産博覧会 北予変則中学校が松山中学校と改称	北斎「画道独稽古」を模写
明治 12	第１回県会議員選挙 県下にコレラ流行	回覧雑誌をつくる 勝山学校を卒業
明治 13	区町村会法制定 大原其戎の俳誌「真砂の志良辺」創刊	松山中学に入学する 「同親会」をつくり、詩作
明治 14	「愛比売新報」創刊 板垣退助「自由党」を結成	「愛比売新報」に漢詩を投稿 久万山岩屋寺へ旅行
明治 15	松山商法会議所設立	大洲へ旅行
明治 16	「海南新聞」独立 新聞紙条例改正により言論取り締まり強化 鹿鳴館が完成する 出版条例が改正され、罰則強化 愛媛進歩党結成	政治に関心を持ち、演説に熱中 叔父・加藤拓川の招きで上京 子規、上京 須田学舎に学ぶ 藤野古白と同宿 共立学校に入学
明治 17	足尾銅山で秩父困民党が蜂起 自由民権運動激化 松山歩兵第 22 連隊が編成	常盤会給費生となる 英語を坪内逍遥から学ぶ 東京大学予備門に入学
明治 18	伊藤博文内閣誕生 天津条約に調印	試験に落第する 松山で井手真棹より和歌を学ぶ

年号	日本・松山の動き	子規（正岡家）の動き
明治 19	久松家が常盤会寄宿舎設立	予備門の友人で「七変人評論」
明治 20	伊予鉄道会社創立	松山で大原其戎に俳句を学ぶ
明治 21	松山に歩兵第 10 旅団本部が設置 枢密院を設置する 道後公園が湯築城跡に開園 愛媛県から香川県独立	「七草集」を執筆 鎌倉・江ノ島に遊び、喀血する 第一高等中学校（予備門）本科に進学する 常盤会寄宿舎に入舎する
明治 22	改正徴兵令が公布され、国民皆兵実現 大日本帝国憲法公布 市制・町村制施行 （愛媛県内 1 市 8 郡 296 町村）	ベースボールに熱中する 喀血し、子規と号する 松山に帰省、碧梧桐にベースボール指南 内藤鳴雪、竹村鍛らと言志会を結成
明治 23	第 1 回衆議院議員総選挙 松山市役所、湊町仮庁舎で開庁	 虚子にベースボール指南
明治 24	大津事件 松山市庁舎が湊町・円光寺から出淵町の新庁舎に移転	文科大学哲学科に入学 文科大学国文学科に転科 松山に帰郷、白猪滝などを見物する旅
明治 25	北里柴三郎が伝染病研究所を設立 愛媛県尋常中学校が設立 伊予鉄、三津浜～高浜間開通 愛媛県尋常中学校規則、布達 水雷砲艦・千鳥が中島睦月沖で沈没	小説「月の都」を持って幸田露伴と会う 新聞「日本」に連載を持つ 松山帰郷、漱石が来訪 帝国大学文科大学を退学 母八重、妹律を東京に呼ぶ 新聞「日本」に入社
明治 26	道後鉄道、創立 住友製錬所の煙害対策を農民たちが要求	「日本」に俳句欄を新設 俳句分類に従事
明治 27	道後温泉本館、落成 日清戦争がはじまる	上根岸 82 番地に転居 「小日本」が創刊され、編集責任者に
明治 28	日清講和条約調印締結 ロシア、ドイツ、フランスの三国干渉 住友製錬所の煙害、直談判 夏目漱石、松山中学赴任 コレラ大流行	日清戦争への従軍が実現する 4 月、金州へと渡るが、帰途に喀血 須磨保養院で療養し、松山へ 漱石の寓居「愚陀仏庵」で同居 10 月、東京へ戻る
明治 29	進歩党結成	カリエスとわかる 「日本」に「松蘿玉液」を連載
明治 30	県下に郡制実施（1 市 12 郡） 県内各地に銀行が設立され開業	松山で「ほとゝぎす」創刊 子規庵で第一回蕪村忌を開催
明治 31	篠崎五郎、愛媛県知事に 憲政党愛媛支部、結成	「日本」に「歌よみに与ふる書」を連載 「ホトトギス」東京で刊行
明治 32	条約改正により治外法権撤廃	『俳諧大要』を刊行 病状が悪化し、発熱と不眠
明治 33	治安警察法、公布 伊予鉄道が道後鉄道、南予鉄道を吸収 陸軍省・海軍省官制が改正	「日本」に写生文提唱の「叙事文」を連載 8 月 13 日、突然の喀血
明治 34	愛国婦人会、設立	「日本」に「墨汁一滴」を連載 「仰臥漫録」を執筆
明治 35	日英同盟、締結	「日本」に「病牀六尺」を連載 9 月 19 日、没す

【子規人脈】

【家族】

［正岡常尚］まさおか　つねなお
（一八三三～一八七二）松山藩士。子規の父。

［正岡八重］まさおか　やえ
（一八四五～一九二七）子規の母。大原観山の長女。

［正岡律］まさおか　りつ
（一八七〇～一九四一）子規の妹。子規の死後、共立女子職業学校教師となる。

【親族】

［佐伯政房］さえき　まさふさ
（生没年不祥）松山藩祐筆。伯父（父方）。子規は書を学ぶ。

［佐伯政直］さえき　まさなお
（?～一九一五）銀行家。従兄（父方）。五十二銀行今治支店長。

［大原観山］おおはら　かんざん
（一八一八～一八七五）儒学者・教育家。祖父(母方)。本名／有恒。明教館教授として幕末期の藩の子弟教育に力を注ぎ、廃藩後、私塾を開いた。子規の漢学の師の一人。

［大原恒徳］おおはら　つねのり
（一八五一～一九一九）銀行家。叔父（母方）。号／蕉雨。大原観山の二男。五十二銀行の役員をつとめ、正岡家の金庫番の役割も果たした。

［加藤拓川］かとう　たくせん
（一八五九～一九二三）外交官・政治家。叔父(母方)。本名／恒忠。大原観山の三男で加藤家の養子となる。陸羯南や秋山好古の友人。フランスに遊学し、帰国後、貴族院議員や松山市長などをつとめる。

［岡村三鼠］おかむら　さんそ
（一八六四～一九三三）俳人。本名／恒元。叔父(母方)。大原観山の三男で岡村家の養子となる。松風会会員。

［藤野漸］ふじの　すすむ
（一八四二～一九一五）官吏・銀行家。叔父（母の妹の夫）。子規の上京時、東京に住んでいたため、子規を下宿させる。帰松後、五十二銀行頭取。謡を学び、下掛宝生流洋々会を創立する。

［三並良］みなみ　はじめ
（一八六五～一九四〇）哲学者・教育家。従兄半（母方）。歌原家に生まれ、三並家の養子となる。幼少期から子規と行動をし、ドイツ語学者となって第一高等学校教授、松山高等学校教頭などをつとめる。五友の一人。

［藤野古白］ふじの　こはく
（一八七一～一八九五）俳人。本名／潔。従弟(母方)。東京専門学校（のちの早稲田大学）卒業後、俳句、戯曲、小説などを書く。ピストル自殺した。

［歌原蒼台］うたはら　そうたい
（一八七五～一九四二）俳人。本名／恒。従弟半（母方）。朝鮮半島に渡り、久松家の農場に勤務し、大邱市立図書館長となる。

【恩人ほか】

［陸羯南］くが　かつなん
（一八五七～一九〇七）ジャーナリスト・政論家。本名／実。青森生まれ。加藤拓川の親友。司法省法学校放校ののち、太政官書記局員となり新聞「日本」を創刊する。

［坪内逍遥］つぼうち　しょうよう
（一八五九～一九三五）小説家・評論家・劇作家。尾張藩（岐阜県）生まれ。子規は進文学舎で逍遥に英語を学んでいる。また、常盤会寄宿舎はもと逍遥所有の家だった。子規は『当世書生気質』のファン。

［幸田露伴］こうだ　ろはん
（一八六七～一九四七）小説家・随筆家。東京生まれ。子規は小説『月の都』の批評を露伴に頼んだ。代表作『五重塔』。子規は『風流仏』のファン。

［天田愚庵］あまだ　ぐあん
（一八五四～一九〇四）歌人・僧侶。福島県生まれ。子規は愚庵の影響を受け、万葉集を研究。

【松山時代の友人】

［森知之］もり　ともゆき
（一八六七～一九四六）軍人・政治家。号／松渓、松南。五友の一人。のち陸軍大佐、道後湯之町町長。

［太田正躬］おおた　まさみ
（一八六五～一九三六）教育家。号／柴州。五友の一人。大阪商業高校教諭。

［竹村鍛］たけむら　きとう（こうとう）
（一八六五～一九〇一）編集者・教育家。号／黄塔、基十、錬卿、松窓。河東静渓の三男、弟は河東碧梧桐。五友の一人。教師の後、冨山房編集局、東京女子師範学校教授。

［秋山真之］あきやま　さねゆき
（一八六八～一九一八）軍人。子規と同時期、勝山中学、松山中学、大学予備門に学び、子規と同居したこともある。のち海軍兵学校に進み、日露戦争の日本海海戦では参謀となる。「天気晴朗なれども波高し」は名文として名高い。七変人の一人。

［柳原極堂］やなぎはら　きょくどう
（一八六七～一九五七）俳人・政治家。本名／正之。碌堂とも号した。松山中学時代からの友人。俳誌「ほとゝぎす」を創刊するが、高浜虚子に発行を譲った。子規の顕彰に尽くした。

［梅木脩吉］うめき　しゅうきち
（一八六八〜一八九三）宗教家。姓は小倉と変わる。子規ら五友と親しかった。キリスト教伝道中に水死。

［武市庫太］たけいち　くらた
（一八六三〜一九二四）政治家。号／蟠松、雪燈。松山中学で子規と交遊を結ぶ。

［清水則遠］しみず　のりとお
（一八六八〜一八八六）松山中学からの友人。母は子規の乳母でもあった。子規と下宿をともにし、脚気で死去。

【予備門時代の友人】

［菊池謙二郎］きくち　けんじろう
（一八六七〜一九四五）教育家。号／仙湖。山口高等中学校教授を皮切りに各地の校長を歴任し、水戸中学校の校長となる。のち衆議院議員。七変人の一人。

［関甲子郎］せき　こうしろう
（一八六四〜一八九七）岩手県生まれ。姓は田中館《たなかだて》だったが、関家を継ぐ。七変人の一人。

［夏目漱石］なつめ　そうせき
（一八六七〜一九一六）小説家。江戸生まれ。本名／金之助。子規と寄席を通じて親しくなる。
明治二十八年に愛媛県尋常中学校の英語教師として来松した。自らの下宿・愚陀佛庵で五十二日を子規と過ごす。代表作『坊っちゃん』『こころ』ほか多数。

［米山保三郎］よねやま　やすさぶろう
（一八六七〜一八九七）哲学者。号／天然居士・大愚山人。漱石の親友。

［大谷是空］おおたに　ぜくう
（一八六七〜一九三九）俳人。岡山県生まれ。本名／藤治郎。代表作『是空俳話』。

［勝田主計］しょうだ　かずえ
（一八六九〜一九四八）政治家。号／宰洲、明庵、宰庵。俳諧の宗匠・大原其戎を子規に紹介する。大蔵次官を退官後、貴族院議員となり、県人初の大蔵大臣、文部大臣などを歴任する。

［南方熊楠］みなかた　くまぐす
（一八六七〜一九四一）博物学者。大学予備門を退学し、アメリカ留学。帰国後、博物学、粘菌研究に専念する。民俗学などの論文も多数執筆。子規とは共立学校でも同門。

【常盤会寄宿舎】

［内藤鳴雪］ないとう　めいせつ
（一八四七〜一九二六）俳人。本名／素行。江戸の松山藩邸生まれ。常盤会寄宿舎監督時代に子規の感化を受け、俳句を学ぶ。子規に俳句の長老と称せられた。著書に『鳴雪句集』『鳴雪自叙伝』など。

［五百木飄亭］いおき　ひょうてい
（一八七〇〜一九三七）俳人・ジャーナリスト。本名／良三。子規に誘われ「小日本」に「従軍日記」を掲載。のち「日本」に入社。子規らとともに俳句の道を拓いた。政治運動に加担する。

［新海非風］にいのみ　ひふう
（一八七〇〜一九〇一）俳人。本名／正行。別号／非凡。子規と同室になり、小説『山吹の一枝』を合作する。高浜虚子『俳諧師』のモデルといわれる。陸軍士官学校中退。

［河東可全］かわひがし　かぜん
（一八七〇〜一九四七）俳人・新聞記者。本名／銓。碧梧桐の兄。子規と交遊した。

【日本新聞社】

［古島一雄］こじま　かずお
（一八六五〜一九五二）ジャーナリスト・衆議院議員。但馬藩（兵庫県）豊岡に生まれる。「日本」に新聞記者として入社。戦後、政界の指南役と称された。

［中村不折］なかむら　ふせつ
（一八六六〜一九四三）洋画家・書家。子規の「写生論」に大きなヒントを与えた。

［寒川鼠骨］さんがわ（さむかわ）　そこつ
（一八七五〜一九五三）俳人。「日本」「日本及日本人」で記者をつとめる。子規没後、東京根岸の子規庵の管理にあたる。『子規全集』や『分類俳句全集』の出版につとめる。

【松風会会員など郷土の俳人】

［中村愛松］なかむら　あいしょう
（一八五四〜一九二五）教育者。本名／一義。野間叟柳、伴狸伴らと松風会を興す。

［野間叟柳］のま　そうりゅう
（一八六四〜一九三二）教育者。本名／門三郎。中村愛松、伴狸伴らと松風会を興す。

［釈一宿］しゃく　いっしゅく
（一八六八〜一九四五）正宗寺住職。法号／仏海。子規と少年時代からの友人。正宗寺境内に埋髪塔、子規堂を建立し、子規顕彰に励む。松風会会員。

［森盲天外］もり　もうてんがい
（一八六四〜一九三四）政治家。本名／恒太郎。伊予郡西余土村（現松山市）生まれ。三十三歳で失明するが余土村を模範村とし、盲目村長として名をあげた。

［大島梅屋］おおしま　ばいおく
（一八六九〜一九三一）小学校教員。本名／嘉泰。松風会会員。

［御手洗不迷］みたらい　ふめい
（一八六六〜一九四〇）新聞記者。本名／忠孝。子

規とは東京遊学時代の友人。のち愛媛新報社長、松山市長となる。

【服部華山】はっとり　かざん
（一八五八～一九三三）俳人・教育家。本名／其徳。

【村上　霽月】むらかみ　せいげつ
（一八六九～一九四六）俳人・実業家。本名／半太郎。経済界で活躍する一方、神仙体俳句を創始した。

【門下の俳人】

【高浜虚子】たかはま　きょし
（一八七四～一九五九）俳人・小説家。本名／清。柳原極堂のあとをつぎ、東京で「ホトトギス」を発行。主宰する『ホトトギス』を通じて、多くの俊才を育てた。

【河東碧梧桐】かわひがし　へきごとう
（一八七三～一九三七）俳人・書家。本名／秉五郎。子規の漢学の師・河東静渓の五男。のち自由律俳句を確立する。書家としても名高い。

【石井露月】いしい　ろげつ
（一八七三～一九二八）俳人・医師。秋田県生まれ。本名／祐治。別号／南瓜道人。正岡子規に師事し、俳人として活躍後故郷に帰り医院を開業。秋田で『俳星』を創刊する。

【赤木格堂】あかき　かくどう
（一八七九～一九四八）俳人。岡山県生まれ。本名／亀一。パリに留学、帰国後衆議院議員、新聞社の主筆をつとめる。俳句及び短歌に専念し、子規没後は俳壇を退いた。

【仙波花叟】せんば　かそう
（一八七四～一九四〇）俳人。本名／衡輔。子規から伊予を代表する俳人と目される。風早吟社、主宰。

【松根東洋城】まつね　とうようじょう
（一八七八～一九六四）俳人。宇和島出身（東京生まれ）。本名／豊次郎。子規、漱石から俳句を学び、『渋柿』を創刊主宰。

【寺田寅彦】てらだ　とらひこ
（一八七八～一九三五）物理学者・随筆家。号／寅日子。俳句を漱石、子規に学ぶ。

【佐藤紅緑】さとう　こうろく
（一八七四～一九四九）劇作家・小説家。青森県生まれ。本名／洽六。俳人として出発し、大衆小説を書く。代表作に「あゝ玉杯に花うけて」「英雄行進曲」など。

【坂本四方太】さかもと　しほうだ
（一八七三～一九一七）俳人・国文学者。本名／四方太（よもた）。鳥取県生まれ。写生文の創作と発展に努める。

【青木月斗】あおき　げっと
（一八七九～一九四九）俳人・薬種商。本名／新護。別号／月兎。

【若尾瀾水】わかお　らんすい
（一八七七～一九六一）教育者・俳人。高知県生まれ。本名／庄吾。子規に教えを受けたが、没後『子規子の死』を発表したことで、門人たちの非難を受け、郷里に帰る。大正十年から俳壇に復帰する。

【門下の歌人】

【伊藤左千夫】いとう　さちお
（一八六四～一九一三）歌人・小説家。本名／幸次郎。千葉県生まれ。本名／幸次郎。号／茅堂、春園。酪農をしながら短歌を始め、根岸流を継承した。代表作『野菊の墓』。

【岡麓】おか　ふもと
（一八七七～一九五一）歌人。本名／三郎。東京生まれ。根岸短歌会に参加。アララギ派の歌人。

【森田義郎】もりた　ぎろう
（一八八一～一九四〇）歌人。本名／義良。愛媛県生まれ。根岸短歌会のメンバー。伊藤左千夫と歌誌『馬酔木』を創刊した。

【香取秀真】かとり　ほつま
（一八七四～一九五四）鋳金家・歌人。本名／秀治郎。古代鋳金の研究を進め、「日本金工史」を著した。アララギ派の歌人。

【長塚節】ながつか　たかし
（一八七九～一九一五）歌人・小説家。茨城県生まれ。号／青果。根岸短歌会に参加。代表作『土』。

【蕨真】けつしん
（一八七六～一九二二）歌人・教造林家。千葉県生まれ。本名／蕨真一郎。根岸短歌会の歌誌『馬酔木』編集委員。アララギ派の歌人。創作活動を続け、その後は自らが設立した埴岡農林学校の運営や林業振興に努めた。

【文人・画人など】

【森鷗外】もり　おうがい
（一八六二～一九二二）小説家・翻訳家・軍医。本名／林太郎。島根県生まれ。子規とは金洲で知り合った。後、句会や歌会に出席した。代表作『高瀬舟』『阿部一族』など多数。

【浅井忠】あさい　ちゅう
（一八五六～一九〇七）洋画家。江戸出身。号／木魚、黙語。フランスに留学し、後、京都に住んで後進の指導に当たった。

【下村為山】しもむら　いざん（一八六五～一九四九）洋画家・日本画家。号／牛伴。正宗寺子規居士埋髪塔は為山の筆による。

【宮本仲】みやもと　ちゅう（一八五七～一九三六）内科・小児科医。長野県生まれ。子規の主治医。

【参考資料】

子規全集　講談社
子規選集　増進会出版社
筆まかせ抄　正岡子規　岩波文庫
仰臥漫録　正岡子規　岩波文庫
松羅玉液　正岡子規　岩波文庫
墨汁一滴　正岡子規　岩波文庫
病牀六尺　正岡子規　岩波文庫
子規三大随筆　正岡子規　講談社学術文庫
俳諧大要　正岡子規　岩波文庫
歌よみに与ふる書　正岡子規　岩波文庫
飯待つ間―正岡子規随筆選―　阿部昭　岩波文庫
子規句集　高浜虚子　岩波文庫
子規歌集　土屋文明　岩波文庫
漱石・子規往復書簡　和田茂樹編　岩波文庫
回想　子規・漱石　高浜虚子　岩波文庫
子規を語る　河東碧梧桐　岩波文庫
子規言行録　河東碧梧桐　大洋社
子規言行録　正岡律子（小谷保太郎編　吉川弘文館）大鐙閣

評伝正岡子規　柴田宵曲　岩波文庫
友人子規　柳原極堂　前田出版社
子規の話　柳原極堂　松山市文化財協会
正岡子規の世界　寒川鼠骨　六法出版
隨攷子規居士　寒川鼠骨　一橋書房
子規諸文　山口誓子　創元社
正岡子規　井手逸郎　弘学社
正岡子規　粟津則雄　朝日新聞社
俳句シリーズ・正岡子規　松井利彦著　桜楓社
子規・虚子・漱石　松井利彦　雁書館
子規・虚子　大岡信　花神社
正岡子規　大岡信　岩波書店
正岡子規　ドナルド・キーン　新潮社
正岡子規　久保田正文　吉川弘文館
正岡子規　岡麓　白玉書房
正岡子規　福田清人・前田登美　清水書院
正岡子規　坪内稔典　リブロポート
正岡子規　坪内稔典　岩波新書
子規山脈　坪内稔典　日本放送出版協会
子規のココア・漱石のカステラ　坪内稔典　日本放送出版協会
正岡子規入門　和田克司　思文閣出版
風呂で読む子規　和田克司　世界思想社
子規解体新書　粟津則雄・夏石番矢・復本一郎　雄山閣出版
正岡子規の世界　『俳句』編集部　角川学芸出版
新潮日本文学アルバム・正岡子規　新潮社
郷土俳人シリーズ・正岡子規　愛媛新聞社
子規の宇宙　長谷川櫂　角川学芸出版
余は、交際を好む者なり　復本一郎　岩波書店
子規のいる風景　復本一郎　創風社出版
子規とその時代　復本一郎　三省堂
子規のいる街角　復本一郎　創風社出版
歌よみ人 正岡子規　復本一郎　岩波現代全書
子規庵・千客万来　復本一郎　コールサック社
明治廿五年九月のほとゝぎす　遠藤利國　未知谷
子規と四季のくだもの　戸石重利　文芸社
かくれみの街道をゆく　関宏夫　崙書房出版
病者の文学　黒澤勉　信山社
正岡子規をめぐって　景浦稚桃　松山市教育委員会
松山に於ける子規と漱石　景浦稚桃　松山市立子規記念博物館友の会
子規と周辺の人々　和田茂樹　愛媛文化双書
人間正岡子規　和田茂樹　関奉仕会
子規の素顔　和田茂樹　愛媛県文化振興財団
子規の夢　越智通敏　愛媛文化双書
思い出の子規　天岸太郎　松山子規会
子規敬慕―松山子規会例会講演―　松山子規会
子規こそわがいのち　越智二良　松山子規会
子規と松山　風戸始・越智二良　愛媛文化双書
子規と村上家の人びと　森岡正雄　近代文芸社
少年子規漢詩　嶌川武夫
俳誌「ホトトギス」と愛媛　愛媛新聞社　愛媛文化双書
正岡子規　鶴村松一　松山郷土史文学研究会

伊予路の正岡子規　鶴村松一　松山郷土史文学研究会
伊予俳諧史　景浦勉　伊予史談会
子規追悼と伊予俳壇　鶴村松一　青葉図書
子規の文学・短歌と俳句　泉寔　創風社出版
東京の子規　井上明久　創風社出版
恋する正岡子規　堀内統義　創風社出版
漱石、ジャムを舐める　河内一郎　新潮文庫
漱石と松山　中村英利子　アトラス出版
太陽「病牀六尺の人生」　平凡社
漱石研究　特集・漱石と子規　　林書房
子規博だより　松山市立子規記念博物館
表現に生きる　長谷川孝士　新樹社
子規の書画　山上次郎　二玄社
明治文学アルバム　新潮社
司馬遼太郎　伊予の足跡　アトラス出版
そこが知りたい　子規の生涯　土井中照　アトラス出版

郷土歴史人物事典・愛媛　景浦勉編　第一法規
愛媛県人名大事典　愛媛新聞社
愛媛県百科大事典　愛媛新聞社
えひめ俳人名鑑　愛媛新聞社
日本古典文学大事典　明治書院
日本近代文学大事典　講談社
日本人名大辞典　講談社
明治大正人物事典　紀伊國屋書店

坊っちゃん　夏目漱石　角川文庫
吾輩は猫である　夏目漱石　新潮文庫
三四郎　夏目漱石　新潮文庫
坂の上の雲　司馬遼太郎　文春文庫
子規、最後の八年　関川夏央　講談社文庫
文人悪食　嵐山光三郎　新潮文庫
文人暴食　嵐山光三郎　新潮文庫
柿二つ　高浜虚子　永田書房
続三千里　河東碧梧桐　講談社
一年有半・続一年有半　中江兆民　岩波文庫
当世書生気質　坪内逍遥　岩波文庫
食道楽　村井弦斎　柴田書店
明治文学全集　筑摩書房
現代日本文学大系　筑摩書房

子規と漱石・図録　愛媛新聞社
漱石と子規　松山市立子規記念博物館編　朝日新聞社
子規と明治・図録　松山市立子規記念博物館
子規と常盤会寄宿舎の仲間たち・図録　松山市立子規記念博物館
子規の絵・図録　松山市立子規記念博物館
子規と写生・図録　愛媛県美術館
子規と友人たち・図録　松山市立子規記念博物館
子規の系族・図録　松山市立子規記念博物館
子規・漱石と松風会のひとびと・図録　松山市立子規記念博物館
子規の文学・図録　松山市立子規記念博物館
子規の青春・図録　　松山市立子規記念博物館
松山市立子規記念博物館総合案内　松山市立子規記念博物館
正岡子規の世界・松山市立子規記念博物館総合案内　松山市立子規記念博物館

日本庶民生活史料集成 28・29　和漢三才図会　三一書房
本朝食鑑　人見必大　平凡社
料理物語　教育社新書
明治事物起原　石井研堂　ちくま学芸文庫
明治東京逸聞史　森銑三　平凡社
明治人物閑話　森銑三　中公文庫
江戸から東京へ　矢田挿雲　中公文庫
明治の話題　柴田宵曲　ちくま文庫
国文学解釈と鑑賞　明治事物起源事典　至文社
歴史読本第 23 巻 9 号　特集明治ものしり事典　新人物往来社
東京風俗志　平出鏗二郎　原書房
實業の栞　堀野與七　文禄堂書店
明治奇聞　宮武外骨　河出文庫
絵が語る知らなかった幕末明治のくらし事典　本田豊　遊子館
東京流行生活　新田太郎・田中裕二・小川周子　河出書房新社
たべもの日本史総覧　新人物往来社
歴史読本　日本たべもの百科　新人物往来社

日本食物史　江原絢子・石川尚子・東四柳祥子　吉川弘文館
日本の食文化史年表　江原絢子・東四柳祥子　吉川弘文館
日本料理由来事典　川上行蔵・西村元三郎　同朋舎出版
図説　江戸料理事典　松下幸子　柏書房
図説江戸時代食生活事典　日本風俗史学会　雄山閣
近代日本食文化年表　小菅桂子　雄山閣
明治・大正・昭和　食生活世相史　加藤秀俊　柴田書店
たべもの歴史散策　小柳輝一　時事通信社
たべもの文化誌　小柳輝一　新人物往来社
日本料理事物起源　川上行蔵　岩波書店
たべもの史話　鈴木晋一　小学館ライブラリー
たべもの噺　鈴木晋一　小学館ライブラリー
和食の履歴書　平野雅章　淡文社
江戸美味い物帖　平野雅章　廣済堂
明治西洋料理起原　前坊洋　岩波書店
食べものはじめて物語　永山久夫　河出文庫
値段の明治大正昭和風俗史　週刊朝日編　朝日文庫
万国お菓子物語　吉田菊次郎　晶文社
西洋菓子彷徨始末　吉田菊次郎　朝文社
すしの事典　日比野光敏　東京堂出版
すしの歴史を訪ねる　日比野光敏　岩波新書
日本料理由来事典　川上行蔵・西村元三郎　同朋舎出版
日本の食文化　江原絢子・石川尚子　アイ・ケイ・コーポレーション
知っ得「食」の文化誌　国文学編集部　学燈社
聞書きふるさとの家庭料理　すし・なれずし　農山漁村文化協会
聞書き千葉の食事　農山漁村文化協会
伊予の郷土料理　池山一男・一色保子・鈴木玲子著　愛媛文化双書
えひめの料理　谷村寿子　愛媛新聞社
品種改良の日本史　鵜飼保雄・大澤良編　悠書館
りんごを拓いた人々　斉藤康司　筑波書房
前田正名　祖田修著　吉川弘文館
ものと人間の文化誌　パン　足立巌　法政大学出版局
ものと人間の文化誌　鯛　鈴木克美　法政大学出版局
とんかつの誕生　岡田哲　講談社選書メチエ
ラムネ・Lamune・らむね　野村鉄男　農文協
愛媛たべものの秘密　土井中照　アトラス出版

東京路上細見　酒井不二雄　平凡社
根岸の里と子規と律　柏艪舎
東京の老舗　東京新聞出版局
東京老舗の履歴書　樋口修吉　中公文庫
江戸・東京の老舗地図　玉井泰夫　青春出版社
東京味の老舗 100 選　国際地学協会
東京味な老舗　東京新聞編集局　東京新聞出版局
食に歴史あり　産經新聞文化部　産經新聞出版

愛媛面影　半井梧庵　伊予史談会双書
東京百事便　三三文房　国立国会図書館デジタルコレクション
下谷繁昌記　明治教育社　国立国会図書館デジタルコレクション
舶来果樹要覧　竹中卓郎　国立国会図書館デジタルコレクション
農業全書　宮崎安貞　国立国会図書館デジタルコレクション

土井中　照　どいなか　あきら

本名／田中晃。フリーライター。1954年、愛媛県今治市生まれ。同志社大学文学部中退。2014年、『やきとり王国』で、愛媛出版文化賞を受賞。歴史、民俗、方言、県民性、郷土料理と、愛媛県に関する造詣が深く、「愛媛の雑学王」の異名をもつ。
全国やきとり連絡協議会 やきとり文化研究所所長。

［主な著作］
『やきとり王国』（愛媛出版文化賞）『松山城の秘密』『のぼさんとマツヤマ』『まるかじり香川』『まるかじり高知』『愛媛の校歌』『そこが知りたい子規の生涯』『大洲歴史探訪』『えひめ名字の秘密』『伊予っ子検定　その１』『愛媛ことば図鑑』『なるほど愛媛の県民性』『えひめ地名の秘密』『愛媛たべものの秘密』『風水都市松山の秘密』『松山地名町名の秘密』（以上、アトラス出版）
『今治城の謎』『今治の謎』『再び今治の謎』『やきとり天国』（以上、メイドインしまなみ事務局）
『伊予弁五七五かるた』（EBCエンタープライズ）
『海のまち・今治』（今治市役所企画調整課）
『大洲歴史探検』（大洲市町並博 2004 実行委員会／アトラス出版販売）
『今治城見聞録』編集・共著（今治市築城・開町400年祭実行委員会／アトラス出版販売）
『愛媛「地理・地名・地図」の謎』（監修・文芸之日本社）

ホームページ「土井中照の MONDO えひめ」
http://www.dokidoki.ne.jp/home2/doinaka/

大食らい子規と明治

—食から見えた文明開化と師弟愛—

2017 年 3 月 25 日　初版第 1 刷発行

編・著者　土井中　照
発 行 人　中村　洋輔
発　　行　アトラス出版
〒 790-0023　愛媛県松山市末広町18-8
TEL 089-932-8131　FAX 089-932-8131
HP：http://userweb.shikoku.ne.jp/atlas/
E-mail：atlas888@shikoku.ne.jp
郵便振替 01650-5-8660
印　　刷　株式会社シナノパブリッシングプレス

ISBN979-4-906885-28-2